中國語言文字研究輯刊

十一編

許錟輝 主編

第 5 冊

上古「飲食類」動詞詞義研究

陳 燦 著

花木蘭文化出版社

國家圖書館出版品預行編目資料

上古「飲食類」動詞詞義研究／陳燦 著 -- 初版 -- 新北市：
花木蘭文化出版社，2016〔民 105〕
目 4+230 面；21×29.7 公分
（中國語言文字研究輯刊 十一編：第 5 冊）
ISBN 978-986-404-732-1（精裝）
1. 漢語語法 2. 文言語法
802.08   105013763

ISBN-978-986-404-732-1

中國語言文字研究輯刊
十一編　　第五冊　　　　　　ISBN：978-986-404-732-1

上古「飲食類」動詞詞義研究

作　　者　陳燦
主　　編　許錟輝
總 編 輯　杜潔祥
副總編輯　楊嘉樂
編　　輯　許郁翎、王筑　美術編輯　陳逸婷
出　　版　花木蘭文化出版社
社　　長　高小娟
聯絡地址　235 新北市中和區中安街七二號十三樓
　　　　　電話：02-2923-1455 ／傳眞：02-2923-1452
網　　址　http://www.huamulan.tw 信箱 hml810518@gmail.com
印　　刷　普羅文化出版廣告事業
初　　版　2016 年 9 月
全書字數　169086 字
定　　價　十一編 17 冊（精裝）　台幣 42,000 元

上古「飲食類」動詞詞義研究

陳燦 著

作者簡介

陳燦，女，1980 年 12 月出生，湖南省長沙市望城區人。先後畢業於湖南師範大學、北京師範大學，獲得漢語言文字學碩士、博士學位。2009 年進入北京市海澱區教師進修學校附屬實驗學校工作，主要從事中學教科研及語文教學工作，現爲副高職稱。曾參編《中學學科技能體系的建構與應用》、《課程標準校本化實施（中學語文卷）》、《爲理解而教——面向未來的課堂》、《話劇，自由的舞臺》等著作；曾發表《「字用學」的構建與漢字學本體研究的「三個平面」——讀李運富先生〈漢字漢語論稿〉》、《〈漢語大字典〉、〈漢語大詞典〉補苴四則》、《〈周易〉形容詞考察》等論文多篇。

提　要

　　本文屬於漢語詞彙史的研究課題。論文選取上古「飲食類」動詞爲研究對象，採用共時描寫與歷時分析相結合的方法，考察「飲食類」動詞在上古各階段的共時詞義系統和歷時詞義演變、詞彙更替現象，第一次全面展示了「飲食類」動詞的詞彙語義系統，並對「飲食類」動詞詞義演變的原因和規律進行了探討。

　　在研究思路上，本文將語義場理論和概念場理論相結合，從概念場入手構建詞彙場，進而分析詞彙場各詞彙成員的語義關係，最終達到描寫語義場的目的。在對「飲食類」動詞詞義成分的分析過程中，從訓詁材料出發整理義位，將「飲食類」動詞義位成分描寫爲「類義徵＋表義徵（語義關涉成分：飲食方式＋飲食主體＋飲食對象＋飲食器官＋飲食目的）」，據此建立「飲食類」動詞詞項義徵分析表並繫聯「飲食類」動詞語義場。在此基礎上，從語義屬性、組合屬性、使用屬性三方面對各語義場進行共時詞義系統的描述和歷時詞義演變的研究，同時也考察常見「飲食類」動詞各義位間的引申脈絡及其與語義場之間相互制約、影響的關係。

　　本研究在以下四個方面具有積極意義：（1）爲詞義成分分析、微觀詞義系統的研究提供了可資借鑒的方法；（2）揭示了「飲食類」動詞的詞義演變的一些規律，驗證並豐富了詞彙語義學的內容；（3）爲建立科學的漢語詞彙史做出了一定貢獻；（4）有利於漢語歷時性語文辭書的編纂。

目

次

0 緒　論

0.1　「飲食類」動詞研究述評

　　本文屬於漢語詞彙史的研究課題。論文選取上古「飲食類」動詞爲研究對象，考察「飲食類」動詞在上古各階段的共時語義系統和歷時詞義演變、詞彙更替現象。發展總是建立在繼承的基礎之上，批判地繼承是發展的主要原動力之一。在對「飲食類」動詞進行系統研究之前，有必要先對「飲食類」動詞的研究現狀進行全面考察和總結，這也是本書研究的起點。就目前搜集到的資料來看，針對飲食類動詞的研究已有不少，下文即從詞義角度、語法角度及其它角度對學術界相關研究作簡要述評。

0.1.1　詞義角度

0.1.1.1　「飲食類」動詞詞義的共時研究

　　共時詞義研究中，對飲食類動詞詞義結構探討得最細緻的應該是符淮青〔註1〕，他探討的主要對象是現代漢語中的飲食類動詞。他的研究方法集中體現在《「詞義成分——模式」分析（表動作行爲的詞）》〔註2〕、《詞義的分析

〔註1〕爲行文簡潔，本文在稱引前輩學者或師友相關論著時一律不加「先生」等尊稱。
〔註2〕符淮青《「詞義成分—模式」分析（表動作行爲的詞）》，載《漢語學習》1995（5）。

和描寫》〔註3〕等論著中。其中,《「詞義成分——模式」分析（表動作行爲的詞）》一文對飲食類動詞的詞義結構探討得最爲細緻。文章以動詞的詞典釋義模式作爲分析的框架,並考察語言中詞語的使用情況,從施動者、動作及動作的各種限制、關係對象或關係事項及其限制、目的、結果幾方面分析了「喝、飲、呷、抿、吮、吮吸、嘬、嗍、咂、吸、吸食、吸飲、服、服用、服毒、嗑、啃」的詞義分析模式,並在此基礎上辨析了相關同義詞的異同。文章將現代漢語中「吃」的詞義結構歸納爲〔人或動物〕〔用嘴咀嚼〕〔吞咽〕〔食物〕,將「飲、喝」的詞義分析模式歸納爲〔人或動物〕〔用嘴咽下〕〔液體〕。文章還指出詞義成分的三種不同情況:（1）有的是固有特徵,但在一定條件下,固有特徵可以消失,如「咀嚼」應是「吃」的固有特徵,但在「吃奶」、「吃藥」中這個固有特徵消失。（2）有的是選擇性特徵,如食物的固體、液體、氣體的不同狀態,是選擇性特徵。（3）詞義有孳生特徵。如「吃奶」中的「吃」詞義內容中的「吸吮」就是由於受事「奶」存在於母體或奶瓶中而產生的。此外,還有其它一些對飲食動詞的專論,如李朝虹〔註4〕曾對《說文解字》中飲食類動詞的互訓詞進行了考察。劉復曾探討過「吃」的各種意義,〔註5〕李煒探討了《史記》中 26 個飲食動詞的語義語用差別。〔註6〕陳月鳳則對閩方言區中的飲食類動詞進行了考察。該文在談到口部飲食詞彙時將飲食類動詞分成「不需咀嚼類、品嘗滋味類、舌頭舔食類、運用牙齒的飲食動作類、輕咬食物類、大口吞食類、狼吞虎咽類及其它」共八類來進行考察。〔註7〕上述論著無論在研究的對象上,還是在研究的方法和角度上都對我們有借鑒意義。

　　同義詞研究是學術界的研究重點,這些研究或綜合考察相關同義詞或對某一專書中的同義詞作專門探討,其中就涉及不少飲食動詞。如梅家駒、竺一鳴、高蘊琦、殷鴻翔編著的《同義詞詞林》〔註8〕考察了「吃、嚼、咽、吮、

〔註3〕符淮青《詞義的分析和描寫》,北京:語文出版社,1996 年,231～233 頁。

〔註4〕李朝虹《〈說文解字〉互訓詞研究》,浙江大學博士學位論文,2007 年。

〔註5〕劉復《釋「吃」》,載《國語周刊》16 期,1931 年 12 月 19 日。

〔註6〕李煒《〈史記〉飲食動詞分析》,載《古漢語研究》1994（2）。

〔註7〕陳月鳳《閩南語五官詞彙研究》,臺灣高雄師範大學碩士學位論文,1995 年。

〔註8〕梅家駒、竺一鳴、高蘊琦、殷鴻翔編著的《同義詞詞林》,上海:上海辭書出版社,1983 年。

喝」的區別。洪成玉、張桂珍的《古漢語同義詞辨析》〔註9〕辨析了「啗、啖」的異同。張一建的《古漢語同義詞辨析》〔註10〕考察了「食、喫」的差別。王鳳陽《古辭辨》〔註11〕從同義詞辨析的角度分析了「吸吮呷、飲啜喝歃、食啖嘗吃、餐飯餌茹、食蝕、齕齧咬嚼咀、咽嚥吞」7組飲食類動詞。黃金貴《古代文化詞義集類辨考》〔註12〕在考察名詞「餐、饌、餔」的意義時涉及其動詞用法。黃金貴、沈錫榮的《古漢語同義詞辨析（一）》〔註13〕從飲食動作、飲食對象、目的、感情色彩、是否使動、是否特指等方面辨析了「茹、餔、飲、啜」4個詞語。馮蒸的《說文同義詞研究》〔註14〕涉及《說文》中出現的「吮、吸、嚌、醻」及其同義詞。池昌海《〈史記〉同義詞研究》〔註15〕辨析了「食、啗、餐（湌）、飯、餔、嘗、饑、啐、咀、嚼、齧、醻、飲、啜、歃（嗽）、釀、酺、吮、吸、吞、咽」的用法。徐正考《〈論衡〉同義詞研究》〔註16〕對「食、飯、湌、服、吞、啖、茹、服食、啖食」的詞義進行了考察。

　　趙振鐸曾指出：「上古時期我們已經有豐富的文獻。根據記錄，傳世的典籍在百種以上。這些文獻，前人多有研究，特別是經書，研究的人就更多。這為漢語史的研究提供了很大的方便。近百年的考古發掘，又有大批文獻出土。除了甲骨、鍾鼎的文字外，各地發現的竹簡、帛書數量也相當可觀。這些材料很多沒有經過後人篡改，更接近於當時的語言實際，它們為認識這一階段的漢語提供了有價值的依據。」〔註17〕由此可見出土材料對語言研究的價值。目前，以出土材料為研究對象對飲食動詞的考察遠沒有傳世文獻那麼豐富，但也已經有一些論著涉及。向熹《簡明漢語史》〔註18〕「從甲骨文看

〔註9〕洪成玉、張桂珍《古漢語同義詞辨析》，杭州：浙江教育出版社，1987年。

〔註10〕張一建《古漢語同義詞辨析》，福州：福建人民出版社，1987年。

〔註11〕王鳳陽《古辭辨》，長春：吉林文史出版社，1993年，748～753頁。

〔註12〕黃金貴《古代文化詞義集類辨考》，上海：上海教育出版社，1995年。

〔註13〕載《邵興師專學報》，1987（1）。

〔註14〕馮蒸《說文同義詞研究》，北京：首都師範大學出版社，1995年。

〔註15〕池昌海《〈史記〉同義詞研究》上海：上海古籍出版社，2002年。

〔註16〕徐正考《〈論衡〉同義詞研究》，中國社會科學出版社，2004年，251頁。

〔註17〕趙振鐸《論先秦兩漢漢語》，載《古漢語研究》，1994（3）。

〔註18〕向熹《簡明漢語史》，北京：高等教育出版社，1993年初版，383頁。

商代詞彙」一節在闡述甲骨文中有關日常生活的動詞時談到了「飲、食、饗」。王寧對古代「飲」與「食」分工的變化做過有益的探討，文章還結合甲骨文字形考察了與「食」相關的一批字。〔註19〕陳年福《甲骨文動詞詞彙研究》〔註20〕、《甲骨文詞義論稿》〔註21〕對「鄉、酓、酒、㐱、食」進行了考察。

0.1.1.2 「飲食類」動詞詞義的歷時研究

對飲食類動詞詞義演變的研究，大致有以下兩種情況。

一種是對個別飲食動詞演變的考察。如王力《漢語史稿》〔註22〕在「概念是怎樣改變了名稱」這一節中曾談到「喫」、「喝」的概念在漢語發展過程中的用詞情況，探討了「吃」對「食」、「喝」對「飲」的歷史替換概貌。在另一篇文章中也以「飯」為例探討了其由動詞到名詞的語法意義的變遷〔註23〕。潘允中、史存直在談到關於行為的基本詞彙時均涉及飲食類動詞「飲、食」的演變歷史的考察〔註24〕。李宗江在闡述聚合類比的詞義分析法時也曾舉「貪、飯、餐、吃」與「飲、喝」的引申情況為例〔註25〕等。另一種情況是，從語義場角度來研究詞義演變的論著逐漸增多，其中就包括對飲食類動詞的研究。蔣紹愚的《白居易詩中與「口」有關的動詞》〔註26〕可謂發軔之作。文章以白居易詩為語料，探討了與「口」有關的飲食類動詞「食、餐、飯、啖、吃、餒、飲、呷、喝」的數量分佈與組合關係情況，並將其前與《世說新語》、《玉臺新詠》，中與李白、杜甫詩，下與《祖堂集》進行比較，說明其演變情況。崔宰榮《漢語「吃喝」語義場的歷史演變》〔註27〕一文選取漢代到清代的

〔註19〕王寧《訓詁學原理》，北京：中國國際廣播出版社，1996年，284～340頁。

〔註20〕陳年福《甲骨文動詞詞彙研究》，成都：巴蜀書社，2001年。

〔註21〕陳年福《甲骨文詞義論稿》，上海：上海古籍出版社，2007年，70頁。

〔註22〕王力《漢語史稿》，北京：中華書局，1980年第1版，660～663頁。

〔註23〕《詞義的發展和變化》，載《王力文集》第十九卷，222頁。

〔註24〕詳參史存直《漢語詞彙史綱要》，上海：華東師範大學出版社，1989年，30～31頁。潘允中《漢語詞彙史概要》，上海：上海古籍出版社，1989年，75～76頁。

〔註25〕李宗江《漢語常用詞演變研究》，上海：漢語大詞典出版社，1999年，78頁。

〔註26〕蔣紹愚《白居易詩中與「口」有關的動詞》，載《語言研究》1993（2）。

〔註27〕崔宰榮《漢語「吃喝」語義場的歷史演變》，北京大學碩士學位論文，1997年，又載《語言學論叢》第24輯，2001年。

典型文獻作爲不同歷史平面的代表，並聯繫部分代表性先秦文獻，在對其中表示「吃喝」的單音詞及其使用頻率進行調查和統計的基礎上，分析了詞在語義場中的變化，並從聚合、組合兩方面探討了「吃喝」語義場演變中的特點。杜翔《支謙譯經動作語義場及其演變研究》〔註28〕考察了支謙譯經中的動作語義場，其中就包括「飲食」子義場。論文在對支謙譯經飲食義場研究的基礎上，以漢語史各個時期代表文獻爲語料範圍，對主要飲食動詞作了有限度的歷時考察，認爲飲食語義場的主要義位經歷了一個由分到合又到分的過程，即「食、飲——吃——吃、喝」。

　　崔文、杜文均涉及上古時期飲食類動詞的語義情況，與我們的論文直接相關，很多方法都可以借鑒。他們均考察了各個時期代表性文獻中主要飲食動詞各義位的用例情況，描寫了先秦時期代表性文獻中飲食類動詞主要成員的概貌，有利於我們研究工作的深入展開。但我們也看到，崔文在對語義場進行分析時，是以義位爲單位來展開的，各個時代的用例情況也只作舉例性說明，這種行文方式「有利於分析各義位本身的情況，而在對每個時代語義場面貌的平面描寫上顯得有些不足，尤其是對各個時期語義場主要義位興替情況的描寫分析分量明顯不夠」〔註29〕。與崔文的做法相比，杜文在飲食類動詞主要義位興替情況的考察上脈絡清晰很多，不過，其考察對象是各個時代代表性文獻中的主要義位，而且是以支謙譯經中出現的飲食類動詞爲研究對象，對未出現在譯經中的飲食類動詞，以及各子場成員及其分佈情況、各子場之間的相互關係均未涉及。這些都是我們的研究有發展空間的地方。

　　值得注意的是，近年來，學者們對飲食類動詞的研究方法和角度出現以下兩種趨勢。

　　一是注重採用古今南北綜合比較的方法，注重不同時代的共同語及方言之間的比較，對飲食類動詞進行共時差異的描寫和歷時演變的探討。如解海江、李如龍的《漢語義位「吃」普方古比較研究》〔註30〕一文考察了漢語普通話及 41 個方言點之間對應的義位「吃」在聚合、組合方面的差異和歷時演

〔註28〕杜翔《支謙譯經動作語義場及其演變研究》，北京大學博士學位論文，2002 年。

〔註29〕杜翔《支謙譯經動作語義場及其演變研究》，北京大學博士學位論文，2002 年，第16 頁。

〔註30〕解海江、李如龍《漢語義位「吃」普方古比較研究》，載《語言科學》，2004（3）。

變。文章探討了義位「吃」的方言區域分佈與類型特徵，對義位「吃」的組合關係的方言差異及歷時演變作了大致的梳理，並從認知的角度分析了其中的原因，對「吃」語義場切分的方言差異與歷時演變也作了初步探討。受其影響，呂傳峰在《現代方言中「喝類詞」的演變層次》﹝註31﹞中梳理漢語史上的「喝類詞」的概貌，考察了現代漢語各方言點中「喝類詞」的使用情況，清理了「喝類詞」在不同漢語方言中的歷時演變層次，並由此管窺方言詞的歷史淵源和親疏關係。其博士論文《漢語六組涉口基本詞演變研究》﹝註32﹞研究了斯瓦迪士（M.Swadesh）百詞表中的六組涉口基本詞，其中就包括對「飲＼喝」、「齧、齕、噬＼咬」這兩組飲食類動詞基本詞的歷時演變和共時分佈的考察和分析，其結果和方法都值得參考。二是注重從認知的角度來闡釋「吃」詞義擴展的原因。解海江《漢語義位「吃」詞義擴展的認知研究》﹝註33﹞一文從共時和歷時兩個角度，運用認知語言學的隱喻和轉喻理論來揭示漢語義位「吃」的詞義擴展與認知的聯繫。這些新的研究角度對我們研究上古時期的飲食類動詞具有一定啓發意義。

0.1.2 語法角度

從語法的角度來研究飲食類動詞的情況，主要體現在對現代漢語飲食類動詞的研究上，且主要集中在對「吃」與賓語的結構關係的研究上。學位論文方面，謝曉明《相關動詞帶賓語的多角度考察——「吃」「喝」帶賓語個案研究》﹝註34﹞一文以現代漢語中「吃」、「喝」帶賓語的情況爲個案，討論現代漢語中相關動詞帶賓語的情況。論文考察了「吃喝」類主要動詞（吃、喝、食、飲、服、啖、茹、呷）在各代典型文獻中的使用情況，對其嬗變過程進行了簡要說明。杜誠忠《現代漢語飲食類動詞研究——以「吃、喝、含、吞、咬、喂」爲例》﹝註35﹞一文將飲食類動詞分成 6 個小類，並以 6 類中的典型成員「吃、喝、

﹝註31﹞ 呂傳峰《現代方言中「喝類詞」的演變層次》，載《語言科學》，2005（8）。

﹝註32﹞ 呂傳峰《漢語六組涉口基本詞演變研究》，南京大學博士論文，2006 年。

﹝註33﹞ 解海江《漢語義位「吃」詞義擴展的認知研究》，載《煙臺師範學院學報》（哲學社會科學版），2006（1）。

﹝註34﹞ 謝曉明《相關動詞帶賓語的多角度考察——「吃」「喝」帶賓語個案研究》，湖南師範大學博士學位論文，2002。

﹝註35﹞ 杜誠忠《現代漢語飲食類動詞研究——以「吃、喝、含、吞、咬、喂」爲例》，南京師範大學碩士學位論文，2006。文章所分的六個小類是根據動詞的語義特徵來

含、吞、咬、喂」爲研究對象，對其句法、語義及文化義進行考察和分析，同時也對其句法格式、搭配功能、語義特徵、主賓語的選擇等方面進行了探討。論文方面，陶紅印的《從「吃」看動詞論元結構的動態特徵》〔註 36〕、謝曉明的《飲食義動詞「吃」帶賓情況的歷史考察》〔註 37〕、王占華的《「吃食堂」的認知考察》〔註 38〕、董爲光的《漢語「吃～」類說法文化探源》〔註 39〕、熊金星、謝曉明的《「吃」「喝」帶賓現象的文化表徵》〔註 40〕等都涉及相關問題的探討。這些研究對於我們的研究都很有參考價值。

0.1.3　其它角度

民以食爲天，飲食與人的生活密切相關，飲食動詞的發展與飲食文化有著千絲萬縷的聯繫，飲食文化研究中的相關成果也對本研究具有參考作用。王寧先生的《訓詁學原理》專章談到「中國古代烹飪飲食文化名實考」〔註 41〕，對古代飲食、炊器和烹飪方法進行了翔實論證。張光直《中國青銅時代》〔註 42〕「中國古代的飲食與飲食具」一章中對古人的飲食觀念進行了討論，認爲古人關於飲食的觀念，在飲食的食裏面，很清楚地又有狹義之食和廣義之食的對立，狹義之食即飯或穀類食物，廣義之食則還包括肉蔬的菜肴。這種考察對我們瞭解古人的飲食行爲有啓發意義。日本學者中山時子的《中國人的飲食體系》〔註 43〕從飲食對象的角度考察中國人的飲食體系，其中對飲食行爲、

分的，對本研究有一定參考價值。

〔註 36〕陶紅印《從「吃」看動詞論元結構的動態特徵》載《語言研究》，2000（3）。

〔註 37〕謝曉明、左雙菊《飲食義動詞「吃」帶賓情況的歷史考察》，載《古漢語研究》，2007（4）。

〔註 38〕王占華《「吃食堂」的認知考察》，載《語言教學與研究》，2002（2）。

〔註 39〕如董爲光《漢語「吃～」類說法文化探源》，載《語言研究》，1995（2）。

〔註 40〕熊金星、謝曉明《「吃」「喝」帶賓現象的文化表徵》，載《湖南湘潭師範學院學報》（社會科學版），2006（4）。

〔註 41〕載王寧《訓詁學原理》，北京：中國國際廣播出版社，1996 年，284～340 頁。

〔註 42〕張光直《中國青銅時代》，北京：生活・讀書・新知三聯書店出版社，1983 年。

〔註 43〕載〔日〕中山時子主編《中國飲食文化》，北京：中國社會科學出版社，1992 年，作者認爲「所謂飲食行爲，即把能滋養生命和身體的、并給味覺以某種刺激的物體攝入體內的行爲。」「所謂飲，一般是指將液體（其中混入了固體，有時還混入

飲、食的界定很有借鑒價值。宋鎮豪《夏商社會生活史》〔註44〕在第五章「飲食」中對原始時期的飲食、夏商人的食糧、烹飪俗尚等都有詳細闡述。此外，宋鎮豪《中國飲食史》（1999）、靳桂雲《中國史前居民的食物結構》（1995），王仁湘《從考古發現看中國古代的飲食文化傳統》（2004）、《中國史前飲食史》（1997），林乃燊《從甲骨文看我國飲食文化的源流》（1983）、《中國古代飲食文化》（1997），周粟《周代飲食文化研究》（2007）等都對我們瞭解古代的飲食情況有參考價值。

0.1.4 小 結

綜上所述，對飲食類動詞的研究，學者已經從語義或語法角度，或多或少、或深或淺地對飲食類動詞的共時詞義面貌或歷時詞義演變做過描寫與分析。但是，這些研究或是零星地夾雜在專書同義詞和個別飲食動詞的研究成果中，其研究多是粗線條的、零散的，缺乏全面系統性；或是從語義場角度對飲食類動詞的歷時演變進行考察，但考察的對象和範圍都不夠全面，對甲、金、簡帛等出土文獻更是關注不夠。更重要的是，他們均未對飲食類語義場進行子場劃分與描寫分析，也未對各子場內部成員及其分佈以及在上古時期的歷時演變情況、子場與子場之間的相互制約關係等進行充分考察，因而也就缺乏對上古時期飲食類動詞的面貌及詞義系統的全面描寫與分析。因此，若能窮盡性搜集上古文獻（包括出土文獻）中的飲食類動詞，採取科學的研究方法分析飲食類動詞詞義成分，考察其共時語義系統和歷時詞義演變、詞彙更替現象，就能對上古飲食類動詞的詞義系統有更為全面的認識。

0.2 本文的研究目標及意義

0.2.1 研究目標

本文屬於特定語義範疇詞義的斷代研究，研究對象是上古時期（先秦兩

了氣體，但其主要成分是液體）從口腔攝入體內的行為。從鼻腔把氣體吸入體內的行為也可視為一種飲的行為。」「食的行為是指將固體（其中滲入液體，有時還滲入氣體，但主要成分是固體）攝入體內。」

〔註44〕宋鎮豪《夏商社會生活史》，北京：中國社會科學出版社，1994年。

漢）傳世文獻和出土文獻中的「飲食類」動詞。以傳統訓詁學的研究方法和成果為基礎，主要借鑒現代語義學語義場理論和成分分析法，同時還結合認知語義學的相關理論開展研究工作。概括地說，本文的研究目標包括如下四個方面：

1. 從共時角度描寫飲食類動詞在上古各階段的詞彙、語義面貌，揭示飲食類動詞語義場的系統性；

2. 從歷時角度描寫上古「飲食類」動詞詞彙的歷時更替、詞義演變情況；

3. 對上古時期常見的飲食類動詞進行個案研究，描繪其詞義引申脈絡；

4. 在把握事實的基礎上，揭示上古「飲食類」動詞詞義演變的原因和規律。

0.2.2　研究意義

詞義研究是一個古老的話題，傳統訓詁學在探討詞義方面積纍了大量優秀的成果，但詞義研究又是一個複雜的問題，在今天進行詞義研究仍有重要意義。科學的詞義研究應該是對客觀存在的詞義系統進行全面的、整體的研究。從語義範疇出發，對反映某一範疇的某一類詞的詞義系統進行研究，是詞義研究的一項基礎性工作。飲食類動詞詞義系統是漢語詞義系統中比較有代表性、有價值的子系統。本文第一次對上古飲食類動詞作全面系統的分析考察，其研究成果無論對科學漢語詞彙史的構建，還是對飲食動詞所反映的詞義演變規律的揭示等都有重要意義。

0.2.2.1　對建立科學的漢語詞彙史有重要意義

上古漢語是中古、近代、現代漢語詞彙研究的源頭和基礎。要想把漢語詞彙的研究引向深入，就不能滿足於僅僅作靜態的、平面的描寫，而應從它的來源上加以考察，這就涉及上古漢語詞彙的研究。徐朝華指出：「到目前為止，以殷商時代甲骨文為起點的上古漢語詞彙，是我們能夠知道的最早而有完整系統的詞彙。上古漢語詞彙是漢語詞彙研究的源頭，是漢語詞彙史的起點，也是中古、近代漢語詞彙史研究的基礎，它與現代漢語詞彙的研究也有著密切的聯繫。現代漢語的基本詞彙中，很多基本詞都是從上古一直沿用下來的。現代漢語雙音詞的構詞法，也是從上古沿用下來的。現代漢語詞彙中的一些現象，探究其

源，也是始於上古。」〔註45〕趙振鐸也指出：「這個時期（上古時期）是漢語發展的源頭，漢語後來的發展變化都和它有這種和那種聯繫。……因此學習『古代漢語』，首先要學好這一時期的語言；研究漢語史也先要弄清楚這一時期語言的狀況，才能夠更好地下推後世的語言變遷。就這個意義說，研究這個階段的漢語，不僅有很大的實踐意義，還有重要的理論方面的意義。」〔註46〕此外，作爲漢語詞彙系統重要組成部分的常用詞、基本詞史的研究也日益成爲漢語詞彙史研究的中心〔註47〕。追溯並細緻深入地研究漢語常用詞形成及其發展演變史，考察其發展演變的基本規律，是科學詞彙史建立的關鍵一環。飲食行爲是與人們生活息息相關的，飲食類動詞理所當然屬於常用詞範圍。實際上，李宗江在《漢語常用詞演變研究》中就曾將其納入常用詞研究範圍。〔註48〕我們選取上古時期「飲食類」動詞爲研究對象，弄清楚它們在上古時期的發展變化，有利於科學地描寫漢語詞彙史特別是上古漢語詞彙發展史。我們相信，這樣的研究累積到一定的程度，將爲漢語歷史詞彙學和漢語詞彙發展史的建立，提供可靠的資料和研究結論。

0.2.2.2　為詞義成分分析、詞義系統的研究提供方法上的借鑒

詞彙和詞義是成系統的，這一點已經成爲學界共識。王寧先生多次強調：「詞彙意義是自成系統的。表現在：同一種語言的意義之間互相有聯繫，或處於層級關係，或處於親（直接）疏（間接）關係。詞彙系統的演變牽一發而動全局，也是由系統自身決定的。」〔註49〕但是，「以詞義爲重的詞彙系統

〔註45〕徐朝華《上古漢語詞彙史》，北京：商務印書館，2003 年，第 2～3 頁。

〔註46〕趙振鐸《論先秦兩漢漢語》，載《古漢語研究》，1994（3）。

〔註47〕關於常用詞的具體研究及理論意義，黎錦熙、王力、鄭奠、張永言、蔣紹愚、李宗江、汪維輝等先生均發表過論著，相關情況可參看楊榮賢《漢語六組關涉肢體的基本動詞發展史研究》緒論，南京大學博士學位論文，2006 年。

〔註48〕李宗江在《漢語常用詞演變研究》（上海：漢語大詞典出版社，1999 年）一書中指出，從外延方面說，常用詞的範圍主要包括虛詞、代詞、量詞、名詞、動詞、形容詞、歎詞、數詞、詞綴。對於動詞，李宗江說「主要是表達以下語義內容的動詞：能願、趨向、使令、心理活動、人體器官的動作、文化活動、戰爭活動、農業生產、經濟活動、言語活動等。」

〔註49〕王寧《漢語詞彙語義學在訓詁學基礎上的重建與完善》，載《寧夏大學學報》，2004（4）。

是否可以證實？是否可以局部描寫出來？在這個工作沒有進行之前，語義系統論只是一個未經證明的命題。」〔註 50〕「我們通過對詞彙的詞義的整理更加深刻地認識到，詞彙與詞義的總體是具有系統性的，而詞彙系統與詞義系統——起碼是它的局位系統——是可以通過描寫顯示出來的。」〔註 51〕李運富也指出：「詞義的系統性，比起詞形來更強，也更複雜，更抽象，因而人們往往迴避這個問題不予深究。我們認為，詞彙學的研究重點當是詞義及其系統，這是迴避不了的，否則，詞彙學就會同過去一樣，名存實亡，要想獨立為學科，就是一句空話。」〔註 52〕

我們贊同這種看法，雖然詞彙系統的全貌目前還未被清楚地揭示出來，但這並不妨礙我們用系統的觀點來研究詞彙現象。「在我們還無法描寫一個時期的詞彙系統的時候，只能從局部做起，即除了對單個的詞語進行考釋之外，還要把某一階段的某些相關的詞語（包括不常用的和常用的）放在一起，作綜合的或比較的研究。」〔註 53〕蔣紹愚的這種近代漢語詞彙的研究方法，同樣也適合於上古漢語詞彙的研究。上古「飲食類」動詞是漢語詞彙史的重要組成部分，對上古「飲食類」動詞詞義系統進行共時描寫和歷時探討，有助於我們瞭解漢語詞義系統的構成面貌及其發展演變。「如果能把數十個或數百個重要的語義場作這樣的歷史比較，我們對漢語詞彙系統演變就會有比較清楚的瞭解。」〔註 54〕我們認為，對特定義類範疇的動詞進行斷代的歷時考察，拓展了詞彙系統和詞義系統的描寫範圍。更重要的是，論文探討了描寫詞義成分、揭示詞彙語義系統的方法，能為局部語義場的詞彙語義描寫及系統性的揭示提供方法上的借鑒，也有助於我們逐步接近對詞彙系統全貌的認識。

0.2.2.3　探討某類詞的詞義演變規律，豐富詞彙語義學的內容

關於詞義演變的研究歷史悠久，成果頗豐。張志毅、張慶雲將其總結為心理學模式、修辭學模式、邏輯學模式、歷史學模式和訓詁學模式五大模式。

〔註 50〕 見王寧先生為王東海《古代法律詞彙語義系統研究》所作之序，北京：中國社會科學出版社，2007 年。

〔註 51〕 王寧《訓詁學原理》，北京：中國國際廣播出版社，1996 年，自序。

〔註 52〕 李運富《古漢語詞彙學說略》，載《衡陽師專學報》，1988（4）。

〔註 53〕 蔣紹愚《近代漢語研究概述》，載《古漢語研究》1990（2）。

〔註 54〕 蔣紹愚《古漢語詞彙綱要》，北京：商務印書館，2005 年，275～276 頁。

〔註 55〕所謂訓詁學模式，指的是詞義引申說。王寧《訓詁學原理》一書設專章探討了詞義引申的問題，她將引申類型分為理性的引申和狀所的引申，其中理性的引申又包括同向和異向兩種，同向的包括時空的引申、因果的引申、動靜的引申，反向的如施受的引申、反正的引申；狀所的引申又包括同狀的引申、同所的引申和通感的引申。〔註 56〕本文關於飲食類動詞詞義演變規律的探討，能為詞義引申規律提供進一步的證據。尤其重要的是，本文從系統的角度探討飲食類動詞的詞義演變，能發現一些以單個詞為研究對象所不能發現的現象和規律，豐富詞彙語義學研究的內容。從這個角度來說，研究同一個語義範疇內的一類詞的詞義演變，尤其是與人們生活息息相關的飲食類動詞，具有獨特的價值。

0.2.2.4　有利於漢語歷時性語文詞書的編纂

古漢語詞典的釋義是否準確，和古漢語詞彙的研究是否深入密切相關。一方面，對於具體的詞，要根據大量語境和用例才能弄清楚它的準確含義；另一方面，對於什麼是詞義，在詞典中如何準確地表達詞義，也需要在理論方面深入探討。「詞典工作者最好還是要重視語義學領域的各種研究；他們對語詞意義特徵的瞭解越多，他們的工作就會越出色」。〔註 57〕可見，古漢語詞典的編纂與古漢語詞彙的研究密切相關。我們應當把兩方面的工作結合起來，以期收到互相促進之效。過去辭書在處理具體條目上問題也很多：「一是許多常用詞的始見書證普遍偏晚，沒有溯到源頭；也有個別所引書證不可靠，始見時代應該推遲的。二是對一些常見詞的義項劃分不合理或義項漏略、不準確。」〔註 58〕我們在研究中測查上古時期的所有文獻，考察每一個詞語出現的語言環境，理出一個個具體詞的詞義演變脈絡，同時關注每一個義項的產生時間，因此在一定程度上可以為義項的劃分和始見書證提供可靠的依據。例如《漢語大詞典》「飯」的第二個義項為：「2·泛指吃。」例引唐杜甫《贈鄭

〔註 55〕詳參張志毅、張慶雲《詞彙語義學》，北京：商務印書館，2005 年，223～227 頁。
〔註 56〕詳參王寧《訓詁學原理》，北京：中國國際廣播出版社，1996 年，第 54～59 頁。
〔註 57〕章宜華、黃建華《當代詞典釋義研究的新趨勢——意義理論在詞典釋義中的應用研究》，載中國辭書學會學術委員會編《中國辭書論集·1999》，上海：上海辭書出版社，2000 年。
〔註 58〕汪維輝《東漢—隋常用詞演變研究》，南京：南京大學出版社，2000 年，13 頁。

十八賣》詩：「步趾詠唐虞，追隨飯葵菫。」引證偏晚。我們在測查語料時發現，最晚在《論語・述而》中已經出現此用法：子曰：「飯蔬食，飲水，曲肱而枕之，樂亦在其中矣。」義項設立時概括義項的科學性也是很重要的一條，但貫徹這個原則卻並不容易。《漢語大詞典》為「飯」分別設立「給飯吃，使吃飯」、「指使吃」兩個義項。實際上，這兩個義項的詞義結構是一樣的，從其所舉例證看，差別僅為前者是「給人吃飯菜」，後者是「給牛吃牛食」，都是「給……吃東西」的意思，歸併為一個義項似乎更科學。當然，義項的劃分要根據語言運用的實際情況，也受到詞典的性質、任務、語言表述的多種可能性、確定義項所著重的語義因素等等的影響，所以我們提出的以上問題只是舉例說明，不帶評判意味。此外，加強對出土文獻的關注，也能彌補以往已有字詞典的不足，補充相關例證。如表示「月俸」義的「月食」，《漢語大詞典》例引宋石介《蜀道自勉》詩「我乏尺寸效，月食二萬錢」，舉證欠晚。實際上，早在漢代出土文獻中就已經發現此義項的用例，且用例不少。如《居延新簡》：「月食兩石，一斗六升。」限於當時對出土文獻的研究不夠，《漢語大詞典》、《漢語大字典》未予收錄，在以後的辭書編纂和修訂中可以酌情收錄，這對我們完整理解上古時期的詞義面貌應該是有幫助的。

0.3　本文依據的理論

0.3.1　詞彙語義系統論

詞彙不是一盤散沙，而是成系統的。關於漢語詞彙系統性，呂叔湘（1983）認為：「近代語言學的更重要的收穫是對於一條根本原則的認識——語言的系統性。每個語言自成一個獨立的系統，語音、語法、詞彙都是如此。」〔註59〕

20 世紀 50 年代以來，學術界對漢語詞彙系統從理論上進行了積極探索，並從實踐上進行了各種論證和描寫，對此，李潤生〔註60〕已經作過較全面的梳理，可以參看。此外，邱慶山亦對現代漢語詞彙體系的相關問題進行了綜述。

〔註59〕郭錫良《怎樣掌握古漢語詞義漫談》，載《漢語史論集》（增補本），北京：商務印書館，2005 年，535 頁。

〔註60〕李潤生《二十世紀五十年代以來漢語詞彙系統研究述評》，載《勵耘學刊》（語言卷）2006（2），又載《燕山大學學報》，2007（2）。

〔註61〕一直以來，眾多學者從各個方面對詞彙系統性及其表現進行了廣泛而深入的探索：周祖謨〔註62〕、黃景欣〔註63〕主要從詞彙的構成上探討詞彙的系統性；高名凱〔註64〕從同族詞、同音詞、同義詞和反義詞等不同的類聚中來研究詞彙的系統性；周國光〔註65〕從詞彙同概念體系之間的同構關係入手，對詞彙的體系性作了探討，認爲客觀世界具有體系性，因而反映客觀世界的事物、現象的概念也具有體系性，反映客觀事物、現象和表現概念體系的詞彙同樣具有體系性。張永言〔註66〕強調詞彙系統的研究首先是研究詞的語義聯繫；朱星〔註67〕認爲詞彙的系統性主要是建立在詞義上；李運富〔註68〕認爲詞義系統可以突破共時平面的分類，可以變化角度和標準進行多次劃分，而且可以進行不同層次的下位分類，他還提出以義系、義族、義群、義域等不同層次的義位聚合群來整理詞義系統；劉叔新以詞語之間內在意義爲標準，認爲詞彙系統有 11 種組織結構：同義組、反義組、對比組、分割對象組、固定搭配組等〔註69〕；高慶賜〔註70〕把單音詞的本義、引申義、假借義的意義整理稱之爲

〔註61〕見邱慶山《現代漢語詞彙體系研究綜述》，載《安慶師範學院學報》（社會科學版），2008（10）。文章將學者們關於現代漢語詞彙體系的觀點從以下 4 個角度予以闡述：1. 詞的構成要素的體系性及詞語間的結構組織決定詞彙的體系性。這以周祖謨、王力爲代表。此外，蔣紹愚（1989）從詞的義位變化、詞的聚合和組合關係、詞的親屬關係等角度觀察詞彙體系。蔣氏（1999）認爲詞彙的核心是詞義，主要應從詞義著眼，聯繫人的認知，從詞義的內部結構來研究詞彙系統。2. 語言的體系性決定詞彙的體系性。這主要以黃景欣爲代表。3. 概念的體系性和詞彙的心理屬性決定詞彙的體系性。這主要以周國光爲代表。4. 系統的普遍性決定詞彙的體系性。持這一觀點的學者包括徐國慶（1999）、韓陳其（2002）、張玉來（2005）等。

〔註62〕周祖謨《漢語詞彙講話》，北京：人民教育出版社，1959 年。

〔註63〕黃景欣《試論詞彙學中的幾個問題》，載《中國語文》，1961（3）。

〔註64〕高名凱《論語言系統中的詞位》，載《北京大學學報》，1962（1）。

〔註65〕周國光《概念體系與詞彙體系》，載《安徽師大學報》（哲學社會科學版），1986（1）。

〔註66〕張永言《詞彙學簡論》，武漢：華中工學院出版社，1982。

〔註67〕朱星《漢語詞義簡析》，武漢：湖北人民出版社，1981。

〔註68〕李運富《古漢語詞彙學說略》，載《衡陽師專學報》，1988（4）。

〔註69〕需要指出的是，劉叔新在《論詞彙體系問題》說「不可以認爲詞彙是一個體系」，載《中國語文》，1964（3）。邢公畹也認爲，詞彙沒有體系。（劉叔新《詞彙學與詞典學問題研究》序言，天津人民出版社，1984 年）

「詞義系統」。

　　鑒於本文的研究對象是上古時期的詞彙，我們尤其關注訓詁學界對詞彙、語義系統的研究情況。

　　訓詁學研究一直都是承認詞彙語義系統論的。黃侃對詞彙語義系統性認識非常深刻，他認爲訓詁學的目的就是「求語言文字之系統與根源」，他將訓詁學的任務分爲兩個：一是求系統，二是求詞源及其演變。以此理論爲指導，他親批、箋識了《說文解字》〔註71〕。陸宗達、王寧總結了訓詁學中的詞義系統理論和方法。王寧認爲：「語義中心論建立在語義獨立的基礎上。實現這一點的前提，必然是實詞的詞彙意義自成系統。」「同一種語言的意義之間互有聯繫，或處於級層關係，或處於親（直接）、疏（間接）的關係，詞彙意義的演變牽一發而動全局，首先是自身的系統決定的。」〔註72〕她從訓詁學的角度認同詞彙系統性的同時，還對「詞彙語義系統性」論斷用古代漢語、現代漢語的材料，從共時的詞彙意義系統、歷時引申意義系統、歷史的同源意義系統三個角度進行了全面的論證，以證明詞彙意義系統的存在。〔註73〕黃易青對同源詞的意義關係、詞族的意義系統作了非常深入的研究；〔註74〕宋永培多年致力於《說文解字》詞義系統的分析與描寫。〔註75〕他將意義劃分爲義位、義系、義區和義部等層級結構單位，以嚴格的系統論的理論和方法來探討以《說文解字》爲基礎的上古漢語詞彙語義系統，研究中融入了訓詁學中詞彙語義系統研究的各種方法。總之，漢語詞彙語義系統的實質，正如蘇寶榮、宋永培所總結的：漢語的詞義系統，主要是詞的本義與引申義的縱向聯繫，以及這一引申系列與有關同

〔註70〕高慶賜《漢語單音詞義系統簡論》，載《華中師院學報》1978（1）。

〔註71〕黃侃《黃侃手批〈說文解字〉》，上海：上海古籍出版社，1987年版；黃侃箋識、黃焯編次：《說文箋識四種》，上海：上海古籍出版社1983年版。

〔註72〕王寧《漢語詞彙語義學在訓詁學基礎上的的重建與完善》，載《寧夏大學學報》2004（4）。

〔註73〕具體參看《漢語詞源的探求與闡釋》《詞源意義與詞彙意義的論析》《現代漢語雙音合成詞的構詞理據與古今漢語的溝通》三文。

〔註74〕黃易青《上古漢語同源詞意義系統研究》，北京：商務印書館，2007年。

〔註75〕宋永培《古漢語詞義系統研究》，呼和浩特：內蒙古教育出版社2000年版，《〈說文〉與上古漢語詞義研究》，成都：巴蜀書社2001年版。

義詞、反義詞、同源詞的橫向聯繫。〔註76〕王東海曾將陸宗達、王寧等先生的詞彙語義系統理論概括爲以下五個方面的內容：（1）詞彙語義系統基於「三律」〔註77〕而生成和發展。（2）詞彙語義系統的共時性。（3）注重詞語義位之間的網狀聯繫。（4）注重語源義構詞理據對共時詞義系統的影響。（5）注重多義詞內部系統各義位之間的語義關係分析。〔註78〕

　　總之，從章太炎以音韻爲手段整理漢語詞彙系統，到黃侃繫聯《說文解字》中的字詞來探求詞義系統，再到陸宗達、王寧的訓詁學詞義系統的觀點和方法在理論上的總結以及系統分析方法的純熟運用，都說明了他們對詞彙、詞義系統理論的共識以及自覺、不自覺地運用。基於訓詁學的詞彙語義系統性是本研究的指導理論，正是在這一理論的指導下，我們選取了上古「飲食類」動詞作爲研究對象，力圖通過闡述飲食類動詞內部各詞項之間、某詞內部各義位之間的相互關係，進一步驗證詞彙系統、詞義系統內部的系統性。

　　綜觀各家對詞彙系統、詞義系統的研究，「詞彙是成系統的」這一看法已經成爲詞彙學界的共識，但漢語詞彙語義系統的證實與描寫還有很長一段路要走。王寧指出：「中國訓詁學最核心的語義觀，是語義系統論，也就是說，詞彙的意義存在一種有層次的關係，觀察意義和解釋意義，都要放到這個網絡關係中去才能夠保持客觀，也只有有了這種互相依存的關係，詞彙語義學才能成爲一門獨立的科學而不附庸於語法學。但是，以詞義爲重的詞彙系統是否可以證實？是否可以局部描寫出來？在這個工作沒有進行之前，語義系統論只是一個未經證明的命題。從訓詁學的長期實踐和詞彙語義的種種現象看，我們相信這個命題具有眞實性，但如何設計一套行之有效的操作辦法來驗證它的眞實，一直是我們追求的學術目標。」〔註79〕王先生的話語可謂振聾發聵，值得深思。

　　那麼，如何劃定值得研究的詞語聚合？如何分析詞義並描寫詞與詞之間的

〔註76〕蘇寶榮、宋永培《論漢語詞義的系統性及說解詞義的方法》，載《河北師範大學學報》，1985（2）。

〔註77〕即累積律、區別律和協調律。

〔註78〕詳參王東海《古代法律詞彙語義系統研究》，北京：中國社會科學出版社，2007年，24～29頁。

〔註79〕見王寧先生爲王東海《古代法律詞彙語義系統研究》所作之序，北京：中國社會科學出版社，2007年。

語義關係？如何描寫與證實某詞群的詞義系統？這是我們在研究詞義系統時必
須認眞思考並嘗試解決的問題。

0.3.2　語義場理論

　　眾多學者都對詞彙、詞義系統研究進行了理論上和實踐上的積極探索，從
中可以看出研究過程正在完成兩個轉變：一是從理論上的探討爲主轉爲理論與
實踐研究並重，二是從注重共時的詞彙、詞義系統的研究轉變爲既注重共時詞
彙、詞義研究，也注重以此爲基礎進行歷時詞彙、詞義系統演變的研究，這是
對傳統只注重個體詞語詞義考察的突破，更是建立科學詞彙史的良好勢頭，值
得肯定。但是我們也看到，比較微觀的詞義系統及對以某個語義範疇爲基礎形
成的詞義類聚的系統研究，特別是全面考察漢語史各歷史時期各語義場的歷時
演變的研究仍嫌不足，正如賈彥德所說：「而現代語義學目前最大的不足，就是
具體的語言材料分析比較少」〔註80〕，這不能不說是一個很大的缺憾。對詞彙
語義系統的證明，「一靠理論論證，二靠實踐經驗」。〔註81〕從理論與實踐的哲
學關係來看，實踐經驗具有更重要的本體作用。

　　面對「永遠是一個開放的不平衡系統」的詞彙意義系統，如何研究其詞
彙系統性？王寧先生認爲，「歷史詞彙系統卻已經定量。古代漢語單音詞的意
義元素是可以定量測查的。在窮盡分類歸納出相應類別的語義場之後，計算
機所需要的義元測查可以有系統的進行，這對整理漢語詞彙總體系統，是一
條必經之路」〔註82〕。王寧先生的這番話是建立科學的詞彙語義系統的宣言，
對我們的研究工作有重大指導意義。但是我們也發現，「窮盡分類歸納出相應
類別的語義場」的前提是，「定量測查」「古代漢語單音詞的意義元素」。而古
漢語單音詞數量眾多，很多單音詞都是多義詞，加上古代文獻（包括出土文
獻）汗牛充棟，要想從龐雜的古代文獻中定量測查每個單音詞的意義元素，
無疑是一個浩大的工程，單憑個人的時間和精力是無法完成的，這需要我們
學人的努力和堅持。另一方面，很多學者紛紛以微觀詞義系統爲切入口，爲

〔註80〕賈彥德《漢語語義學》，北京：北京大學出版社，1999 年版，17 頁。

〔註81〕張志毅、張慶雲《詞彙語義學》130 頁。北京：商務印書館，2005 年。

〔註82〕王寧《談〈歷代刑法考〉的訓詁成就》，載《訓詁學原理》，北京：中國國際廣播
　　　　出版社，1996。

漢語詞彙系統的建立添磚加瓦。張永言指出：「在詞彙領域裏，各個語言單位之間的聯繫主要是意義上的聯繫；我們要把一種語言詞彙當作一個體系來研究，首先就得按照詞的語義聯繫進行分門別類的工作。詞的語義分類是詞彙研究的實際工作的一個不可缺少的步驟，具有重要的理論意義和實踐意義。」〔註83〕這種思路直接得益於西方現代語義學的語義場理論在漢語詞彙研究中的運用。實際上，在中國傳統訓詁學的詞義研究實踐中，早就存在語義場思想的萌芽和實踐。

　　以下對語義場理論在我國的引進與應用情況作簡要述評，並著重針對語義場理論在構場主觀性上的缺陷提出我們的看法。

　　關於語義場理論的歷史及基本理論，陸尊梧（1981）、鄒玉華（1987）的兩篇論文，李紅印（2001）博士論文的「詞彙——語義系統分析的理論與方法」部分介紹得非常詳細，可以參看，此不贅述。語義場理論認為語言中的全部詞彙構成一個完整的語義系統，系統中各個詞項按意義聚合成若干個語義場，每個詞的意義都取決於場中其它詞的意義。語義場研究法的核心是語義關係分析，基礎是成分分析，二者密切結合。在詞彙系統性證明與局部描寫方面，語義場理論實現了詞彙研究從單個詞語到成系統詞語的飛躍，是漢語詞彙研究方法和理論上的重大突破。

　　語義場理論一經引入中國，就引起了學者的廣泛關注，他們紛紛將語義場理論用來研究古漢語詞彙。著作方面，賈彥德《漢語語義學》是國內第一部介紹國外語義場理論並結合漢語實際進行研究的專著，對語義場有了系統的研究與歸納。蔣紹愚的《古漢語詞彙綱要》則運用現代語義學的義素、義位和語義場理論，用系統的詞彙語義觀對漢語詞彙歷史發展中的一些帶有規律性的問題進行了深入探討。在《漢語的詞彙系統及其發展變化》一章中，作者舉出大量例子，從聚合和組合兩個方面探討了詞在語義場中的變化。蔣紹愚指出：「以往研究漢語詞彙的歷史發展，多以單個的詞為單位。其實，詞彙在歷史發展中是互相聯繫的。如果從相互聯繫的角度來觀察，就會看到一些重要現象。」〔註84〕在《關於漢語詞彙系統及其發展變化的幾點想法》〔註85〕一文中，他進一步探

〔註83〕見張永言《詞彙學簡論》，武昌：華中工學院出版社，1982年，67頁。

〔註84〕蔣紹愚《白居易詩中與「口」有關的動詞》，載《語言研究》1993（2）。

〔註85〕載《中國語文》1989（1）；又載《漢語詞彙語法史論文集》，北京：商務印書館，

討了考察漢語詞彙系統在不同歷史時期發展變化的角度：義位的有無和結合關係、詞的聚合關係、詞的組合關係、詞的親屬關係。這對研究詞彙系統的發展變化具有重要指導作用。蔣先生從理論到實踐所作的探索〔註86〕對推動漢語詞彙史的研究產生了重要影響。一些學者正是通過具體語義場的變化來觀察漢語詞義系統的歷史演變。論文方面，較早運用語義場理論研究詞彙系統及其演變的如童致和〔註87〕，他研究了一系列「氣味詞」的詞義變化，以及由此帶來的詞義系統的演變、單個詞的意義在詞義系統中的位置的變化；解海江、張志毅的《漢語面部語義場歷史演變——兼論漢語詞彙史研究方法論的轉折》〔註88〕則明確運用了「語義場」的理論來研究。近幾年來，以某類語義場為研究對象的如：王建喜（2003、2006）、吳寶安、黃樹先（2006）、吳寶安（2006）、崔宰榮（2001），他們分別對「陸地水」語義場、腿部語義場、「皮」語義場、「頭」語義場、「吃喝」語義場等進行了研究。

必須指出的是，「中國自古代以來存在的類聚方法，與西方語義學的語義場理論不謀而合，但訓詁學在類聚材料中探討語義有一套較成熟的操作方法，又是語義場理論所不具備的，它們之間應當相互補充。」〔註89〕王寧先生一貫主張從漢語自身的實際出發，將現代語義學的理論和傳統訓詁學的成果相結合。她本人一直都是這一理念的踐行者。她從古代訓詁材料的注釋與纂集中總結出「同類類聚」、「同義類聚」和「同源類聚」三種類聚模式。此外，她還從漢語自身的傳統出發，提出了語義場內詞語密度測查、詞義對立關係測查、詞義相

2000 年。

〔註86〕 蔣紹愚（2005：275～276）曾以古漢語中表示觀看的詞為例進行了考察，指出「細緻的比較應該是取幾個不同的歷史平面（如春秋戰國、東漢、魏晉、晚唐五代、南宋、明代等等），對各個平面上表示『觀看』的語義場中有哪些詞作一個比較全面的統計，然後再把各個歷史平面加以比較，從而觀察分析表『觀看』的語義場在漢語歷史演變中的變化。如果能把數十個或數百個重要的語義場作這樣的歷史比較，我們對漢語詞彙系統的歷史演變就會有比較清楚的瞭解。」

〔註87〕 童致和《香和臭的詞義演變及氣味詞的詞義系統的發展》，載《杭州大學學報》1983（2）。

〔註88〕 解海江、張志毅《漢語面部語義場歷史演變——兼論漢語詞彙史研究方法論的轉摺》，載《古漢語研究》1993（4）。

〔註89〕 見王寧《訓詁學原理》，北京：中國國際廣播出版社，1996年，第212～214頁。

關規律測查、意義元素分類測查的理論〔註90〕。王先生認爲，在同類語義場裏，詞語密度的變化，標誌著社會生活的變化。密度大的語義場跟人們的生活關係密切，密度小的關係沒那麼密切。這實際上闡釋了語義場之間詞彙量不同的深層原因。而詞義對立關係、詞義相關規律的測查、意義元素的分類測查則對於分析語義場內各成員的相互關係有重要指導意義，它們使語義場理論得到了豐富和發展。研究過程中，本文將合理吸取訓詁學中科學的詞彙語義學思想。

語義場理論第一次爲我們展現了詞義的系統性，讓人們看到，詞義是可以聚合成「場」的，一個場內的詞義互相聯繫、互相制約，一個義位的改變可以引起整個場意義系統的改變，這對於認識詞義系統和詞彙系統都有重要的理論意義。此外，語義場對詞彙意義的研究，既有探討數量的作用，又有整理詞彙系統和詞義系統的作用。相對於以往單個詞詞義的研究，語義場理論爲詞彙學研究，特別是詞義、詞彙系統的研究開闢了一條新路，具有理論和方法上的雙重價值。因此，在研究過程中，我們要合理利用語義場理論的合理內核——以小範圍內詞語類聚爲切入口來研究詞彙語義系統，以達到宏觀地、系統地考察詞彙語義系統的目的。

但語義場理論也存在自身的不足與缺陷，構場主觀性（即語義場的劃分和場內成員的確定帶有隨意性）的問題就是其中之一。我們先看看諸位學者對語義場、義素的定義：〔註91〕

> 「如果若干個詞義位含有相同的表彼此共性的義素和相應的表彼此差異的義素，因而聯結在一起，互相規定，互相制約，互相作用，那麼這些義位就構成一個語義場。」（賈彥德，1999：150）

> 「語義場就是以共性義位或義素爲核心形成的相互制約的具有相對封閉域的詞或義位的集合，主要是聚合關係；偶而指組合關係。」（張志毅、張慶雲，2005：77）

> 「『義素』是由處於同一語義場中相鄰或相關的詞相比較而得出的。構成一個詞的若干義素，就是這個詞區別於其它詞（特別是同一語

〔註90〕詳參王寧《訓詁學原理》，北京：中國國際廣播出版社，1996年，第212～214頁。
〔註91〕下列引文中的著重號均爲筆者所加。

義場中相鄰或相關的詞）的區別性特徵（distinctive feature）。」（蔣
紹愚，2005：32）

「義素就是義位的語義成分，從義位之間區別對立的角度，又叫語
義特徵，偶而又稱語義特性、語義標示、語義原子、語義成素、語
義因子、語義基元、義子，生成語義學又稱之爲標記。」（張志毅、
張慶雲，2005：20）

從上面的論述可以看出，一方面，語義場的確定要以一群詞共同具有的某
一義素爲前提，即語義場的構成依賴於共同義素的存在。但另一方面，義素的
得出又依賴於語義場內各詞項的互相對比，即義素得出的前提是語義場的提前
劃定。可見，語義場的劃定和義素的分析，「兩者互爲存在的前提，缺乏一個明
確的參照標準來對它們作嚴格的規定」。[註92] 這應該是語義場理論存在構場主
觀性的根本原因。

其實，關於語義場的劃定，賈彥德曾有過探討。賈彥德認爲，「一種語言
的所有的義位就是互相聯繫、互相制約的，因而也就構成了一種語言的語義
的總場。而語義場又可以進一步分爲若干較小的場，這些較小的場就稱爲子
場。子場往往可以分爲更小的子場，這樣一層層分下去，分到不能再分時，
就叫做最小子場。」「漢語、尤其是現代漢語的總語義場包含著大量的義位，
而這浩如煙海的義位又處在縱橫交錯、層層疊疊、極其複雜的關係之中。我
們分析義素是無法也沒有必要從整個總場下手的。」[註93] 在賈彥德看來，漢
語總語義場的龐雜性決定了語義場的劃分只能從最小子場開始。但是如何科
學地確定最小子場，他也沒徹底解決這個問題。他自己也承認，最小子場的
確定，「只能靠分析者的初步判斷來認定哪些義位構成最小子場」，「這樣確定
的最小子場，其結果並不十分可靠」，[註94] 需要在後續的分析過程中再作調
整。

可見，語義場理論主觀構場的問題不是沒被語言學家發現和重視，而是一

〔註92〕 王東海《古代法律詞彙語義系統研究》，北京：中國社會科學出版社，2007 年，58
　　　頁。

〔註93〕 見賈彥德《漢語語義學》，北京：北京大學出版社，1999 年，59〜60 頁。

〔註94〕 見賈彥德《漢語語義學》，北京：北京大學出版社，1999 年，60 頁。

時還找不到更好的解決辦法，所以學者們大多避而不談，這大概也是諸位學者研究具體語義場時〔註95〕避談語義場劃定原則的原因。

0.3.3　概念場理論

　　上世紀 80 年代以來在美國和歐洲興起了認知語言學，這種理論在語義研究上認爲語言的意義在於人類如何對世界進行範疇化和概念化。〔註96〕在認知語言學的研究中，範疇化是一個非常重要的概念。〔註97〕範疇化是人類對世界萬物進行分類的一種高級認知活動，在此基礎上人類才具有了形成概念的能力，才有了語言符號的意義。Taylor（1995：1～2）指出：語言學內部對範疇的研究主要在兩個層面上進行：（1）爲了描寫研究的對象，語言學家需要確定範疇，這與其它學科是別無二致的。（2）在語言學研究中，語素、詞、短語句子及其結構等等，本身組成了範疇，同時也代表範疇。〔註98〕本文主要關注範疇研究的第一個層面。實際上，特里爾（J.Trier）早就提出過「概念場」（conceptual field）理論。對此，徐烈炯（1990：106）指出，特里爾的概念場主要著眼於詞的聚合關係，認爲在概念場上覆蓋著詞彙場，詞項的劃分反映了概念的劃分，他把詞彙看做一個由詞組成的系統，詞與詞之間有一定的語義分工。可見，在特里爾看來，在同一個概念場上覆蓋著一個詞彙場，詞彙場中的各個詞互相聯繫，互相制約，每一個詞的意義只能根據和它相鄰近或相反的其它詞的意義而確定。這無疑給運用語義場理論研究詞彙語義學提供

〔註95〕指王建喜（2003、2006）、吳寶安、黃樹先（2006）、吳寶安（2006）、崔宰榮（2001）分別對「陸地水」語義場、腿部語義場、「皮」語義場、「頭」語義場、「吃喝」語義場所進行的研究。

〔註96〕以下有關認知語言學的理論主要參考了張敏（1998）、趙豔芳（2001）的論述。此外，從類型上看，範疇分爲兩種：亞里士多德（Aristotle）的經典範疇論和認知語言學的原型範疇論，二者代表了不同的研究範式。經典範疇論在自然科學領域影響深遠。在語言學研究中，源於經典範疇論的充分必要條件釋義法和屬加種差釋義法仍在詞典編纂中廣泛應用。原型範疇論是在對經典範疇論批判的基礎上形成的新的範疇觀。

〔註97〕束定芳（2005）指出：「認知語義學最大的特點就是把意義看作是概念化，認爲語言意義與人類的一般認知能力和方式具有密切的關係。」

〔註98〕轉引自郜智勇《典型理論的語義範疇觀》，載《四川外語學院學報》，2000（1）。

了劃場的認知語義學理論。

　　認知語義學對詞彙語義研究的滲透也對我國的詞彙語義學產生了廣泛影響。蔣紹愚指出,「詞彙的核心是詞義,考慮詞彙系統的問題主要還應從詞義著眼。而詞義是和人們對世界的認知緊密聯繫著的。所以,這個問題要從人們對世界的認知談起。」〔註99〕他認為,人們對客觀世界認知的過程不是機械的、照相式的反映,而是能動的認識世界,據此他提出「兩次分類」的觀點。「在各種語言中(或同一種語言的不同歷史時期中),把一些事物、動作、性狀歸為一類,成為一個義位,把另一些歸為一類,成為另一個義位,這就是我們所說的『第一次分類』。」「人們把幾個意義有聯繫的義位歸在一起,用同一個詞表達,這也是分類。我們稱之為『第二次分類』。」受特里爾所提「概念場」的影響,蔣紹愚進一步闡述了「概念場」理論的認知語義學指導思想和具體研究步驟。他認為,詞彙表達概念,各種語言的詞彙系統不同,但概念場大體上是人類共同的,把不同系統的詞彙放到概念場的背景上,就有了一個共同的坐標,這就可以互相比較。〔註100〕「把詞的各個義位放到概念場的各個概念域中,就可以看到,處於同一個概念域中的各個義位具有同位關係,和處於上位／下位概念域中的義位具有上位／下位關係,這樣,這些義位就構成了一個系統。而一個詞的各個義位又是互相關聯的,所以詞彙也構成一個系統。」「以『概念場』為背景,考察各個概念域中的成員及其分佈在不同歷史時期的演變,是研究詞彙系統歷史演變的一種有效的方法。」〔註101〕蔣紹愚新近發表的《漢

〔註99〕見蔣紹愚《兩次分類——再談詞彙系統及其變化》,載《中國語文》1999(5)。

〔註100〕蔣紹愚(2004)認為,「概念場是人類共同的,但在不同語言或同一種語言的不同時期中,覆蓋在這個概念場上的語義場各不相同,也就是說,覆蓋著這個概念場的詞彙的成員和分佈各不相同。所有表示某概念的詞語構成了詞彙場,詞彙場處於不斷變化之中,既有新成員的加入,也有舊成員的消亡。」

〔註101〕具體來說,「『概念場』是一個層級結構。包括全部概念的是總概念場,總概念場下面又分若干層級。」為了表述清晰,他將總概念場下的各個層級稱為「概念域」,而「打擊,位移,飲食,觀看等,都是人類共同的概念域」。與此對應,詞彙場也是一個層級結構,各個層級的詞彙,分別覆蓋在相應的概念域中。不同詞彙系統的詞彙面貌是不相同的,所以,同一個概念域被詞彙覆蓋的情況也會不同,即覆蓋在這個概念域上的成員不同,各個成員的分佈不同。在每一個概念域中,都存在一個由各種維度交叉而構成的多維網絡,這些詞在某個概念域中的位置可以用

語詞義和詞彙系統的歷史演變初探——以「投」爲例》、《打擊義動詞的詞義分析》兩文〔註 102〕，就以「概念場」爲背景，運用概念要素分析法對「投」、打擊義動詞進行了分析。他認爲這是釐清詞義之間的聯繫及其歷史發展，研究詞彙系統的歷史演變，觀察並描寫某個歷史平面詞彙系統及其特點的有效方法。

近年來，越來越多的學者逐漸傾向於用「群、場、域」等概念來界定和研究互有關聯的一組詞，提出了諸如「詞群」、「×類詞」、「概念場」、「概念域」等概念，湧現出不少相關論著。最早用「詞群」理論對「語義聚合」進行研究的是符淮青。在《詞義的分析和描寫》一書中，他將西方語義學提出的語義場、詞彙場改稱詞群，並對表動作行爲的詞、表名物的詞、表性狀的詞的意義進行了分析。同時，符淮青率先開始了按語法範疇的不同對義位進行分類釋義的研究。他以《現代漢語詞典》中的釋義爲參照系，選取了動詞、名詞、形容詞中的典型成員——表動作行爲的詞、表名物的詞和表性狀的詞，分別歸納出它們常規的釋義模式，稱之爲「語言——思維」分析式，後稱爲「詞義成分——詞義構成模式」。符淮青「按語法範疇釋義」的最早研究對象是動詞義位，對動詞釋義模式研究也最爲深入和詳盡。在提出動詞義位釋義的構成模式之後，他明確指出該模式「只適用於表動作行爲的詞，但一般不適用於表名物的詞和表性狀的詞」〔註 103〕。受其影響和啓發，出現了對範疇釋義相關問題進行研究的博士學位論文，如于屏方（2006）《動作義位釋義的框架模式研究》、馮海霞（2008）《語義類別釋義模式研究》。此外，從「某類詞」的角度來劃定研究對象並據此研究詞義聚合內語義關係的論文也大量出現：呂東蘭（1995）、杜翔（2002）、王楓（2004）、劉新春（2003）、呂傳峰（2005）、邵丹（2006）、楊鳳仙（2006）、梅晶（2008）等從義類詞的角度分別對看視類動詞、運動詞、言說類動詞、睡覺類動詞、喝類詞、心理動詞、言說類動詞、時間詞語等進行了比較系統的研究。此外，譚代龍（2005）、尹戴忠（2008）則從概念場的角度分別對義淨譯經身體運動概念場、看視概念域詞彙進行了共時分佈的描寫與歷時演變的研究。

明確的坐標來標明。詳參蔣紹愚（2007）。

〔註102〕分別載《北京大學學報》2006（4）和《中國語文》2007（5）。

〔註103〕符淮青《詞典學詞彙學語義學文集》北京：商務印書館，2004 年，19 頁。

總之，傳統語義學理論〔註104〕（包括語義場理論）在詞彙層面上主要研究詞如何與客觀現實相對應而獲得意義，以及詞與詞之間的關係，重視在系統中考察詞的價值和詞義範圍，強調從詞彙系統內部探討詞彙語義系統。概念場理論則從詞義與人類認知能力的密切關係出發，提出從概念場的角度來切入並考察覆蓋在其上的詞彙語義面貌。兩者雖然出發點不同，但在試圖通過微觀語義系統的考察來逐步研究漢語宏觀詞彙系統的立足點上，是一致的。此外，相對於「語義場」的提法，「×類詞」、「×詞群」「×概念場」「×概念域」的名稱似乎更加「名副其實」：學者們劃定「語義場」時並不是根據義素分析法從最小子場開始一步步地往上歸併而來的，其本質上大都是從某一個語義範疇的角度來圈定場內成員的。即先圈定屬於某一語義範疇的一組詞語爲研究對象，然後再對其語義屬性進行分析。我們認爲，從人類某個共同的概念出發，研究覆蓋在該概念下的詞彙，尤其是以此爲切入口分析同一種語言不同歷史時期的詞彙語義系統或不同語言的詞彙面貌，是一種值得嘗試的方法。這種方法是在客觀上難以全面研究詞語義素並據此繫聯語義場的背景下，在語義場理論難以避免構場主觀性的情況下提出來的，具有必要性和可行性。正如蔣紹愚所說：「如同漢語語音史、漢語語法史一樣，漢語詞彙史的主幹應該是漢語詞彙系統的發展變化。」「這一工作可以從局部做起。比如可以以一個概念場爲單位，研究其中詞彙的歷史演變。」〔註105〕

本文把飲食類動詞看作一個語義場，也不是從分析義素開始，而是基於對概念範疇的認知，因爲飲食是人類認知的一個基本範疇，飲食類動詞也是人類認知的一個基本概念場，這個概念場對應著漢語詞彙系統的一個常用詞範疇，即飲食類動詞詞彙場。從概念場入手，構建詞彙場，進而分析詞彙場各詞彙成員的語義關係，最終達到描寫語義場的目的，這是本文把語義場理論和概念場理論結合起來的一種研究思路。

〔註104〕張志毅、張慶雲（2005）認爲，傳統語義學以詞義研究爲軸心，涉及以下 10 個問題：詞源；詞的理據；詞義的變化和演變；詞義類聚——多義詞、同義詞、反義詞、同音異義詞；詞的中心義和色彩附屬義；詞義和概念的關係；詞義、語音和客觀事物三者的關係；詞語解釋及教學；詞語翻譯；詞典學編纂。

〔註105〕上兩句話均出自蔣紹愚《古漢語詞彙綱要》，北京：商務印書館，2005 年，302 頁。

0.3.4 詞義成分分析理論

語義的研究具有悠久的歷史。和世界上所有語言一樣，漢語的語義研究大致經歷了訓詁學（語文學）、傳統語義學、現代語義學三個緊密聯繫的時期。〔註106〕關於語義學發展的歷史，賈彥德（1999）等學者都已做過詳細闡述，可以參看。以下主要對與本文詞義分析有關的結構主義語義學的成分分析法（義素分析法）、現代訓詁學派的「二分的義素分析法」、基於動詞非自足性的動詞釋義模式的研究及其對詞義成分描寫的影響三個方面進行簡要述評，並在此基礎上提出飲食類動詞的詞義成分分析方法。

0.3.4.1 結構主義語義學的成分分析法

成分分析法也叫義素分析法。上世紀 50 年代由美國人類學家在研究親屬詞的含義時提出。〔註107〕60 年代初，義素分析法用來爲生成轉換語法提供語義特徵，受到現代語義學的重視，1978 年義素分析法被介紹到中國，〔註108〕很快在語言學界引起反響，特別是在詞義分析方面顯示了它的優越性。義素分析法把義位分解成若干意義成素——義素，用義素作語言分析比較的最小單位，加深對語言成分及成分間關係的認識。這種方法通過相關義位之間的對比，對義位進行分解，從中找出語義的共同特徵和區別特徵。語言學家經常舉的例子就是對「男人、女人、男孩、女孩」這四個義位的分析。具體說來，通過對比，找出它們之間的共同特徵〔人類〕，區別特徵〔性別〕〔成年〕。然後根據這些特徵來分析義位。比如，「男人」「女孩」的義位分別可以表示爲：「男人」：〔＋人類〕〔＋男〕〔＋成年〕；「女孩」：〔＋人類〕〔－男〕〔－成年〕。相對於語文學時期「原子」型的詞義分析法，義素分析法深入到詞義研究的內部，加深了對詞義內部的認識，特別是在親屬詞、軍銜詞等封閉語義場的詞義分析中，顯示出明顯成效。此外，義素分析法對於辨析部分同義詞、反義詞也很有效，而且，語義特徵在說明詞語的搭配是否合理等方面也具有解釋力。賈彥德指出：「義素分析法對某些種類的義位所作的分析令人相當滿意」。

〔註106〕詞彙學中的語義部分、早期的語義學叫做傳統語義學，語義學研究的新階段叫現代語義學。詳參賈彥德《漢語語義學》，北京：北京大學出版社，1999 年，第 4 頁。

〔註107〕關於義素分析法的源流，可以參看于屏方《動作義位釋義的框架模式研究》，廣東外語外貿大學博士學位論文，2005 年。

〔註108〕參看周紹珩《歐美語義學的某些理論與研究方法》，載《語言學動態》1978（4）。

學者們紛紛把這種方法引入詞義研究中。賈彥德 1986 年出版的《語義學導論》和在該書基礎上增訂並於 1992 年出版的《漢語語義學》，都用較大的篇幅，結合漢語的實際，介紹了義素分析法，並用於具體詞義的辨析。此外，還有許多學者把義素分析法運用於漢語詞彙研究中。劉叔新在同義詞研究和同義詞詞典編寫中，使用了義素分析的方法。蔣紹愚運用義素分析法對詞義發展變化的規律作了有益的探討。他認爲，中心義素不變，限定義素減少，就是詞義的擴大；中心義素不變，限定義素增加，就是詞義的縮小；保留原有的若干義素，但中心義素改變，就是詞義的轉移。〔註 109〕

　　然而隨著研究的深入，這種方法的不足也日益顯示出來，比如義素抽取的主觀性與不可窮盡性、對一些抽象的動詞或心理動詞的義素提取無能爲力等，很多學者都提出過看法〔註 110〕。萊昂斯從理論和方法論的高度對構成成分分析所堅持的「二分法」問題、構成成分的固定性和封閉性問題、構成成分與「詞位」、「詞位的意義」之間的關係問題、構成成分的安排順序等問題以及構成成分組合與詞的意義的等同性問題等諸多問題進行了深入剖析，指出：（1）詞義的構成成分併不像有的學者所說的那樣是封閉的、固定的；（2）表示詞義的構成成分不一定只是簡單的組合，可能是一個有結構的序列；（3）構成成分分析由於追求概括經常做得過了頭而顯得粗疏。符淮青贊同萊昂斯的分析，指出詞的數量巨大，詞義內容複雜，用有限的構成成分的組合、用二分法來分析詞義，難以普遍地使詞義的分析到達科學的形式化的分析。而且詞義和詞義成分之間的關係與分子和原子之間的關係也不相似，從這個方向設想詞義分析的形式化也疑難重重。黃建華就一些語言學家提出的義素分析法對詞典釋義的作用提出了質疑，指出要用這種方法去提高語詞釋義的精確性，還有很多理論上和實踐上的問題有待解決。〔註 111〕正如蔣紹愚（2007）所總結的：「用義素來分析詞義，是詞義研究的一種進展。但是它主要適用於同一個共時平面的同一種語言的詞彙系統，要用於不同歷史時期的語言的詞彙系統的比較，或者兩種不同語言的詞彙系統的比較，就有相當大的局限。因爲不同歷史時期或者不同語言的詞彙系統是不同的，語義場的劃分未必相同，即使在同一語義場中，相鄰或相

〔註 109〕 蔣紹愚《詞義的發展和變化》，載《語文研究》1985（2）。

〔註 110〕 詳參郭聿楷《義素分析與原型範疇》，載《中國俄語教學》，2001（1）。

〔註 111〕 詳參黃建華《詞典論》，上海：上海辭書出版社，1987 年，108～112 頁。

關的詞也未必相同。」〔註112〕張志毅、張慶雲也說：「因爲義素分析有些局限性，它不是語義學的主流和前沿，因此國外研究義素分析的學者已經寥若晨星，而研究語句數學邏輯式的則是滿天星斗。」〔註113〕

應該說，這些看法都具有一定的針對性，但義素分析法是意義研究的各個範式都必須憑藉的一種意義研究手段。作爲意義研究中不可缺少的工具，其方法本身是不應該被過分指責的。更何況從歷時角度看，義素分析法自身從萌芽到現在，處在不斷的發展、變化、調整和完善之中。〔註114〕承認詞義的可分解性，這是義素分析法的合理內核。作爲對意義內部進一步切分的方法，「義素分析法」是對洪堡特的「每個詞都包含著無法再用詞進一步區分的內容」的終結，具有重要的突破性意義。正是因爲義素分析法的出現，語義分析才得以掙脫傳統語義學的束縛，開始深入到義位的內部，分解出義位結構中的更小單位——義素。「『義素分析法』倡導的『分析』理念是正確的：義位不是語言中終極的、不可再分的單位，義位內部可以進一步細分併進行語義範疇化。這種分析理念在意義分析過程中必須堅持，否則勢必要退回到傳統語義學將詞義當作一元整體對待的老路上去。」〔註115〕承認意義具有可分解性，認爲意義內部是可研究的微觀系統，對於我們來說這是最寶貴的。在本文詞義分析過程中，我們將貫徹「義素分析法」的合理內核——詞義內部具有可分解性，探討飲食類動詞詞義內部的微觀世界。

〔註112〕蔣紹愚《「打擊義」動詞的詞義分析》，載《中國語文》2007（5）。

〔註113〕張志毅、張慶雲《詞彙語義學》，北京：商務印書館，2005年，第8頁。

〔註114〕詳參于屏方（2005）。她指出，義素分析法的發展表現在：從最初的特徵二分、特徵具有普遍性，發展到Katz和Postal對標義成分和辨義成分的區分，承認非二分性義素的存在；從最初義素的抽象性發展到Cruse認爲是詞參與了詞的釋義；從最初全體義素作爲充要條件參與釋義發展到對義素重要性的梯度性的劃分；從「語義系統自足」的假設發展到Cruse漸次將百科成分引入意義分析，一直到Wierzbicka完全在認知語言學的框架下對意義進行分析，應該說，義素分析法逐漸擺脫了意義分析的音位模式，愈來愈貼近對義位意義的研究。而且，義素分析法一直被認爲屬於結構語義學的範疇，用於相對封閉的語言系統內的意義描寫。但實際上，即使在認知語義學中，比如對原型的描述，也必須使用到語義特徵。

〔註115〕于屏方《動作義位釋義的框架模式研究》，廣東外語外貿大學博士學位論文，2006年，139頁。

0.3.4.2　現代訓詁學派提出的「二分的義素分析法」

　　中國的訓詁工作已經有幾千年的歷史，傳統訓詁學大量的成果，諸如對單個詞的分析、訓釋，對字源、詞源的探討，對虛詞意義來源的考察等等，無一不是圍繞語義問題進行的。尤其可貴的是，訓詁學對詞義的解釋是伴隨漢語的發展而發展的，它最集中最典型地體現了漢語詞彙語義的本質特點和規律，這是傳統訓詁學留給我們的寶貴財富。關於中國訓詁學的地位，王寧指出：「它（筆者按，此處指中國訓詁學）以中國先秦經典的書面語言以及對這些語言的解讀材料爲主要研究對象，探討前期漢語的詞源和詞彙意義的歷史演變。它的成果首先是對漢語的歷史語言單個的詞語意義所作的識別與解釋，然後是對那些已探求到的意義解釋材料進行總匯與分類。這就使它在語言學理論體系中，佔據了漢語歷史語義學的位置。」〔註116〕

　　雖然傳統訓詁學文獻解讀的目的決定了傳統訓詁學對詞義的理解多是原子主義的，較少對詞義內部層次進行區分，〔註117〕從研究內容到研究方法，訓詁學還不是現代意義上的詞彙學〔註118〕。但正如王寧（2004）所指出的：「漢語詞彙語義學應當在自己的傳統中總結，因爲漢語研究的傳統含有最全面、最徹底的科學語義觀，因而有可能產生最先進的方法。」就連主張運用西方義素分析法來分析詞義的賈彥德也承認：「當他們（古代訓詁家）在用詞組、句子解釋詞時，他們的釋義實際上卻包含了不同的成分」，「孕育了義素、義素分析法」。〔註119〕

　　在對大量訓詁材料分析的基礎上，王寧從詞義比較中切分出了三種不同作

〔註116〕王寧《訓詁學原理》，北京：中國國際廣播出版社，1996年，203頁。

〔註117〕如王寧先生在對訓詁材料進行分析後指出，在訓釋材料裏，被漢字記錄下來的是五種不同的單位：字、詞、詞項、義位、義素。詳參王寧《訓詁學原理》，北京：中國國際廣播出版社，1996年，205～206頁。

〔註118〕陸宗達、王寧（1994，23）指出「在這些著述中，仍然只停留在分別研究具體詞的引申系統，其間或有部分的歸納綜合，還沒有對漢語詞義的引申問題作進一步的理論研究。」賈彥德（1999）認爲傳統的語義研究在語義研究上是圓圖的、原子主義的、不成系統的、僅圖於詞義的。張志毅、張慶雲（2005，2～3）亦指出傳統語義學在研究單位的一元性、研究方向的單向性、研究思路的原子主義以及沒有充分運用分析的研究方法四方面存在根本性缺陷。

〔註119〕賈彥德《漢語語義學》，北京：北京大學出版社，1999年，127頁。

用的義素：類義素、核義素（源義素）和表義素。其中，類義素用以指稱單義項中表示義類的意義元素。例如江、河、淮、漢可提取類義素〔河流〕。核義素（源義素）用以指稱同源詞所含的相同特點，它表明此物所以稱此名的核心特點。例如從稍、秒、艄、宵、鞘、梢、銷、削中可以提取核義素〔尖端－漸小〕。除了這兩種有特殊意義的義素外，其它義素都可稱爲表義素。〔註120〕

這些義素都是從古代訓詁材料中分析而來的。其中，類義素是從古代義訓的義界方式裏分析出來的，而核義素（源義素）則是從古代訓詁的聲訓材料裏分析出來的相同義素。可見，「二分的義素分析法」是王先生立足於漢語特點，借用西方義素分析法的「義素」術語提出來的。在此基礎上，王先生將訓詁材料中的義界方式規範爲下列公式：「主訓詞＋義值差」，認爲主訓詞一般是類義素，義值差則可反映表義素，也可反映核義素（源義素）。〔註121〕據此，她從訓詁的義界得出兩個結構方式：

（1）類義素＋核義素＝詞源意義

（2）類義素＋表義素＝表層意義

「二分的義素分析法主要是針對基於概念意義提取的主體義徵。」〔註122〕我們認爲，「主訓詞＋義值差」這種「二分」的詞義成分描寫結構，揭示了詞義成分之間的主次關係，科學解釋了詞義的內部結構，也有效地避免了結構語義學義素分析法在義素不窮盡方面存在的困難。在描寫飲食類動詞義徵時，我們將參考「主訓詞＋義值差」這種兩分的方法揭示詞義成分之間的層次關係。

0.3.4.3　動詞的非自足性與動詞的釋義模式

格雷馬斯說：「壓縮往往導致命名。」〔註123〕動詞意義具有壓縮性特點。「解釋一個動詞的意義需要說明其語義關係所包含的該動詞可能有的所有行爲參與者。當人們聽到或讀到一個動詞時，該動詞會在我們腦海裏觸發並產生眞實場景的心理映像，映像出該動詞與其行爲參與者之間的關係。」〔註124〕

〔註120〕詳參王寧《訓詁學原理》，北京：中國國際廣播出版社，1996年，208～211頁。

〔註121〕王寧《訓詁學原理》，北京：中國國際廣播出版社，1996年，208～211頁。

〔註122〕王東海《古代法律詞彙語義系統研究》，北京：中國社會科學出版社，2007，48頁。

〔註123〕格雷馬斯著，吳泓緲譯《結構語義學方法研究》1999年，104頁。

〔註124〕章宜華《語義學與詞典釋義》，上海：上海辭書出版社，2002年，170頁。

從認知語言學的視角看，動詞義位以「情景爲描寫對象，其語義反映必需情景參與者的屬性、相互關係以及與之相關的事件」〔註125〕。比如：「買」的情景中，必需參與者是買方、賣方、物品、貨幣。因此，動詞義位的釋義配列式表現爲相關參與角色以動詞義核爲中心形成的有序結構體。于屏方認爲，義位在形式上是單一的、簡單的，而在意義上是複合的、複雜的。語言系統中的單個詞形（word form）所負載的語義量，是經過高度壓縮後形成的密集型「信息包」。作爲以單一詞形爲載體的信息結構體，義位在詞典中的釋義過程，通常體現爲對壓縮性符號所隱含的信息進行的擴展型解碼。〔註126〕那麼，如何將壓縮進動詞義位中的「隱含的信息」解碼出來呢？于屏方（2006）認爲，這「取決於動詞在本體範疇和語言系統中的地位及其相對應的特點——動詞的非自足性。」

關於動詞的非自足性，于屏方（2005，2006）、徐小波（2006）、馮海霞（2008）等學者都曾做過探討，他們對動詞非自足性的哲學來源、動詞非自足性在語言系統中的體現及其對動詞釋義模式的影響均進行了探討。以下分別進行概述。

0.3.4.3.1　動詞詞義的非自足性的相關研究

據郅友昌（1999）研究，語義自足（autosemantika）和語義不足（synsemantika）這一概念首先是由亞里士多德（Aristotle）在哲學領域裏提出來的。在《範疇論》中他將語詞劃分爲實體、數量、性質、關係、地點、時間、姿態、狀況、活動和遭受 10 種範疇，在這 10 種範疇中，「實體」指的是「人」「馬」等名詞，人類認知的本體就是各種實體及其所代表的類，它是自在的本源範疇，是其餘範疇存在的基礎；其它 9 種範疇爲他源範疇，要麼存在於實體之中，要麼依附於實體。〔註127〕按照亞里士多德的範疇論，動詞等屬性屬於他源範

〔註125〕張家驊、彭玉海、孫淑芳、李紅儒《俄羅斯當代語義學》，北京：商務印書館，2003年，28～29 頁。

〔註126〕詳參于屏方《動作義位釋義的框架模式研究》，廣東外語外貿大學博士學位論文，2006 年，112 頁。

〔註127〕于屏方（2006）指出，亞里士多德把名詞都籠統地視爲自足範疇，這是有失偏頗的。她舉名詞中的一類次範疇——關係名詞（如「遺孀」）爲例進行了反駁。認爲這以類別的名詞在意義上是具有依附性的，也就是說它的語義的理解必須依靠其

疇，存在於本體範疇之內，爲相對的概念。「一切相對的東西，如果正確地加以定義、必都有一個相關者」，「相關的東西是同時獲得存在的」。〔註 128〕20世紀初，語義的自足與否的概念被德國語言學家移植到心理語言學中，用來表述以語言手段表示的「心理現象」的表象特點等。60 年代以後，這一對術語被俄語語言學所吸收，從而眞正地描述語言學中的語義自足與非自足的現象。

張紹麒、于屏方（2009）認爲：「非自足性指因對他物的單向依賴性而產生的非獨立狀態。動詞的非自足性源於兩點：在眞實世界存在過程中對外物的依附性以及這種依附性在語言系統中相應的投射。」「物體的存在狀態的非自足性通常會在語言系統中得到相應反映，二者之間形成一定程度的同構性。」在語言系統中，動詞的非自足性在語法和語義兩個方面均有體現。

0.3.4.3.2　動詞非自足性在語言系統中的體現

動詞的非自足性在語言系統中集中體現在對動詞及其共現成分的研究上。對動詞及其共現成分的研究，主要有兩個研究視角：一是從語法視角對動詞及其共現成分的研究，二是從認知語言學視角對動詞及其共現成分的研究。

在語法層面，動詞的非自足性表現爲對配價成分在最小句法結構式中的強制出現要求。當代主要的語言學流派，如格語法、配價語法、管轄約束理論（題元理論）以及我國語法學界的「三個平面」理論，都從語法角度對動詞及其共現成分進行了研究。總體而言，上述研究的落腳點仍是對動詞的語法配價研究，主要研究動詞可支配的名詞的數量、性質，並在此基礎上確定動詞的配價成分和非配價成分。儘管近年來上述研究開始逐漸將動詞的語義屬性納入語法研究的框架內，但是「語法上講的語義是與句法緊密聯繫的，不是指某些名詞與客觀事物間的關係，而是指某些名詞和動詞之間反映出的意義關係」。〔註 129〕「各研究者關心的主要還是句法結構和語義結構的對應關係，以及語義結構在表層結構中的投射。其著眼點在於動詞義位作爲整體與

它詞彙單位。但她認爲，部分名詞的非自足性是無法阻擋各家對於名詞類別自足性這一主要範疇性的認識，更無礙於對動詞非自足性的探討。

〔註128〕亞里士多德（Aristotle）著，方書春譯《範疇篇》26～27 頁，北京：商務印書館，2003 年。

〔註129〕見張斌爲陳昌來《現代漢語動詞的句法語義屬性研究》所作序言。上海：學林出版社，2002 年。

相關成分的外部組合，而不是將動詞義位分解開來，深入內部，剖析其內部意義構成。這樣，即使對動詞的意義有所涉及，也只是作爲一種輔助性研究手段，其研究目的仍然是爲了說明動詞的『句法語義屬性』。」〔註130〕

　　與上述理論不同，俄羅斯當代語義學中的主要流派之一——莫斯科語義學派和以菲爾默爲核心的框架語義理論主張利用認知語言學的相關理論，深入到動詞義位的內部，對其詞彙語義屬性進行系統研究。莫斯科語義學派用「語義配價」描寫動詞意義中的參與成分，指出：「謂詞語義單位以情景爲描寫對象，其意義必然反映必需情景參與者的屬性、相互關係以及與之相關的事件。必需情景參與者在相應謂詞語義結構中對應的意義抽象參數（主體、客體、工具、手段等）叫做該謂詞的語義配價。」〔註131〕此外，菲爾默的框架語義理論中也出現了「句法價」（syntactic value）和「語義價」（semantic value）的區分。「語義配價的出現，使對動詞自足性的研究從哲學玄想的桎梏中掙脫出來，轉而從語言學視角揭示動詞意義內部各元素之間的依存性和相關性。」〔註132〕于屛方認爲，莫斯科語義學派和菲爾默的研究在理論上的突破性是：將傳統的配價定義進行了科學合理的延伸——配價不僅僅可以在動詞義位的句法分析層面（語法語義層面）上起作用，而且可以擴展到語義分析（詞彙語義層面）層面。這就爲動詞義位的釋義提供了一個嶄新的視角。〔註133〕

　　可見，無論是在本體範疇還是在語言系統，無論是語法範疇還是語義範疇，非自足性都是動詞義位最重要的範疇特徵。現代語法研究證明：動詞在句法上的非自足性歸根到底是由其在語義上的非自足性決定的，句法結構是語義結構的調整性外化。

0.3.4.3.3　動詞非自足性影響下的詞典釋義

動作義位是語言共同體對一個完整動作事件進行強壓縮後形成的抽象語義

〔註130〕于屛方《動作義位釋義的框架模式研究》，廣東外語外貿大學博士學位論文，2006年，37頁。

〔註131〕詳參張家驊、彭玉海、孫淑芳、李紅儒《俄羅斯當代語義學》，北京：商務印書館，2003年，28頁。

〔註132〕見張紹麒、于屛方《非自足性特徵制約下動詞的詞典釋義》，載《辭書研究》2009（1）。

〔註133〕詳參于屛方《動作義位釋義的框架模式研究》，廣東外語外貿大學博士學位論文，2006年，110頁。

複合體，不同概念範疇在該複合體中被內化、隱藏。動詞義位在語義上的非自足性，使核心動詞的周圍開放了一系列空位，必須至少有一個實體進行填充，構成一個組合體才能表示動詞義位完整的意義。所以，「解釋一個動詞的意義需要說明其語義關係所包含的該動詞可能有的所有行為參與者。」〔註134〕這是學者從動詞的非自足性來研究詞典釋義模式的根本原因。于屏方（2005，2006）、徐小波（2006）、馮海霞（2008）、張紹麒、于屏方（2009）等學者基於動詞義位的非自足性，提出了動詞釋義的類別模式。

　　于屏方（2006）認為，動作義位的釋義框架，同時受到認知框架和語言框架的雙重制約。非自足性使動作義位在釋義過程中表現為對其它範疇的依賴性，其語義分析式中開放了數量不等的空位，形成一個典型的待完形結構。通過對漢語中 495 個動作義位釋義配列式中的概念成分進行範疇化，同時利用英語中 368 個動作義位進行驗證，她共分析出 21 個基本適用於漢英語動作義位釋義的抽象意義參數〔註135〕。她認為理想的動作義位的詞典釋義，應該以義核為中心，相關抽象意義參數共同作用，對動作義位進行整體的意義構建。徐小波（2006）認為，動詞義位的釋義表現為不同關涉角色以核心動詞為中心形成的語義配列式，一個完善性動詞義位的釋義應該包括兩大部分：核心動詞＋關涉角色。根據其語義功能，文章將「關涉角色」分為主體角色、客體角色、與體角色、時間角色、工具角色等 17 類。馮海霞（2008）從動詞具有非自足性特點出發，認為「雖然動詞義位表面呈現為一個孤立的動作義符，實質上是一個被壓縮進了不同角色（別義因子）的語義複合體。該語義複合體在詞典中的釋義就是對不同角色（別義因子）的解壓縮，故理想型的動詞義位的釋義不但要呈現具有質的規約性的動詞義核，也要凸顯能夠體現釋義的精確度，解釋詞位或義項之間的區別的別義因子。」根據動詞義位釋義構成

〔註134〕章宜華《語義學與詞典釋義》，上海：上海辭書出版社，2002 年，170 頁。

〔註135〕于屏方（2008）認為，抽象意義參數是從優化詞典釋義的角度出發，在意義分析層面，對動作義位意義內部所內化的概念組塊進行離析，最終進行範疇化的結果。抽象意義參數是認知框架和語言框架雙重作用的產物。一方面，抽象意義參數表徵的是動作義位在認知層面上所內化的概念範疇；另一方面，概念範疇要表現為抽象意義參數，必須經過語言系統的選擇和調整，才能最終成為出現在語義結構式中的概念常量。

成分的層次性和相互關係，以及他們在釋義中的作用，馮海霞將動詞詞義分爲義核因子和別義因子〔註136〕，認爲動詞義位的語義結構是以動詞義核爲中心，以別義因子爲外圍的有機整合體。最後，她共得出語義因子 19 個類別〔註137〕，除了義核之外，還有 18 個別義因子。

　　綜上可知，詞典學界主張把動詞義位的語義看作某個情景或事件的詞彙化（lexicalization），每個動詞義位都描寫了典型情景中的一個完整或片斷的動作事件。它是「語言共同體對一個完整動作事件的編碼，是強壓縮後形成的抽象語義複合體」。〔註138〕在對動詞釋義模式的探討上，雖然學者或稱之爲「義核＋抽象意義參數」，或稱之爲「核心動詞＋關涉角色」，或稱之爲「義核＋別義因子」等等，但他們均傾向於從動詞語義的不自足性出發，結合認知語義學的觀點，認爲動詞的釋義不僅要包括體現動詞質的規定性的義核，還要包括其它語義關涉成分。尤爲重要的是，通過對從詞典中相關動詞義位釋義的分析，他們從認知層面對釋義成分進行了細緻總結與歸類，有針對性地提出了動詞釋義

〔註136〕別義因子與語義角色、語義配價的區別：別義因子，是語義因子的組成部分，也是從釋義的角度提出的一個概念，是爲釋義模式服務的成分。別義因子的命名依據，在這裏是指它與動詞義核的相對語義功能關係。別義因子是對釋義中各種語義變項的在一定程度上的範疇化。它不同於以研究語義結構爲手段，目的服務於句法的構式組合的語義角色、語義配價。其最大的不同之處在於：別義因子是在動詞中隱含的，在詞典中體現的固有的語義功能變項，而語義角色和語義配價，一般來講是一個動詞在語言使用中與一個名詞的搭配組合。但是它們在某些地方卻有相通之處：二者都是從語義的角度，以動詞爲核心對其周圍的參與者進行的命名，由此可見它們名稱在一定程度上是極其相似的。從動詞的語義結構決定句法結構的論斷上來看，如果詞典中的釋義是動詞語義結構的完美復現，那麼理想的別義因子應該是語義角色或語義配價在動詞義位中的壓縮或蘊含，換句話說，也就是理想的語義角色或語義配價應該是完全由動詞語義結構中的別義因子的表層呈現或影射。

〔註137〕分別是：（1）義核因子：釋義中與被釋詞具有同一語法屬性，對被釋詞具有質的規定性的部分。（2）主體因子，（3）第二主體因子，（4）客體因子，（5）第二客體因子，（6）條件因子，（7）原因因子，（8）目的因子，（9）範圍因子，（10）工具因子，（11）憑藉因子，（12）性狀因子，（13）時間因子，（14）處所因子，（15）方向因子，（16）基準因子，（17）數量因子，（18）結果因子，（19）補充因子。

〔註138〕于屏方《動詞義位中內化的概念角色在詞典釋義中的體現》，載《辭書研究》2005（3）。

的優化模式。

上述關於動詞詞典釋義模式的研究，對動詞詞義成分的描寫提供了很好的借鑒。本文認爲，動詞語義上的非自足性決定了動詞義位的描寫必然是以義核爲中心，其它語義關涉成分爲外圍的整體。其實，動詞義位的這種釋義模式在訓詁學中也能找到理論依據。如前所述，王寧把義界的基本形式歸結爲「主訓詞＋義值差」。〔註139〕而在「義核＋語義關涉成分」的釋義結構式中，「義核」相當於「主訓詞」，「語義關涉成分」則相當於「義值差」。動詞採用「義核＋語義關涉成分」的釋義結構式，與「義界」的宗旨——「辨異求別和突出特點」〔註140〕——具有相通性，因爲兩者都是希望通過別義因子也就是義值差的凸顯，以辨別意義，從而實現「既要明確而簡練地表述詞義的本身內容，又要清楚地把這個詞的特點，也就是它在意義上和相鄰詞的差別顯示出來」。〔註141〕兩者的不同表現在，訓詁學中的「義值差」被看作一個整體，屬於「一分爲二」的詞義分析結構；而「義核＋語義關涉成分」中的「語義關涉成分」卻不是一個整體，而是多元的可選項。就是說，「義核＋語義關涉成分」對詞義結構的分析可以不限於「一分爲二」，而是可以多分，所以實際上跟「主訓詞＋義值差」的分析結果有所不同。

0.3.4.3.4　基於動詞非自足性的釋義模式與動詞詞義成分

關於詞典釋義與詞義結構的分析兩者之間的關係，王寧（2002）指出：「辭書的釋義與詞義結構的分析是在兩個目的、兩種原則下進行的。西方的詞彙語義學對詞義結構進行分析，是希望找到詞在詞彙系統中的位置，因而要對義位的內部結構加以切分，用義素的組合式來表述它的諸多特徵。釋義的目的不是結構分析，而是充當傳意的溝通者，所以既要採用義素分析的方法，又不需要進行完備的義位結構分析。」我們贊成王先生的觀點，對於那些以詞釋詞的詞典釋義或文意訓釋而言，釋義確實跟詞義結構的分析不是一回事。但科學的擴展型釋義的釋義內容又與詞義成分有著千絲萬縷的聯繫。實際上，研究語義學的一些學者就曾利用詞典釋義來分析和描述詞義成分。

〔註139〕詳參本章 0.3.4.2 節「現代訓詁學派提出的『二分的義素分析法』」。

〔註140〕王寧《訓詁學原理》，北京：中國國際廣播出版社，1996 年，98 頁。

〔註141〕王寧《訓詁學原理》，北京：中國國際廣播出版社，1996 年，98 頁。

　　賈彥德曾探討過找出義素的三種比較方法：列入圖表進行比較、通過上下文進行比較、比較詞典中有關義位的釋義。〔註142〕賈彥德認為：「第三種方法（筆者按，指利用詞典釋義來確定義位義素的方法）看來是一種可以普遍使用的，比較簡便而有效的方法。用這種方法得出的義位結構式子往往把義位分解得更詳細些。」〔註143〕他引用利奇在談到用義素表示的義位的結構式子時說的話：「這些公式稱為有關詞項的成分定義：事實上可以把它們看作為形式化的詞典意義」。〔註144〕這就道出了義位結構式子與詞典釋義關係的實質。此外，在《表動作行為的詞意義的分析》一文中，符淮青依據《現代漢語詞典》的釋義，通過對眾多表動作行為的詞的釋義內容的分析，歸納出表動作行為的詞意義構成的模式圖，再用具體的詞來印證。作者認為「我們完全可以根據最能表示這種詞意義構成的共性的釋義方式來分析它的意義」，並認為「可以根據表動作行為的詞意義構成的模式，反過來檢查詞典對這類詞的釋義，說明這類詞同義近義詞意義的同異，研究這類詞意義古今的變化情況」。〔註145〕符淮青認為，詞的概念義是以擴展性詞語表示的，所謂詞義成分或構成成分實際上是分解擴展性詞語表述詞義的內容而得到的成分，人們可以從分析解釋說明詞義的擴展性詞語的內容、形式中總結出規律性的東西，探討分析詞義的形式化的方法。〔註146〕

　　結合規範詞典的釋義，學者們提出了基於動詞非自足性的動詞釋義模式：義核＋其它語義關涉成分。本文贊同這種做法，認為，「義核＋語義關涉成分」這種動詞釋義模式揭示了動詞詞義成分包含的豐富內容，可以用來描寫動詞義位成分。如果能在窮盡性測查文獻用例的基礎上總結義位，並根據動詞的語義關涉成分來描寫義位，語義關涉成分與義位成分是具備一致性的。因為在對動詞義位進行描寫這一點上，詞典學關於動詞義位釋義框架模式的研究，與動詞義位成分的描寫具有同質性。從動詞語義的非自足性出發，用動詞義位概念結構中關涉的各個語義成分來分析動詞的詞義結構是可行的。本文認為，這種動

〔註142〕詳參賈彥德《漢語語義學》，北京：北京大學出版社，1999 年，60～94 頁。

〔註143〕賈彥德《漢語語義學》，北京：北京大學出版社，1999 年，93～94 頁。

〔註144〕賈彥德《漢語語義學》，北京：北京大學出版社，1999 年，72 頁。

〔註145〕符淮青《詞義的分析與描寫》，北京：語文出版社，1996 年。

〔註146〕符淮青《「詞義成分—模式」分析（表動作行為的詞）》，載《漢語學習》1995（5）。

詞詞義結構的分析結果就是對動詞義位的描述，能體現動詞的詞義成分。

0.3.5　語義關係分析理論

　　要證明詞彙語義的系統性，最好的方法是將詞彙語義之間的系統關係描寫出來，這種系統關係最核心的表現是詞項、義項間的語義關係。只有描寫出詞彙語義系統的層次性、組織性及聯繫的有序性，才能最有力地證明詞彙語義的系統性。可見，證明詞彙語義系統性的必經途徑是釐清詞項間的語義關係。

　　「語義場理論的中心之一是探討上位詞統轄下的下位詞間或類概念統轄下的種概念間的關係。」〔註147〕該理論的興起帶來了語義關係分析的成熟思路。語義場研究義位間的語義關係，分析各種語義關係的表現、成因及變化規律。美國學者格蘭地通過對比構成成分分析與語義場分析後指出，前者強調的是詞的意義的原子觀點，而語義場分析考慮的是詞義的關係方面。〔註148〕

　　中國現代語義學派也探討了很多語義關係，根據不同語義場中義位之間的多種多樣的關係，區分了不同類型的語義場。賈彥德認為，在漢語的總語義場裏，包含著大量的不同類型的子語義場和更多的義位，這些義位千差萬別、各不相同。但是語義場（包括總語義場）是個系統，語義場中各個因素（即義位）並非一堆亂麻，而是處在各種關係之中。這些關係至少有以下 5 種：對立關係、重合關係、包含關係、上下義關係、相對無關關係。〔註149〕賈彥德認為詞彙場的最小的子語義場有十個類型：分類義場、部分義場、順序義場、關係義場、反義義場、兩極義場、部分否定義場、同義義場、枝幹義場、描繪義場等〔註150〕。張志毅、張慶雲將底層義場中義位間的關係分析為十種結構關係：同義結構、反義結構、上下義結構、類義結構、總分結構、交叉結構、序列結構、多義結構、構詞結構和組合結構。〔註151〕這些探討有利於我們更清楚地認識漢語詞彙語義系統，也為我們釐清詞項語義場之間的

〔註147〕張志毅、張慶雲《詞彙語義學》，北京：商務印書館，2005 年。

〔註148〕轉引自王東海《古代法律詞彙語義系統研究》北京：中國社會科學出版社，2007 年，51 頁。

〔註149〕詳參賈彥德《漢語語義學》175～178 頁，北京：北京大學出版社，1999 年。

〔註150〕賈彥德《漢語語義學》147～213 頁，北京：北京大學出版社，1999 年。

〔註151〕張志毅、張慶雲《詞彙語義學》65～84 頁，北京：商務印書館，2005 年。

關係提供了重要參考。

0.3.6 小 結

　　這一節中，我們主要對與本研究有關的詞彙語義理論進行了大致的梳理和闡述，學者們在詞彙語義分析方面的不懈探索給了我們很大的啓發。下面結合本文的研究對論文研究過程中將採取的理論立場予以總述。

　　（1）堅持詞彙語義系統論，在詞彙語義系統論指導下研究飲食類動詞的詞義系統，並努力探討描寫與證明詞彙語義系統性的方法。

　　（2）將語義場理論和概念場理論結合起來研究。語義場理論在研究詞彙系統性方面具有很強的操作性，但語義場構建存在主觀性（確定場內成員的主觀性）而且它與義素的確定互爲標準：一方面，語義場的確定要以一群詞共同具有的某一義素爲前提，即語義場的構成依賴於共同義素的存在。但另一方面，義素的得出又依賴於語義場內各詞項的互相對比，即義素得出的前提是語義場的提前劃定。這是語義場理論不可忽視的缺陷。概念場理論基於詞義與認知、概念的關係，從人類認知出發來確定研究範疇，認爲某一個概念場下必然存在表達相應概念的詞彙場。所以，從某一個認知概念出發，依據概念內涵來確定覆蓋在該概念域的詞彙場，這就爲確定研究對象提供了一條出路。確定了研究對象以後，再分析詞彙場各詞彙成員的語義關係，就能最終實現描寫微觀詞彙系統的目的。可見，從概念場入手構建詞彙場，進而分析詞彙場各詞彙成員的語義關係，最終達到描寫語義場的目的，這是本文把語義場理論和概念場理論結合起來的一種研究思路。

　　本文把飲食類動詞看作一個語義場的成員，也不是從分析義素開始，而是基於對概念範疇的認知，因爲飲食是人類認知的一個基本範疇，飲食類動詞也是人類認知的一個基本概念場，這個概念場對應著漢語詞彙系統的一個常用詞範疇，即飲食類動詞詞彙場。所以，本文飲食類動詞義類總場叫「概念場」，因爲它是從認知角度劃分的範疇；總場下的子場叫「語義場」，因爲它是根據義素繫聯而形成的。

　　（3）繼承結構語義學義素分析法內部可分的合理內核，採用現代訓詁學派提出的「主訓詞＋義值差」的義界結構式，將飲食類動詞的詞義成分分析爲「類義徵＋表義徵」。同時，鑒於我們研究的是特定語義範疇——上古飲食

類動詞——中的詞彙語義系統，爲了能較全面地反映飲食類動詞的各種語義信息，確保詞義分析結構式普適性的同時也能體現飲食類動詞詞義的個性特點，尤其爲了便於後續研究中根據詞義成分繫聯子場，我們在充分理解和把握訓詁材料的基礎上，將依據具體文獻材料使「義值差」具體化。爲此，我們參考了基於動詞詞義非自足性的詞典釋義的相關研究成果，認爲動詞語義上的非自足性決定了動詞義位的描寫必然是以義核爲中心，其它語義關涉成分爲外圍的整體。對於飲食類動詞而言，其義核是飲食方式，其它語義關涉成分包括：飲食主體、飲食對象、飲食器官、飲食工具。於是，我們得出飲食類動詞詞義成分描寫結構式：飲食類動詞義位詞義成分=類義徵＋表義徵（義核＋語義關涉成分），即：

飲食類動詞義位詞義成分=類義徵（飲食動作）＋表義徵（飲食方式＋飲食主體＋飲食對象＋飲食工具＋飲食目的）

關於義徵與義素關係的說明：

結構語義學的重要貢獻之一是認爲義位不是意義的終極單位，對其內部可以進一步進行切分，切分出的意義成分被稱爲「義素」。「義素」作爲語義學中的重要術語，概括性強，涵蓋面廣，已被學界廣泛認同。雖然本文研究的是飲食類動詞詞義內部的結構，但鑒於本文並未運用義素分析法來分析詞義結構，僅借鑒義素分析法的合理內核——詞義內部可分——來描寫詞義成分，爲避免引起理解上的混亂與誤會，在本研究中將「詞義成分」稱爲「義徵」。兩者的共同點在於都是對詞義成分切分後得出的意義成分，區別主要體現在：

A・義徵是從描寫詞義結構的角度提出來的，借鑒了詞典學對動詞釋義模式的研究成果，是在對動詞義位釋義構成成分進行範疇化後得出來的。義素是一個義位構成成分單位，是通過同一語義場中義位的比較，依據「二元對立」的分析原則確定的共同義素和區別義素的總稱。

B・與最小的語義單位「義素」不同，義徵是從釋義成分的角度提出的，指義位本身蘊涵的、固有的詞彙語義成分，並不要求必須爲語義內容上的終極分類單位。

C・義徵的提取是從對文獻用例以及經典訓釋的基礎上歸納、整理出來的，具有一定的客觀性和科學性。「義素」是通過對處於同一語義場的成員進行對比後得出的，學者從不同的角度往往可以得出不同的義素，在量上也見人見智。

　　D‧出於對飲食類動詞語義描述的精確性要求，「義徵」的表達形式可以用詞語，也可以用短語或小句，而「義素」的表達一般要求用最簡練的詞。

　　（4）運用語義關係理論繫聯和描寫語義場。根據飲食類動詞的義徵分析表繫聯飲食類動詞，據此形成飲食類動詞各語義子場，探討語義場內各詞項之間的關係以及各語義子場之間的關係，揭示飲食類動詞詞義內部的系統與層次。

0.4　本文的研究步驟與方法

0.4.1　研究步驟

　　本研究將按照如下八個步驟來進行，在闡述具體研究步驟時，如有必要，我們將結合具體飲食類動詞予以說明。

0.4.1.1　確定語義範疇

　　本文所謂飲食類動詞，是指飲食行為概念中具有【使用口部器官處理食物】這個基本義值的動詞。具體說明如下：

　　（1）所謂「口部器官」包括嘴唇、牙齒、舌、口腔、咽喉等，這些器官有時單獨起作用，有時某個器官起主要作用，多數情況下則是協同或配合使用。

　　（2）所謂「處理」，既包括抿舔、啃咬、咀嚼、含銜、吞咽等各種具體動作，也包括某幾個動作共同完成的行為，如飲食類動詞「食」至少包括「嚼」「吞」兩種動作。

　　（3）本文中的「食物」取的是一個相對寬泛的概念，既包括用來充饑解渴的各類食物，如飯、羹、水、酒等，也包括用來調養身體的藥物以及特定場合下被服食的特殊物品，如「雪」「人肉」等。總之，一切被生物體通過口腔進入體內的東西，本文中都視為食物。

　　需要說明的是，如果某個動詞既能表達「使用口部器官處理食物」的動作，同時又能表達「非飲食」行為動作，那麼我們只將表示「使用口部器官處理食物」的用例納入我們的研究範圍之內。如下面 2 例中，僅例（1）是本文有價值的語料，例（2）則不是。

【齧】

（1）武臥齧雪與旃毛並咽之。（《漢書‧蘇武傳》）

（2）東郭有狗嘷嘷，旦暮欲齧我，狠而不使也。（《管子‧戒》）

0.4.1.2　提取語料範圍內的「飲食類」動詞

0.4.1.2.1　語料範圍

語料的選擇對於研究結果的重要性是不言而喻的。正如太田辰夫曾指出的：「在語言的歷史研究中，最主要的是資料的選擇。資料選擇得怎樣，對研究的結果起著決定性的作用。」〔註152〕本文的研究對象是上古漢語飲食類動詞的詞義，屬於斷代詞彙史的研究。我們採用向熹〔註153〕、徐朝華〔註154〕對漢語史分期的觀點，將上古時期限定在東漢以前（包括東漢）。我們選取的語料是上古時期的古漢語文獻，包括傳世書面文獻和出土材料。

為了對上古飲食類動詞進行歷時詞義演變的考察，我們參考徐朝華的觀點將上古漢語詞彙史分為三個時期〔註155〕：上古前期、上古中期和上古後期。其中，上古前期指約公元前 14 世紀到公元前 6 世紀，在中國歷史上為殷商時期到春秋中期。上古中期指約公元前 5 世紀到公元前 3 世紀末，從春秋後期到戰國末期。上古後期指公元前 2 世紀初到公元 3 世紀初。在中國歷史上為秦漢時期。各階段選取的語料〔註156〕包括：

〔註152〕太田辰夫《中國語歷史文法》，蔣紹愚、徐昌華譯，北京：北京大學出版社，2003年。

〔註153〕向熹《簡明漢語史》，北京：高等教育出版社。1993 年版，1998 年第 2 次印刷。文章參照呂叔湘、王力的觀點，將漢語史分為四個時期，其中的上古期包括商、周、秦、漢時期。詳參該書 40～44 頁。

〔註154〕徐朝華《上古漢語詞彙史》，北京：商務印書館，2003 年，第 13 頁。

〔註155〕科學的漢語史分期應該在研究動詞詞義的演變情況後，再根據詞義演變的具體情況確定分期點，但鑒於本文僅僅是特定義類動詞的研究，普遍性不夠，這種做法不是很適合，所以本文參考學者的分期觀點進行共時與歷時的研究，相信經過我們的研究能對上古分期提供一點借鑒。

〔註156〕某些上古漢語語言材料特別是先秦文獻的確定，學術界還有意見分歧，但經由前輩學者的深入研究和探討，這些文獻大概的時段歸屬還是比較確定的。本文各階段語言材料的分期主要參考高小方、蔣來娣《漢語史語料學》（北京：高等教育出版社，2005 年，第 45～146 頁）的相關介紹。

（1）上古前期：

出土材料：甲骨文、金文〔註157〕

傳世文獻：《周易》（卦辭和爻辭）、今文《尚書》、《詩經》、《周禮》、《儀禮》。

（2）上古中期：

出土材料：睡虎地秦墓竹簡（文中簡稱「睡虎地秦簡」）、郭店楚墓竹簡（文中簡稱「郭店楚簡」）、上海博物館藏戰國楚竹書（1～5）（文中簡稱「上博簡」）〔註158〕

傳世文獻：《左傳》、《國語》、《孫子》、《老子》、《論語》、《禮記》、《墨子》、《孟子》、《莊子》、《荀子》、《呂氏春秋》、《韓非子》、《晏子春秋》、《管子》、《公羊傳》、《穀梁傳》、《楚辭》中屈原、宋玉作品、《黃帝內經》。

（3）上古後期：

出土文獻：馬王堆漢墓帛書（文中簡稱「馬王堆帛書」）、居延漢簡〔註159〕、敦煌漢簡〔註160〕、武威漢代醫簡（文中簡稱「武威醫簡」）、銀雀山漢墓竹簡（本文簡稱「銀雀山漢簡」）

傳世文獻：《新語》、《新書》、《淮南子》、《春秋繁露》、《史記》、《鹽鐵論》、《戰國策》、《列女傳》、《新序》、《說苑》、《法言》、《楚辭》漢人作品、《文選》漢人作品、《吳越春秋》、《漢書》、《論衡》、《東觀漢記》、《潛夫論》、《風俗通義》、《毛詩》鄭玄箋、三《禮》鄭玄注、《楚辭》王逸章句、《孟子》趙岐章句、《傷寒論》、《金匱要略方論》。

0.4.1.2.2　提取飲食類動詞

根據飲食類動詞的基本義值——「使用口部器官處理食物」，我們提取本文語料範圍內的飲食類動詞，具體做法是：

（1）從《說文解字》中搜集飲食類動詞。《說文解字》成書於東漢，其書

〔註157〕本文甲骨文語料據《殷墟甲骨刻辭類纂》，金文語料據《殷周金文集成引得》。

〔註158〕簡帛語料據網上「臺灣中央研究院文物圖像研究室簡帛金石資料庫」。網址為：http://saturn.ihp.sinica.edu.tw/~wenwu/search.htm。

〔註159〕「居延漢簡」包括《居延漢簡甲乙編》、《居延新簡》，為行文方便，本文統稱為「居延漢簡」。

〔註160〕「敦煌漢簡」包括「敦煌漢簡」、「敦煌懸泉漢簡」，為行文方便，本文統稱為「敦煌漢簡」。

「萬物咸睹，靡不兼載」，〔註161〕「《說文》是文字學的巨著，是上通古文字，下理今文字的橋梁；它也是語言學的巨著，是詞彙史的要典。」〔註162〕所以我們首先用繫聯法窮盡性地搜集該字書中的「飲食類」動詞。

（2）參考現代學者編著的關於飲食類動詞的相關辭書或研究成果進行搜集。例如，王寧審定、林銀生等編著的《中國上古烹食字典》〔註163〕是一部為研究先秦烹飪史和中國烹飪名源而提供的訓詁資料彙編，書中選輯了《說文解字》、《爾雅》、《釋名》、《方言》四部書中的烹飪詞語及其釋義釋源的訓詁材料，這為我們搜集飲食類動詞提供了重要參考。其它如《集韻》、《廣雅》以及一些大型工具書如《辭源》、《漢語大詞典》、《漢語大字典》、《王力古漢語字典》、王鳳陽《古辭辨》等其它研究成果也為我們的工作提供了便利。

（3）《說文》和其它字書中收錄的飲食類動詞並不一定都能成為本文的研究對象。我們以文獻為準，凡見於字書卻缺乏文獻用例的「飲食類」動詞，我們不予收錄，而不見於字書卻見於上古文獻的「飲食類」動詞，我們照收不誤。如飲食類動詞「潊」，《說文》：「潊，飲歠也，一曰吮也。從水算聲。」《說文·口部》：「喋，嚛也，從口集聲，讀若集。」《說文·欠部》：「㰆，盡酒也，從欠糕聲。」雖然這三個動詞都符合我們對飲食類動詞的界定，但找不到這些動詞的文獻用例，我們只好把這類詞從研究對象中刪除。

總之，我們從《說文》及其它字書出發搜集飲食類動詞，並對此進行甄別，同時借鑒已有的關於上古食物或飲食類動詞的研究成果，將那些被字書收錄且有文獻用例的飲食類動詞作為本文的研究對象。如《說文》：「歠，飲也。從歡省，叕聲。」《國語·越語上》：「句踐載稻與脂於舟以行，國之孺子之遊者，無不餔也，無不歠也。」《楚辭·漁父》：「何不餔其糟而歠其醨？」兩例中的「歠」都是動詞「喝」的意思，屬於本文研究對象。

按照這種方法，我們搜集的結果應該基本可以包括上古「飲食類」動詞的單音節成員。此外，在對單音詞進行文獻用例搜集時，我們還發現了一些表示

〔註161〕見《說文解字·敍》，北京：中華書局，1963年。

〔註162〕見洪誠《洪誠文集·中國歷代語言文字學文選》「序言」。

〔註163〕王寧審定，林銀生、李義琳、張慶錦編著《中國上古烹食字典》，北京：中國商業出版社，1993年。

飲食動作的複音詞，〔註164〕如「服食」、「啖食」、「咀嚼\咀嚼」、「噍咀」、「嗽吮」等。鑒於它們也表示「使用口部器官處理食物」的意思，而且對於考察漢語雙音節化現象有一定價值，本文將它們也納入考察範圍。

最後，我們得到飲食類字詞 65 個，分別是：嘗、嚌、啐、味、食、飯、服、歃、嗂、啑、嗂喋、啑喋、餐、湌、飡、啜、歠、嚽、啖、啗、飲、茹、吮、噬、吸、饡、喳、嘰、酳、嚼、齧、嚙、嚼、吞、咽、嚥、含、咀、嚼、噍、嚅、啄、啁、噎、齗、漱、嗽、嗛、銜、狧、舐、舓、咶、餔、餔啜、飲啖、服食、啖食、咀噍、咀嚼、噍咀、吮嗽、嗽吮、飲食、食飲。

0.4.1.3　根據字用理論判斷字詞關係，離析詞項

詞義研究當然要以詞爲單位。在我們搜集的飲食類動詞中，有一種情況是，部分詞雖然字形不同，如異體字、通假字等，但記錄的是同一個詞，因此我們在處理材料時把這種記錄同一個詞的異體字、通假字合併在一個詞頭下，以「A／B／C／……」的形式錄入數據庫。具體情況分別舉例說明如下。

異體字如「噍／嚼」：

《說文・口部》：「噍，齧也。從口，焦聲。嚼，噍或從爵。」又《說文・口部》：「嚼，噍或從爵。」段玉裁注：「古焦、爵同部同音，《廣韻》乃分『噍』切『才笑』，『嚼』切『才爵』矣。」《淮南子・說林》：「嚼而無味者，弗能內於喉。」《荀子・榮辱》：「亦呥呥而噍，鄉鄉而飽矣。」《論衡・道虛》：「口齒以噍食，孔竅以注瀉。」「嚼」「噍」在上古時期音同義同，構形上僅聲符不同，當爲一組異體字，作爲詞來說，它們都是詞的不同書寫形式，所以我們以「嚼／噍」的形式錄入表格。

通假字如「歃」和「嗂」，「歃」和「啑」：

「嗂」、「啑」均爲歃字的通假字。《漢語大字典》「嗂，通歃」，「啑通歃」。〔註165〕用例分別爲：

《史記・呂太后本紀》：「始與高帝啑血盟，諸君不在邪？」

〔註164〕參考馬眞（1998）、唐鈺明（2002），本文判斷複音詞的標準是：（1）看組合的兩部分是否融合，是否表達一個完整的概念。（2）兩個同義或近義成分結合，意義互補，凝結成一個更概括的意義。組合的兩部分融合後表達一個完整概念的是詞，否則是詞組。

〔註165〕分別見《漢語大字典》645 頁、639 頁。

《漢書・王陵傳》:「始與高帝唼血盟,諸君不在邪?」

可見,「唼」與「啑」都是作為「歃」的通假字,借用為「歃」表示「喝」的意義。(《說文・欠部》:「歃,歠也。」)雖然表面上字形不同,但實際上記錄的是同一個詞,它們都是「歃」的不同詞形。我們以「歃/唼₂/啑₂」〔註166〕的形式錄入表格。

經過字際關係的整理,我們得到飲食類詞項共 51 個,分別是:嘗₁、嘗₂、嚌、晬、味、食₁、食₂、飯、服、歃∖唼₂∖啑₂、唼₁、啑₁喋∖唼₁喋、餐∖湌∖飡、啜∖歠∖嚽、啖∖啗、飲、茹、吮、噬、吸、饌、喝、饑、酳、釃、齧∖嚙∖囓、吞、咽∖嚥、含、咀、嚼∖噍、嗜、啄∖噣、齕、餔、噎、醴、漱∖嗽、餔、餔啜、飲啖、嗛∖銜、舐(舓)∖狧∖舑、服食、啖食、咀嚼∖咀嚼、噍咀、嗽吮、吮嗽、飲食、食飲。

0.4.1.4 整理歸納飲食類動詞義位並制定詞項義徵分析表

首先,對於搜集出來的每一個飲食類動詞,窮盡性地測查它在上古時期的文獻用例,分析每一個詞語所出現的語言環境,排除臨時的、個別的語境義,抽象出固定的、一般的理性意義,在此基礎上科學概括詞義、整理義位。正如王寧所言:「詞彙意義系統永遠是一個開放的不平衡系統,但是歷史詞彙系統卻已經定量。古代漢語單音詞的意義元素是可以定量測查的。在窮盡分類歸納出相應類別的語義場之後,計算機所需要的義元測查可以有系統的進行,這對整理漢語詞彙總體系統,是一條必經之路」。〔註167〕雖然對所有語料進行窮盡測查是不容易的,但借助先秦主要典籍的索引或引得,以及計算機語料庫的運用,窮盡性的用例測查還是可行的。

其次,飲食類動詞的詞義系統中不僅包括飲食義位,還包括非飲食義位,在進行語義場研究時,我們僅考察飲食類動詞的飲食義位(做個案研究的飲食類動詞則考察所有義位),因此,在整理出的義位中,我們將挑選出飲食類義位的文獻用例,並將具有飲食義的詞語錄入「詞項義徵分析表」。

〔註166〕實際上「唼」「啑」也是表示「動物吃食」的飲食類動詞,所以在我們的數據庫中,會以「唼₁」「啑₁」的形式表示「動物吃食」的詞項,而以「歃/唼₂/啑₂」的形式表示「人歃血」的詞項。

〔註167〕王寧《訓詁學原理》,北京:中國國際廣播出版社,1996 年,214 頁。

　　再次，參考基於動詞非自足性的詞典釋義模式研究成果，認爲動詞的詞義成分是以義核爲中心的、其它語義關涉成分爲外圍構成的整體。即動詞義位詞義成分=類義徵＋表義徵（語義關涉成分）。動詞的表義徵對應於動詞的語義關涉成分。對於飲食類動詞而言，其語義關涉成分包括「飲食方式」「飲食主體」「飲食器官」「飲食對象」「飲食目的」，我們以此作爲飲食類動詞詞義成分切分的標準，對歸納出的飲食類義位進行切分併錄入「詞項義徵分析表」。

　　下面以「嘗」爲例，說明本步驟的具體操作方法。

　　1．考察「嘗」在上古時期語料範圍內的所有文獻用例，對「嘗」作義位的歸納和整理。考察發現，「嘗」在上古文獻中共出現 1648 例。經過對每個文獻用例的考察與分析，我們總結出「嘗」一共具有 6 個義位。其中，表示「人用舌頭品嘗辨別食物的滋味」的用例 56 例，表示「秋祭名」的用例 191 例，表示「人服食食物」的用例 58 例，表示「經歷」的用例 5 例，表示「試探、嘗試」的用例 61 例，表示副詞「曾經」的用例 1277 例。

　　2．在這些義位中，符合「使用口部器官處理食物」的義位有兩個，即「人用舌頭品嘗辨別食物的滋味」、「人服食食物」。據此，我們將表示這兩個義位的「嘗」分別以詞項「嘗₁」「嘗₂」的形式錄入飲食類動詞詞項義徵分析表。

　　3．對「嘗₁」「嘗₂」的義位進行描寫。具體做法是，將「嘗₁」「嘗₂」的義位根據「飲食類」動詞的具體義徵，具體表現爲飲食類動詞的五個語義關涉成分——「飲食主體」「飲食器官」「飲食對象」「飲食方式」「飲食目的」進行描寫，並依次填入「飲食類動詞詞項義徵分析表」。

「嘗」飲食義位義徵分析表

詞項	類義徵	表　義　徵				
		主體	器官	方　　式	對　象	目　的
嘗₁	飲食動作	人	舌頭	品味	任何食物	品嘗辨別
嘗₂	飲食動作	人	全部	入嘴－（咀嚼）－吞咽	任何食物	－

　　仿此，我們以詞項爲縱軸，以飲食類動詞義徵爲橫軸，建立上古飲食類動詞詞項義徵分析表。

0.4.1.5　根據「詞項義徵分析表」繫聯語義場

　　建立上古飲食類動詞的「詞項義徵分析表」後，我們根據義徵來繫聯飲食

類動詞的子語義場。（具體參看本文 1.1 節「『飲食類』動詞語義場的繫聯及其系統」）

共同義徵是詞項類聚為一個語義場的前提條件，詞項間的區別性義徵則是不同詞項在同一個語義場內共存的價值要求。本文主要考察根據表義徵中的「飲食方式」繫聯出的 9 個語義場〔註168〕：「吃類」語義場、「喝類」語義場、「啃咬」語義場、「咀嚼」語義場、「品嘗」語義場、「含銜」語義場、「吮吸」語義場、「吞咽」語義場、「泛飲食」語義場。

0.4.1.6　「飲食類」動詞的類場研究

在根據共同義徵繫聯出飲食子場之後，我們的任務就是辨析飲食子場內成員之間的區別性義徵。研究發現，我們繫聯出的每個語義場都是同義義場，子場各成員之間互為同義詞。在對各飲食子場成員的語義成分進行辨析時發現，同一語義場的成員差別很小，如果單純從語義角度進行分析，還不足以將同一語義場的各詞項辨析清楚。因此，我們在進行詞義成分分析時，只限於語義屬性；而進行同義語義場的詞項辨析時，不局限於語義屬性這個角度，而是將詞項的組合屬性〔註169〕和使用屬性也納入分析的範圍。

這樣，本文從語義屬性、組合屬性和使用屬性三方面來對處於同一個語義場的各詞項進行辨析。三屬性分別闡釋如下：

「語義屬性」是詞項屬性中最核心的部分，指語義場各詞項本身固有的不可缺少的意義成分，包括類義徵和表義徵。

「類義徵」表示義位的類屬，是人們對義位所反映的客觀事物的認知範疇。認知的視角不同，歸納的範疇可能不一樣。描寫義位時可以上下類連屬，但不

〔註168〕需要說明的是，本文還繫聯出了「抿舔」語義場，但由於該語義場只有一個成員：舐（䑛）＼猺＼咶，且文獻用例極少，故未對它進行考察。

〔註169〕實際上，不少學者都參考語法關係來對義位進行分析。如在利用詞典釋義來確定義位所包含的義素時，賈彥德（1999：89）指出：「我們是分析義位的結構，雖不必管釋義中的語法關係，但是卻應參照這種語法關係，指明語義因素處於怎樣的意義關係之中。」且看其對「出境」、「入境」義素分析的結果：「出境」：〈d〉＋x（離開）zh（人）K（國境）；「入境」：〈d〉-x（離開）zh（人）K（國境）。其中，「d」表示該義位反映的是動作、行為，「zh」表示「主體」，「x」表示「行為」，「K」表示「客體」。

能同級交叉。

「表義徵」是義位固有的可感知的意義成分，它規定了義位的主要特徵，是義位的核心內容。表義徵一般是複合的，或者多元的，可以進行再次切分或分類。在本書中，「表義徵」具體表現爲各種「語義關涉成分」。對於飲食類動詞而言，其語義關涉成分主要有：飲食主體、飲食對象、飲食器官、飲食方式、飲食目的。對具體詞項而言，語義關涉成分有必須和可選之分，通常只分析必須語義關涉成分。

「組合屬性」和「使用屬性」是詞項屬性的附加屬性。如前所述，列出這兩種屬性，是爲了辨析同義詞項的方便。

「組合屬性」包括內部組合和外部組合。

內部組合著眼於詞項的音節和結構。從音節上看，可以分爲單音節和複音節。從結構上看，可以分爲單純結構和複合結構。複合結構又可分爲並列式、偏正式、述賓式、動補式、附加式五種。

外部組合反映詞項的語法屬性。包括詞項的語法功能和功能涉及的語法關係。語法功能指在句子中做什麼成分；語法關係指是否有主語、賓語等連帶成分的強制性要求。

「使用屬性」指的是詞語在語言實際使用中所產生或形成的價值或信息，它包括使用時間〔註170〕、使用地域、使用頻率三類。

具體說來，我們對子場的描寫和分析主要包括以下兩項內容：一是該場成員的認同別異。先交代成員有哪些；再根據「詞項屬性分析表」說明它們共同的詞項屬性；比較相互之間有差異的詞項屬性。二是該場成員的歷時變化。按時期說明成員的增減變化及成員關係的調整，包括成員的異時異域替換關係和詞項屬性的彼此影響關係。

需要說明的是，「詞項屬性分析表」與前面提出的「詞項義徵分析表」不同。「詞項義徵分析表」的內容是「詞項屬性分析表」中「語義屬性」部分的內容，是詞項本身固有的不可缺少的意義成分，是對詞義成分的描寫，也是本文繫聯語義場的依據。「詞項屬性分析表」是爲辨析語義場內各詞項而設置

〔註170〕說明：使用時間這一屬性我們沒在表中顯示，但如果某詞項出現在上古某時期的詞項屬性分析表中，就說明該詞項存在於該時期。

的，內容包括詞項的語義屬性、組合屬性、使用屬性三方面。（各語義場詞項屬性分析表見本文第一章語義場研究中的具體分析）總之，兩個表格的設置是出於不同的研究目的，以詞項義徵分析表爲據繫聯語義場，而在研究語義場內各詞項的關繫時則使用包括詞項義徵屬性在內的詞項屬性分析表。

0.4.1.7　常見「飲食類」動詞個案研究

上一步中，我們對飲食類動詞的各子場進行研究，其實質是對表示飲食義位的各詞項之間的宏觀語義關係進行研究。這一步中，我們將對常見飲食類動詞的微觀詞義系統進行研究，具體考察內容有三：一是考察並整理飲食類動詞的詞義系統，即從本義出發繫聯引申義，說明引申機制和條件；二是比較各義位在各時期的使用情況，說明生死消長的原因和規律；三是結合語義場的描述，說明詞義變化對語義場的影響。

本文對「飲食類」動詞中常見的、意義有變化的五個飲食類動詞進行了個案研究，這五個飲食類動詞是：飲、食、嘗、吞、味。具體情況見論文第二章。

0.4.1.8　歸納總結詞義發展演變的規律

在對飲食類動詞進行類場研究以及對常見的「飲食類」動詞進行個案研究的基礎上，我們將考察飲食動詞語義場、詞項和義位的演變情況，並探討演變的原因。總之，本文試圖通過對上古「飲食類」動詞語義場成員和分佈的共時描寫和歷時演變分析，考察不同時期語義場成員的增減、去留、使用頻率的高低、成員語義分佈的變化以及成員之間地位的變化，探求漢語詞彙發展的一些規律及其發展變化過程中的一些特點，也試圖通過對「飲食類」動詞的個案研究來揭示詞義發展的規律。

0.4.2　研究方法

0.4.2.1　定性與定量相結合

定量定性研究是漢語史研究的重要方法。「如果不作定量分析，就很難把握住漢語諸要素在各歷史時期的性質及其數量界限。我們的斷代描寫和歷史研究也必然只能陷在朦朧模糊的印象之中。從隨意引證到定量分析是古漢語研究爲

走向科學化而邁出的重要一步。」〔註171〕而如果不對測查到的語料作定性分析與考察，就不能對上古時期飲食類動詞詞義演變的特點、規律和動因做出合理的解釋。因此，本文采用定性與定量相結合的研究方法，在對語料進行定量測查的基礎上，進行定性分析，採取典型例句和統計數據相結合的方法來研究、考察詞義變化的情況，探討詞義演變的規律。

0.4.2.2　共時與歷時相結合

「靜態的研究對漢語史來說是必經的階段，但是單靠靜態的研究並不能達到建立漢語史的目的。」〔註172〕「從歷史上去觀察語義的變遷，然後訓詁學才有新的價值。即使不顧全部歷史而只做某一時代語義的描寫（例如周代的語義或現代的語義），那就等於斷代史，仍舊應該運用歷史的眼光。」〔註173〕本文的研究目的是描述飲食類動詞在上古前期、中期、後期的共時詞義系統，並在此基礎上探討其在上古時期詞彙、詞義演變情況，揭示詞彙發展的客觀規律。所以，在研究過程時，我們既把共時的靜態描寫作爲基礎，又將考察漢語的歷時發展和演變，抓住某一現象上探源、下溯流，做縱向的歷史比較和動態分析。

0.4.2.3　描寫與解釋相結合

「漢語史研究發展到今天，我們不能只滿足於對一些變化事實作粗線條的勾勒，而應對隱藏於事實背後的演變的動因、制約演變的條件以及演變所經歷的具體渠道等問題做出分析和解釋，只有這樣，漢語史研究才有可能走向深入、更上一層樓。」〔註174〕描寫是解釋的基礎，解釋是描寫的深化，更是研究的最終目標，我們正是要在共時與歷時詞義系統描寫的基礎上，探討詞義演變的動因和規律。所以，在我們的研究過程中，將努力做到如下兩點：（1）在共時詞義系統描寫的基礎上，解釋語義場內各成員共存的原因；（2）

〔註171〕郭錫良《1985 年的古漢語研究》，載《中國語文天地》，1986（3）。

〔註172〕王力《漢語史稿》，北京：中華書局，1980 年，第 14 頁。

〔註173〕王力《新訓詁學》，載《王力文集》（第十九卷），濟南：山東教育出版社，1990年，第 181 頁。

〔註174〕董秀芳《詞彙化：漢語雙音詞的衍生和發展》，成都：四川民族出版社，2002 年，第 9 頁。

在歷時詞彙更替、詞義演變的基礎上，力求對語義場成員及其分佈的變化做出合理解釋。

0.5　本文所用主要術語說明

語義場：語義場是以共性義位或義素爲核心形成的相互制約的具有相對封閉域的詞語或義位、義叢的集合。〔註 175〕

詞項：指載負一個義項的語音或書寫形式。〔註 176〕

義徵：是從描寫詞義結構的角度提出來的，借鑒了詞典學對動詞釋義模式的研究成果，是通過對動詞義位釋義構成成分的歸納得出來的。

類義徵：表示義位的類屬，是人們對義位所反映的客觀事物的認知範疇。對於飲食類義位而言，「飲食動作」就是其類義徵。

表義徵：是義位固有的可感知義素，它規定了義位的主要特徵，是義位的核心內容。表義素一般是復合的，可以進行再次切分。在本書中具體表現爲各種「語義關涉成分」。

語義關涉成分：基於動詞詞義的非自足性提出的概念。飲食類動詞的語義關涉成分包括飲食主體、飲食對象、飲食器官、飲食方式、飲食目的。對具體詞項而言，語義關涉成分有必須和可選之分，通常只分析必須語義關涉成分。

詞項屬性：本文中的「詞項屬性」包括語義屬性、組合屬性和使用屬性。是爲辨析處於同一語義場的各成員而設定的。

語義屬性：詞項屬性中最核心的部分，指語義場各詞項本身固有的不可缺少的性質，包括類義徵和表義徵。

組合屬性：可分爲內部組合和外部組合。

內部組合著眼於詞項的音節和結構。從音節上看，可以分爲單音節和複音節。從結構上看，可以分爲單純結構和復合結構。復合結構又可分爲並列式、偏正式、述賓式、動補式、附加式五種。

外部組合反映詞項的語法屬性。包括詞項的語法功能和功能涉及的語法關係。語法功能指在句子中做什麼成分；語法關係指是否有主語、賓語等連帶成

〔註 175〕張志毅、張慶雲《詞彙語義學》，北京：商務印書館，2005 年。

〔註 176〕王寧《訓詁學原理》，北京：中國國際廣播出版社，1996 年，222 頁。

分的強制性要求。

　　使用屬性：詞語在語言實際使用中所產生或形成的價值或信息，本文中包括使用時間、使用地域、使用頻率三類。

1 「飲食類」動詞系統及其子場研究

1.1 「飲食類」動詞語義場的繫聯及其系統

賈彥德指出:「如果若干個詞義位含有相同的表彼此共性的義素和相應的表彼此差異的義素,因而聯結在一起,互相規定,互相制約,互相作用,那麼這些義位就構成一個語義場。」[註1] 可見,詞項之間具有相同的詞義要素是構成一個語義場的前提,而詞項之間的區別性語義要素則是它們在同一個語義場共存的價值體現。

如前所述,本文將飲食類動詞的詞義成分結構式歸納為:飲食類義位=類義徵+表義徵(語義關涉成分:飲食主體+飲食對象+飲食方式+飲食器官+飲食目的)。通過對每個飲食類動詞的詞義成分進行描寫,我們得到上古「飲食類」動詞的詞項義徵分析表並根據相同義徵的繫聯來歸納語義場。

理論上說,根據上述五個語義關涉成分中的任意一個,我們都可以進行語義場的繫聯。具體說來:

根據語義關涉成分「飲食主體」來繫聯,可以歸納出「泛主體」子場和「特定主體」子場。「特定主體」子場實際表現為「人」子場和「動物」子場。「動物」子場又表現為「魚」子場、「鳥」子場、「獸」子場。三層共計 5 個子場。

〔註 1〕 見賈彥德《漢語語義學》,北京:北京大學出版社,1999 年,150 頁。

　　根據語義關涉成分「飲食器官」來繫聯，可以歸納出「全部器官」子場、「部分器官」子場、「個別器官」子場。「個別器官」子場實際表現爲「唇」、「齒」、「舌」、「咽喉」子場。兩層共計 6 個子場。

　　根據語義關涉成分「飲食方式」來繫聯，可以歸納出「入嘴－咀嚼－吞咽」子場（即「吃類」子場）、「入嘴－吞咽」子場（即「喝類」子場）、「舐舔」子場、「吸吮」子場、「啃咬」子場、「咀嚼」子場、「含銜」子場、「吞咽」子場、「品味」子場、「入嘴－咀嚼＼不咀嚼－咽下」（即「泛飲食」子場），共計 10 個子場。

　　根據語義關涉成分「飲食對象」來繫聯，可以歸納出「泛對象」子場和「特定對象」子場。從食物形狀來看，「特定對象」子場又表現爲「固體食物」子場、「液體食物」子場和「流體食物」子場。兩層共計 4 個子場。

　　根據語義關涉成分「飲食目的」來繫聯，可以歸納出「泛目的」子場和「特定目的」子場；特定目的實際表現爲「品嘗辨別」「便於咀嚼」「便於消化」等基礎子場，兩層共計 4 個子義場。

　　總之，各子義場都處在一定的語義關涉成分的不同層級中。同層級者爲並列關係，不同層級的爲上下位關係。不同語義關涉成分歸納出的子場成員總數是相同的。各語義成分互相配合，共同構成飲食類動詞的語義場系統。

　　我們認爲，對於「飲食類」動詞來說，「飲食方式」是最能體現其詞義特徵的區別性要素。所以，本文根據「飲食類」動詞的語義關涉成分「飲食方式」來繫聯語義場。具體繫聯結果及各語義子場內的成員數如表 1。

表 1　「飲食類」動詞語義場及其成員表

共同表義徵 （飲食方式）	子場名稱	子 場 成 員
入嘴－咀嚼－咽下	「吃類」語義場	食₁、嘗₂、啖＼啗、飯、餐＼飱＼飧、茹、饑、噆、啖食、餔
入嘴－咽下	「喝類」語義場	飲、啜＼歠＼嚽、噬、服、歃＼唼₂＼喋₂、酳、服食
用牙齒用力夾住	「啃咬」語義場	噬、齧＼囓＼嚙、齕、齰＼齚＼咋、齘、啄＼噣、唼₁、唼₁喋＼喋₁喋
用牙齒磨碎	「咀嚼」語義場	咀、噍＼嚼、咀噍＼咀嚼、噍咀
用舌頭品味	「品嘗」語義場	嘗₁、味、嚌、啐

留在口中不吞不吐	「含銜」語義場	含、銜＼噇、嚌
吸入	「吮吸」語義場	吮、吸、嗽＼漱、嗽吮、吮嗽
通過咽喉送入	「吞咽」語義場	吞、咽＼嚥
用嘴唇輕沾	「抵舔」語義場	舐（舓）＼狧＼咶
入嘴—咀嚼＼不咀嚼—咽下	「泛飲食」語義場	食₂、嘗₂、饌、餔啜、飲啖、飲食、食飲

從表可知，根據飲食方式，我們繫聯出 10 個語義場，分別是：「吃類」語義場、「喝類」語義場、「啃咬」語義場、「咀嚼」語義場、「品嘗」語義場、「含銜」語義場、「吮吸」語義場、「吞咽」語義場、「抵舔」語義場、「泛飲食」語義場。

需要說明的是，這 10 個語義場並不是並列關係。其中「泛飲食」語義場、「吃類」語義場、「喝類」語義場內的成員都涉及整個飲食過程，是具有線性過程的動詞，其餘 7 個語義場內的成員則是飲食過程中的具體動作。

飲食行為表現為一種線性過程。〔註2〕最典型的「飲食活動」包括從食物入嘴到在口腔內含銜、咀嚼、品嘗食物，再到吞咽食物的全過程。而食物入嘴則或者是直接放入口腔（如吃花生），或者經過牙齒啃咬再進入口腔（如吃蘋果），或者經過嘴唇的含吸再進入口腔（如喝水、吮奶）。我們將飲食類動詞的線性過程簡單圖示如下：

圖一　飲食過程示意圖

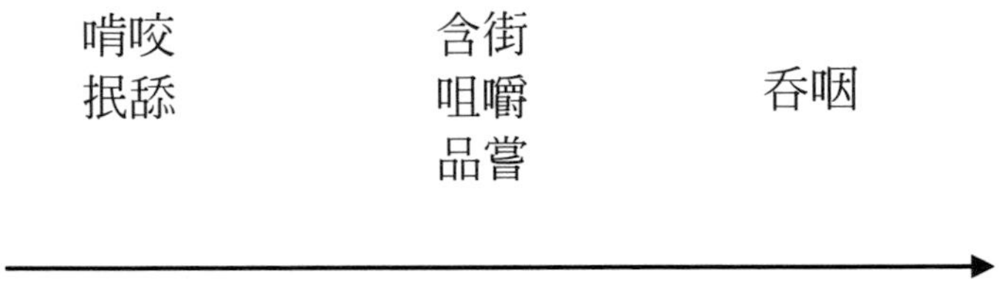

```
啃咬          含銜
抵舔          咀嚼          吞咽
              品嘗
```

值得注意的是：（1）並不是每個飲食活動都需要包括上表中所有動作環節，不同動作組合成不同的飲食活動。就上古漢語而言，飲食活動主要包括「飲」「食」兩大類，具備「含銜」「咀嚼」「吞咽」三個動作環節的動詞屬於「吃類」

〔註2〕 此觀點是本課題開題報告時王寧先生、李國英先生提出來的，對本文的研究很有啟發，在此謹向二位先生致謝。

語義場的成員，具備「含銜」「吞咽」兩個動作環節的動詞屬於「喝類」語義場的成員，其它動作環節並不要求每個「吃類」「喝類」語義場動詞都具備。（2）表達飲食過程中具體動作行爲的各個動詞，如「啃」「含」「咀」「嚼」「嘗」「吞」「咽」等，它們本身也是具有時間性的線性動詞，但與「飲」「食」的線性過程比起來，它們更適宜看成飲食活動過程中的環節性動作。

據此，本文飲食類動詞的詞義系統圖如下表所示：

表2　飲食類動詞詞義系統圖

飲　食	飲	抿　舐
		吮　嗽
		含　銜
		品　嘗
		吞　咽
	食	啃　咬
		含　銜
		咀　嚼
		品　嘗
		吞　咽

「語義場表現的系統性，是外部世界的系統性在語義中的表現。」〔註3〕從認知角度描述的飲食類子場，與本文從飲食類動詞的義徵歸納出的子場具有一致性，這是從飲食方式的角度歸納飲食類子場具有科學性的一個旁證。

1.2　「吃類」語義場

1.2.1　「吃類」語義場各詞項的共同語義特徵

　上古「吃類」語義場〔註4〕共有9個詞項：「食₁」〔註5〕、「啖＼啗」、「飯」、

〔註3〕賈彥德《漢語語義學》，北京：北京大學出版社，1999年，150頁。

〔註4〕本節所謂「吃類」語義場，是指「進食（固體食物）」語義場。

〔註5〕需要說明的是，在上古中後期的語料中，我們還發現了「食₁」後接液流體食物的用例，鑒於這種用法數量比較少（上古時期共出現11例），不屬於「食₁」的典型用法。但這充分説明「食₁」的義域在進一步泛化，這也是「食」逐漸成爲飲食類

「餐＼湌＼飡」、「茹」、「餔」、「饑」、「喂」、「啖食」。它們具有共同的語義屬性，即都用來表示「將食物經過咀嚼咽入食道」的動作，構成「吃類」語義場。

【食₁】

《古今韻會舉要・職韻》：「食，茹也，啗也。」《說文解字詁林》「食」字條引《說文解字部首訂》曰：「蓋食為物，因噉其物亦名食，遂以食專噉義。」今人王鳳陽也指出：「『食』相當於現代的『吃』，它是和『飲』相對的，凡食物經過口咀嚼咽下都可以叫『食』，如：《孟子・梁惠王上》『七十者可以食肉矣』；《戰國策・齊策》：『長鋏歸來乎，食無魚』。」〔註6〕表示「將食物經過咀嚼咽入食道」的動作的「食」最早出現在上古前期：

（1）碩鼠碩鼠，無食我黍。(《詩・魏風・碩鼠》)

（2）彼譖人者，誰適與謀？取彼譖人，投畀豺虎。豺虎不食，投畀有北。有北不受，投畀有昊！(《詩經・小雅・節南山之什》)

【啖＼啗】

啖，《說文・口部》：「噍啖也。從口，炎聲。一曰噉。」段玉裁注：「《荀子・王霸篇》：『啖啖常欲人之有。』注：『啖啖，併吞之皃。』」《廣雅・釋詁》：「啖，食也」。啗，《說文・口部》：「啗，食也。從口，臽聲。讀與含同。」《集韻・叙韻》：「啖，或作啗。」啖、啗二字在表示「食也」義時應為異體字。文獻用例如：

（3）楚之南有啖人國。(《墨子・節葬下》)

（4）仲尼先飯黍而後啗桃，左右皆掩口而笑。(《韓非子・外儲說左下》)

動詞上位詞的必經途徑。後接液、流體食物的文獻用例如：《荀子・禮論》：「齊衰、苴杖、居廬、食粥、席薪、枕塊，所以為至痛飾也。」《淮南子・說林訓》：「以水和水不可食，一弦之瑟不可聽。」《漢書・雋疏於薛平彭傳》：「定國食酒至數石不亂，冬月治請讞，飲酒益精明。」《說苑・卷五》：「中山因烹其子而遺之，樂羊食之盡一杯，中山見其誠也，不忍與之戰。」《漢書・禮樂志》：「象載瑜，白集西，食甘露，飲榮泉。」

〔註6〕王鳳陽《古辭辨》，長春：吉林文史出版社，1993年，750頁。

【茹】

《說文·艸部》:「茹,飲馬也。」《方言》卷七:「茹,食也。吳越之間,凡貪飲食者謂之茹。」郭璞注:「今俗呼能粗食者爲茹。」可見,「茹」用作「吃、食」的動詞義,最初是一種方言用法。黃金貴在《古代文化詞義集類辨考》一書中指出:「『茹』,從草,故是柔曲可食之草,可用於飼牛馬,擴大至人,則是食之稱,專指食柔軟之物。」〔註7〕王鳳陽則更具體地指出「茹」後所接賓語多爲菜〔註8〕。最早出現在上古中期,文獻用例如:

> (5) 舜之飯糗茹草也,若將終身焉。(《孟子·盡心下》)

> (6) 古者,民茹草飲水,採樹木之實,食蠃蛖之肉。(《淮南子·脩務訓》)

【飯】

《說文·食部》:「飯,食也。」段玉裁注:「然則云『食也』者,謂食之也,此飯之本義也。引伸之,所食爲飯。」「飯」的對象,「經常限於糧食和用各種糧食製成的乾飯、稀飯等等」〔註9〕。文獻用例如:

> (7) 飯蔬食、飲水,曲肱而枕之,樂亦在其中矣。(《論語·述而》)

【餐\飧\湌】

《說文·食部》:「餐,吞也。湌,餐或從水。」《廣韻·寒韻》:「飧,餐同。俗作湌。」《廣雅·釋詁二》:「湌,與餐通。」王念孫疏證:「湌,食也。」王風陽指出:「餐,亦作『湌』,《說文》『吞也』。從使用情況看,『餐』是個不及物動詞,大體上相當於現代的『吃飯』。」〔註10〕飧、湌二字當爲餐字異體。其用例最早出現在上古前期,如:

〔註7〕 黃金貴《古代文化詞義集類辨考》1362 頁,上海:上海教育出版社,1995 年。

〔註8〕 王鳳陽《古辭辨》(長春:吉林文史出版社,1993 年,751 頁)云:「從用例看,『茹』多指食菜:《孟子·盡心下》『舜之飯糗茹草也,若將終身焉』,『茹草』既指吃各種野菜;《莊子》『不飲酒,不茹葷』,『葷』是有辛辣等氣味的菜。古代野菜是窮人的糊口食物,所以是粗食。」

〔註9〕 王鳳陽《古辭辨》,長春:吉林文史出版社,1993 年,751 頁。

〔註10〕 王鳳陽《古辭辨》,長春:吉林文史出版社,1993 年,751 頁。

（8）不稼不穡，胡取禾三百廛兮？不狩不獵，胡瞻爾庭有縣貆兮？

彼君子兮，不素餐兮！（《詩經・魏風・伐檀》）

（9）太后聞之，立起坐餐，氣平復。（《史記・梁孝王世家》）

【餔】

《廣雅・釋詁二》：「餔，食也。」最早見於《莊子》，如：

（10）盜跖乃方休卒徒太山之陽，膾人肝而餔之。（《莊子・盜跖》）

——成玄英疏：「餔，食也。」

【噭】

《說文・口部》：「噭，小食也。從口，幾聲。」《正字通・口部》：「噭，《說文》：『小食也』。即少食，古小少字通。」「噭」指「稍微吃一點兒」。文獻用例如：

（11）呼吸沆瀣兮餐朝霞，噍咀芝英兮噭瓊華。（《史記・司馬相如列傳》）

——裴駰集解引徐廣曰：「噭，音祈，小食也。」駰案：「韋昭曰：『瓊華，玉英。』」

【嚽】

《集韻・夬韻》：「嚽，一舉盡臠也。」「嚽」指「稍微咀嚼食物後大口吞食」，僅在《禮記》中出現1例：

（12）濡肉齒決，乾肉不齒決，毋嚽炙。（《禮記・曲禮上》）

——鄭玄注：「嚽，謂一舉盡臠。」孔穎達疏：「並食之曰嚽，是貪食也。」

【啖食】

「啖食」是由單音詞「啖」「食」並列連用組成的，亦表示「食用固體食物」的動作。最早出現在上古後期，如：

（13）倉卒之世，穀食之貴，百姓飢餓，自相啖食。（《論衡・遭虎篇》）

（14）凡萬物相刻賊，含血之蟲則相服，至於相啖食者，自以齒牙

頓利，筋力優劣，動作巧便，氣勢勇桀。（《論衡·物勢篇》）

1.2.2　「吃類」語義場各詞項的差異

相互聯繫是語義場形成的前提，相互區別是詞項在語義場得以存在的基礎。那麼，怎麼比較語義場各詞項的差異呢？本文的做法是，在上古三個時期內，從語義屬性、組合屬性和使用屬性三個方面來比較各詞項的差異。全章同。

1.2.2.1　上古前期

上古前期，「吃類」語義場共有 3 個成員：食₁、飯、餐。

上古前期，「食₁」共出現 111 次，表示「進食固體食物」的動作。飲食主體可以是人，也可以是動物。飲食對象包括一切可食之物，如穀物類作物「黍」，菜肴類食物「魚」等。「食₁」在句中充當謂語，主語或隱或現，其後均出現賓語，其前可受否定副詞修飾。

> （15）碩鼠碩鼠，無食我黍！三歲貫女，莫我肯顧。（《詩經·國風·魏風》）

> （16）豈其食魚，必河之魴？豈其取妻，必齊之姜？（《詩經·國風·陳風》）

上古前期，「飯」共出現 16 次，且均出現在《儀禮》中，表示「人進食（米飯）」的動作，指「吃飯（米飯）」。「飯」的主體均爲人。「飯」在句中一般充當謂語，其主語或隱或現，「飯」後均不帶賓語。其前可受否定副詞「不」修飾，也可受數量詞修飾（如例 17）。

> （17）若君賜之食，則君祭先飯，遍嘗膳，飲而俟，君命之食，然後食。（《儀禮·士相見禮》）
> ——鄭玄注：「君祭先飯，於其祭食，臣先飯，示爲君嘗食也。此謂君與之禮食。膳，謂進庶羞，既嘗庶羞，則飲俟君之徧嘗也。」

> （18）祝、主人之魚、臘取於是。尸不飯，告飽。主人拜侑，不言，尸又三飯。佐食受牢舉，如儐。（《儀禮·有司徹》）

上古前期，「餐」僅在《詩經》中出現 2 次。「餐」指「人進食米飯」的動作，爲不及物動詞，不帶賓語，主語均出現，其前能受能願動詞「能」、否定副詞「不」及狀語修飾。

（19）彼狡童兮，不與我言兮。維子之故，使我不能餐兮。（《詩經·

　　鄭風·狡童》）

由以上分析可知，從飲食主體、飲食對象來看，「食₁」的義域比「飯」、「餐」大，以下我們著重比較「餐」、「飯」的區別：

首先，語義屬性方面，兩詞項在飲食對象上具有細微差別。王鳳陽指出：「從使用情況看，『餐』是個不及物動詞〔註11〕，大體上相當於現代的『吃飯』。《詩·鄭風·狡童》『唯子之故，使我不能餐兮』，『不能餐』是吃不下去飯；李白《北上行》『草木不可餐，饑飲零露漿』，『不可餐』不是不可吃，而是不可當飯吃。」「不過由於來源關係，『飯』的對象雖較名詞用法有所擴大，不過經常限於糧食和用各種糧食製成的乾飯、稀飯等等。如：王褒《僮約》『奴當飯豆飲水，不得嗜酒』；《三國志·魏書·管寧傳》『飯粥糊口，並日而食』；《禮記·曲禮上》『飯黍毋以箸』。在這個意義上『飯』、『餐』不能互換；同樣《離騷》『朝飲米蘭之落露兮，夕餐秋菊之落英』之類的用法也不能用『飯』。」〔註12〕也就是說，「飯」的對象「限於糧食和用糧食製成的乾飯、稀飯」等等，而「餐」的對象雖然也是被當成飯來吃的食物，但又不限於糧食和用糧食製成的乾飯、稀飯等，其它能充當「主食」的食物也能成為「餐」的對象。

其次，組合屬性方面，兩詞項的不同主要體現在外部組合上。二者是否帶主語、賓語及狀語的情形不同。「飯」主語或隱或現，不帶賓語，能受否定副詞「不」、數量詞修飾；「餐」前出現主語，不帶賓語，能受能願動詞「能」、否定副詞「不」及狀語修飾。

最後，使用屬性方面，兩詞項的使用頻率有較大差異，「飯」的使用頻率（16次）高於「餐」（2次）。

上古前期「食₁」、「飯」、「餐」詞項屬性分析見表3。

〔註11〕從後代的使用情況來看，「餐」後出現了接賓語的文獻用例，如《楚辭·離騷》
　　　「朝飲米蘭之落露兮，夕餐秋菊之落英」，但王鳳陽（1993：751）認為：「『餐』
　　　帶賓語時，賓語常常很特殊，如：《魏書·李預傳》『（李預）每羨古人餐玉之法，
　　　乃採訪藍田，躬往攻掘』；顏延之《五君詠》『中散不偶世，本自餐霞人』。這裏
　　　的『餐玉』、『餐霞』都是以玉為飯、以霞為飯的意思，無妨於『餐』的不及物性。」
〔註12〕王鳳陽《古辭辨》，長春：吉林文史出版社，1993年，751頁。

表 3　前期「吃類」語義場詞項屬性分析表

屬　性 ＼ 詞　項			食₁	餐	飯
語義屬性	類義徵		飲食動作		
	表義徵	方　式	入嘴－咀嚼－吞咽		
		主　體	人、動物	人	人
		器　官	全部	全部	全部
		對　象	固體食物	作爲主食的食物	米飯類食物
		目　的	充饑	充饑	充饑
組合屬性	內部組合	音　節	單音詞	單音詞	單音詞
		結　構	單純詞	單純詞	單純詞
	外部組合	語法功能	謂語	謂語	謂語
		語法關係 主　語	＋－	＋－	＋
		賓　語	＋	－	－
		修飾詞	＋	＋	＋
使用屬性	頻　率		111	2	16

總之，「飯」、「餐」、「食₁」三成員共同構成上古前期的「吃類」語義場，三詞項在語義屬性、組合屬性、使用屬性上或同或異，共同承擔「進食固體食物」的表義任務。「食₁」在義域、使用頻率等方面均具有優勢，是上古前期「吃類」語義場的主導詞。

1.2.2.2　上古中期

經過測查，「進食（固體食物）」語義場在上古中期有 7 個成員：「食₁」、「餔」、「飯」、「餐」、「啖＼啗」、「茹」、「喂」。

「食₁」在上古中期共出現 462 次，文獻用例如：

（20）顏回索米，得而爨之，幾熟，孔子望見顏回攫其甑中而食之。（《呂氏春秋・審分覽・君守》）

（21）晏子相齊，衣十升之布，食脫粟之食，五卵、苔菜而已。（《晏子春秋・卷六》）

（22）異日，與君遊于果園，食桃而甘，不盡，以其半啖君。（《韓非子・說難》）

（23）人主欲觀之，必半歲不入宮，不飲酒食肉。（《韓非子·外儲
說左上》）

（24）孟獻伯拜上卿，叔向往賀，門有御，馬不食禾。（《韓非子·
外儲說左下》）

（25）鳥乃眩視憂悲，不敢食一臠，不敢飲一杯，三日而死。（《莊
子·至樂》）

從文獻用例來看，「食₁」的主體包括人及各類動物（馬、鳥、蠶、蚯蚓
等），「食₁」的對象包括糧食作物、米飯、菜肴、水果等一切可食之物。「食」
在句中充當謂語，主賓語均出現，其前可受否定副詞、能願動詞修飾。

「餔」上古中期共出現 2 例，飲食主體為人，對象為飯食，主語或隱或
現，賓語均出現。除前引例 10，還有：

（26）眾人皆醉，何不餔其糟而歠其醨？何故深思高舉自令放為？

（《楚辭·漁父》）

下面我們考察「餔」與「食₁」的區別：

首先，語義屬性方面，「餔」「食₁」兩詞項的差別主要體現在飲食主體和飲
食對象上。「食₁」的飲食主體包括人、動物，「餔」的飲食主體僅為人；「食₁」
的飲食對象包括一切食物，「餔」的對象一般為飯食。

其次，使用屬性方面，「食₁」「餔」兩詞項的出現頻率比為 462：2，「食₁」
的使用頻率明顯大於「餔」。

餔、食₁詞項屬性分析見表 4。

「啖＼啗」在上古中期共出現 5 次，表示「咀嚼固體食物併吞入體內」的
動作。飲食主體為人，飲食對象既包括「人」這類特殊的「食物」，也包括「桃」、
「人食」等日常固體食物。（具體例句見下）關於「啖」的詞義特徵，王鳳陽指
出：「『啖』也是吃，不過不是一般的吃，而是帶著飢餓或貪欲大口大口地吃，
狼吞虎嚥地吃，盡情恣意地吃。」〔註 13〕林銀生等也認為：「『啗』與『吃』有
別。吃是一般的咀嚼進食，啗是總感到不足的大口吞噬，食量也大，勇武之人
多如此。」〔註 14〕「啖」在句中一般充當謂語，主語或隱或現，賓語亦或隱或

〔註13〕 王鳳陽《古辭辨》，吉林：長春文史出版社，1993 年，750 頁。

〔註14〕 王寧審定，林銀生、李義琳、張慶錦編著《中國上古烹食字典》，北京：中國商業

現，還出現了副詞與之組合而成的「相啖」。

（27）齊之好勇者，其一人居東郭，其一人居西郭。……因抽刀而
相啖，至死而止。（《呂氏春秋·仲冬紀·當務》）

（28）楚之南，有啖人之國者焉，其國之長子生，則解而食之，謂
之宜弟。（《墨子·魯問》）

（29）昔者夫子有言曰：「天下無道，仁士不處厚焉。」今衛君無道，
而貪其祿爵，則是我為苟啖人食也。（《墨子·耕柱》）

此外，「啖」還有使動用法，表示「給……吃……」，如：

（30）異日，與君遊于果圍，食桃而甘，不盡，以其半啖君。君曰：
「愛我哉！亡其口味以啖寡人。」及彌子色衰愛弛，得罪於
君，君曰：「是固嘗矯駕吾車，又嘗啖我以餘桃。」（《韓非子·
說難》）

上古中期，「嚃」僅在《禮記》中出現 1 次〔註15〕，見前引例 11。「嚃」指
「人大口吞食固體食物」的動作。對於例 11，鄭玄注：「為其貪食甚也。嚃，
謂一舉盡臠。」賈公彥疏：「『毋嚃炙』者，火灼曰炙，炙肉濡，若食炙，先當
以齒嚙，而反置俎上，不一舉而並食，並食之曰嚃，是貪食也。」「嚃」在句中
作謂語，主語隱含，賓語出現，能受否定副詞修飾。

上古中期，「茹」共出現 5 次，表示「咀嚼粗食類食物併吞入體內」的動作。
主體為人，對象有「草」、「葷」、「鳥獸之毛」等粗食類食物。正因為「茹」後
所接食物一般為「粗食」，所以由「茹」組成的詞語，如「含辛茹苦」「茹恨」
「茹荼」「茹痛」等均表示人忍受的不好的、艱苦的遭遇。〔註16〕「茹」在句中
一般充當謂語，其主語、賓語均出現，且前可受否定副詞「不」修飾。

出版社，1993 年，2 頁。

〔註15〕此外，上古後期還出現了 1 例疊音詞「嚃嚃」，表示大口地、快速地吃食的狀態：
《太玄·卷一》：「次三：翕食嚃嚃。測曰：翕食嚃嚃，利如舞也。」鑒於該例句
中的「嚃嚃」不是動詞，我們未將此例計入。

〔註16〕例如：北齊顏之推《顏氏家訓·文章》：「銜酷茹恨，徹於心髓。」宋蘇軾《中和
勝相院記》：「茹苦含辛，更百千萬億生而後成。」唐駱賓王《疇昔篇》：「茹荼空
有歎，懷橘獨傷心。清紀昀《閱微草堂筆記·灤陽消夏錄六》：「汝父茹痛九泉，
訴於地府。」

（31）人有思哀也弗忘，取丘下之莠，完掇其葉二七，東北鄉（向）

如（茹）之乃臥，則止矣。（《睡虎地秦墓竹簡》）

（32）舜之飯糗茹草也，若將終身焉。（《孟子・盡心下》）

（33）回之家貧，唯不飲酒不茹葷者數月矣。（《莊子・人間世》）

（34）昔者先王未有宮室，……未有火化，食草木之實，鳥獸之肉，

飲其血，茹其毛。（《禮記・禮運》）

下面我們考察「嗛」、「啖＼啗」、「茹」三詞項的區別。

「嗛」、「啖＼啗」、「茹」三詞項均表示「人食用固體食物」的動作，但三者在語義屬性、組合屬性、使用屬性上又各具特點，具體來說：

（1）語義屬性不同，具體表現在飲食對象不同。「啖＼啗」的對象包括「桃」、「人食」等日常固體食物，饑荒年代「人」也成為「啖＼啗」的對象。「嗛」的對象是「肉」，具有「大口吞食」的語義特徵。「茹」的對象多為「草」、「葷」、「鳥獸之毛」等粗食類食物。「茹」也因此成為「含辛茹苦」「茹恨」「茹荼」「茹痛」等表示人忍受的不好的、艱苦的遭遇的詞語的構詞語素。

（2）組合屬性方面，雖然三詞項在句中均充當謂語，但「嗛」的語法功能較簡單，主語隱含，出現賓語，能受否定副詞修飾。「啖＼啗」、「茹」語法功能相對活躍。「啖＼啗」的主語或隱或現，賓語亦或隱或現，能受副詞「相」修飾。「茹」的主語、賓語均出現，且前可受否定副詞「不」修飾。

（3）使用屬性方面，上古前期，三詞項的使用頻率都不高，「啖＼啗」出現 5 次，「茹」出現 5 次，「嗛」最低，僅出現 1 次。《方言・卷七》云：「茹，食也。吳越之間，凡貪飲食者謂之茹。」郭璞注：「今俗呼能粗食者為茹。」可見，「茹」用作「吃、食」的動詞義，是從方言進入通語的。

嗛、啖＼啗、茹三詞項詞義屬性分析見表 4。

「餐」在上古中期共出現 6 例，其中 3 例是引用或化用《詩經》中「不素餐兮」而來。「餐」表示「咀嚼食物併吞入體內」的動作，主體為人，對象可以不出現，也可以出現，但多為特殊食物 〔註 17〕，如「秋菊之落英」、「六氣」等。

〔註 17〕關於這一點，王鳳陽（1993：751）已經提到：「餐」帶賓語時，賓語常常很特殊，

如：《魏書・李預傳》「（李預）每羨古人餐玉之法，乃採訪藍田，躬往攻掘」；顏

延之《五君詠》「中散不偶世，本自餐霞人」。這裏的「餐玉」、「餐霞」都是以玉

「餐」在句中一般充當謂語，主語隱含，賓語或隱或現，可受否定副詞「不」、狀語「素」修飾。如：

（35）竊慕詩人之遺風兮，願託志乎素餐。（《楚辭·卷八》）

（36）朝飲木蘭之墜露兮，夕餐秋菊之落英。（《楚辭·卷一》）

（37）餐六氣而飲沆瀣兮，漱正陽而含朝霞。（《楚辭·卷五》）

此外，「餐」也有使動用法，後能接「人」，表示「給……吃……」，如：

（38）魯以五月起眾爲長溝，當此之爲，子路以其私秩粟爲漿飯，要作溝者於五父之衢而冷餐之。孔子聞之，使子貢往覆其飯，擊毀其器，曰：「魯君有民，子奚爲乃餐之？」（《韓非子·外儲說右上》）

上古中期「飯」共出現 33 次，表示「咀嚼飯類糧食併吞入體內」的動作。「飯」的主體爲「人」，對象爲「蔬食」、「糗」、「黍」、「黍粱」、「米飯」、「稻粱」等飯類糧食。「飯」在句中均充當謂語，其主語或隱或現，賓語可以出現，也可以隱含，隱含時表示「吃飯」，多指「吃主食」。此外，「飯」前可受否定副詞「不」、數量詞等修飾，其後還可接後置工具狀語「於＋工具」。

（39）不能具美食而勸餓人飯，不能爲活餓者也；不能闢草生粟而勸貸施賞賜，不能爲富民者也。（《韓非子·八說》）

（40）文王有疾，武王不說冠帶而養。文王一飯，亦一飯，文王再飯，亦再飯。旬有二日乃間。（《禮記·文王世子》）

（41）臣聞昔者堯有天下，飯於土簋，飲於土鉶。（《韓非子·十過》）

（42）仲尼先飯黍而後啖桃，左右皆掩口而笑。哀公曰：「黍者，非飯之也，以雪桃也。」（《韓非子·外儲說左下》）

（43）舜之飯糗茹草也，若將終身焉。及其爲天子也，被袗衣，鼓琴，二女果，若固有之。（《孟子·盡心下》）

（44）飯蔬食，飲水，曲肱而枕之，樂亦在其中矣。（《論語·述而》）

此外，飯有「使動用法」，其後能接動物，意爲「喂牛」，如：

爲飯、以霞爲飯的意思，無妨於「餐」的不及物性。

（45）百里奚爵祿不入於心，故飯牛而牛肥，使秦穆公忘其賤，與
之政也。（《莊子・外篇・田子方》）

下面我們考察餐、飯兩詞項的區別。

「餐」「飯」均表示「人食用固體食物」的動作。但兩者在語義屬性、組合屬性、使用屬性方面也存在不同：

（1）語義屬性方面，雖然「飯」、「餐」多表示「吃飯」之義，但兩者的飲食對象具有細微差別。「飯」表示「吃飯」之義，對象為「蔬食」、「糗」、「黍」「黍粱」、「米飯」、「稻粱」等飯類糧食。「餐」雖多為不及物用法，多指「吃飯」之義，但「餐」後能出現比較特殊的飲食對象，如「秋菊之落英」、「六氣」等，分析見前。我們認為，這可能與「餐」的文言文風格有關。「餐」用作飲食動詞直接來源於《詩經》中的「不素餐兮」，這使「餐」具有了古樸、典雅的特點，所以當人們欲借「食」「落英」、「六氣」來顯示自己的高風亮節時，自然選擇「餐」作其謂語，而非動詞「飯」。

（2）組合屬性方面，兩者的不同主要體現在外部組合上。「飯」的主語、賓語均或隱或現。「飯」前可受否定副詞「不」、數量詞等修飾，其後還可接後置工具狀語「於＋工具」。「餐」主語隱含，賓語或隱或現，可受否定副詞「不」、狀語「素」修飾。此外，「餐」「飯」均有使動用法，但「餐」後接「人」，表示「給……吃……」之義；「飯」後接「牛」，表示「喂牛」之義。

（3）使用屬性方面，兩者在使用頻率上體現出較大差異，「餐」出現 6 例，（其中有 3 例是引用或化用《詩經》中「不素餐兮」而來），「飯」出現 33 例。可見，在表示「吃飯」義上，「飯」比「餐」使用得更普遍。

「飯」「餐」詞義屬性分析見表4。

中期「吃類」語義場詞項屬性分析情況見表4。

表4 中期「吃類」語義場詞項屬性分析表

屬　　性	詞　項		食₁	舖	飯	餐	茹	啖\啗	嚼
語義屬性	類義徵		飲食動作						
	表義徵	方　式	入嘴－咀嚼－吞咽						
		主　體	人、動物	人	人	人	人	人	人

對　　象	固體食物	飯食	米飯類食物	飯食	草類粗食	固體食物（人）	炙
器　　官	全部	全部	全部	全部	全部	全部	全部
目　　的	充饑	充饑	充饑	充饑	充饑	充饑	充饑

組合屬性	內部組合	音　節	單音詞	單音詞	單音詞	單音詞	單音詞	單音詞	單音詞
		結　構	單純詞	單純詞	單純詞	單純詞	單純詞	單純詞	單純詞
	外部組合	語法功能	作謂語	作謂語	作謂語	作謂語	作謂語	作謂語	作謂語
	語法關係	主語	＋	＋－	＋－	－	＋	＋－	－
		賓語	＋	＋	＋－	＋－	＋	＋－	＋
		修飾詞	＋		＋	＋	＋	＋	＋
使用屬性	地　域						吳越間		
	頻　率		462	2	33	6	5	5	1

綜上所述，「食」、「餔」、「饡」、「噛」、「啖\啗」、「茹」、「飯」、「餐」八詞項構成「吃類」語義場。「食」義域最廣，為上古中期「吃類」語義場的主導詞。

1.2.2.3　上古後期

上古後期，「進食（固體食物）」語義場共有8個成員：「食₁」、「茹」、「啖\啗」、「噛食」、「譏」、「飯」、「餐」、「餔」。

「食₁」在上古後期共出現1090次。與上古中期一樣，「食₁」的主體包括人和各類動物，對象除了糧食作物、米飯、菜肴、水果等一切可食之物，還包括藥物。「食」在句中充當謂語，主語、賓語均出現，其前可受否定副詞、能願動詞修飾。文獻用例如：

（46）君遂餓死，為禽獸食。（《新書·先醒》）

（47）食水者善遊能寒，食土者無心而慧，食木者多力而奰，食草者善走而愚，食葉者有絲而蛾，食肉者勇敢而悍，食氣者神明而壽，食穀者知慧而夭，不食者不死而神。（《淮南子·墜形訓》）

（48）自唐子之短臣也，以身歸君，食芻豢，飯黍粱，服輕暖，乘牢良，臣故思之。（《淮南子·人間訓》）

（49）民人食肉飲血，衣皮毛。至於神農，以爲行蟲走獸，難以養
　　　民，乃求可食之物，嘗百草之實，察酸苦之味，教人食五穀。
　　　（《新語・道基》）

（50）如謂百藥之氣，人或服藥，食一合屑，吞數十丸，藥力烈盛，
　　　胸中憤毒，不能飽人。食氣者必謂吹呴呼吸，吐故納新也。（《論
　　　衡・道虛篇》）

（51）與君遊果園，彌子食桃而甘，不盡而奉君。（《史記・老子韓
　　　非列傳》）

　　上古後期，「茹」共出現 8 例。表示「咀嚼固體食物併吞入體內」的動作。
主體爲人，飲食對象爲葦、草、葵、動物的皮毛等茱類食物。「茹」在句中一般
充當謂語，主語或隱或現，賓語均出現。能受否定副詞「不」修飾。文獻用例
如：

（52）昔令尹子文朝不及夕，魯公儀子不茹園葵，公之謂矣。（《漢
　　　書・王莽傳上》）

（53）彼見上世之民飲血茹毛，無五穀之食，後世穿地爲井，耕土
　　　種穀，飲井食粟，有水火之調。（《論衡・齊世篇》）

　　上古後期，「啖＼啗」共出現 13 次，表示「食用固體食物併吞入體內」的
動作。「啖＼啗」的主體可以是人，也可以是虎等動物；「啖＼啗」的對象則包
括人、哺果、豚、彘、鰒魚、肴、桃等固體食物（具體例句見下）。「啖＼啗」
在句中一般充當謂語，主語、賓語均出現。文獻用例如：

（54）臣聞之，大之與小，強之與弱也，猶石之投卵，虎之啖豚，
　　　又何疑焉？（《淮南子・人間訓》）

（55）樊噲覆其盾於地，加彘肩上，拔劍切而啖之。（《史記・項羽
　　　本紀》）

（56）夫飲食既不以禮，臨池牛飲，則其啖肴不復用杯，亦宜就魚
　　　肉而虎食。（《論衡・語增篇》）

　　我們認爲，除了王鳳陽指出的「啖」具有「大口大口地吃」、「狼吞虎咽
地吃」、「有滋有味地吃」等詞義特徵之外，還包括「在某種心境下飲食」的

語義特徵，見下例。

（57）莽憂懣不能食，亶飲酒，啗鰒魚。（《漢書‧王莽傳》）

（58）孔子侍坐於魯哀公，公賜桃與黍，孔子先食黍而後啗桃，可
　　　謂得食序矣。（《論衡‧自紀篇》）

此外，「啗＼啖」後能接「人」、「馬」，表示「給人吃」、「給馬吃」的意思：

（59）始吉少時學問，居長安。東家有大棗樹垂吉庭中，吉婦取棗
　　　以啖吉。（《漢書‧王貢兩龔鮑傳》）

（60）夫不得心意所欲，雖盡堯、舜之言，猶飲牛以酒，啖馬以脯
　　　也。（《論衡‧自紀篇》）

上古後期，「啗食」共出現 7 次，表示「人與人之間或動物與動物之間互相
咬食」的動作。「啗食」在句中充當謂語，主語、賓語皆出現，能受副詞「相」
修飾。文獻用例如：

（61）倉卒之世，穀食之貴，百姓飢餓，自相啗食，厥變甚於虎。
　　　（《論衡‧遭虎篇》）

（62）故諸物相賊相利，含血之蟲相勝服、相齧噬、相啗食者，皆
　　　五行氣使之然也。（《論衡‧物勢》）

值得注意的是，在我們所考察的「啗食」用例中，無一例外均表示「人啗
食人」或「蟲啗食蟲」，之所以發生這種情況，與時局混亂、蕭條（「倉卒之世，
穀食之貴」、「倉卒之世，穀食乏匱」、「敗亂之時」）有關。這種時局下，百姓飢
餓而找不到食物，只好「互相啗食」；而「諸物相賊相利」的普遍規律則注定了
「蟲吃蟲」的發生。這種語境下發生的飲食行為往往與身家性命戚戚相關，因
而飲食動詞「啗食」往往帶有「大口地、快速地吃」的語義特徵。

「譏」在上古後期共出現 2 次，「譏」指「人稍微吃一點兒食物」的動作。
「譏」在句中充當謂語，主語隱含，後帶賓語。

（63）呼吸沆瀣兮餐朝霞，咀噍芝英兮譏瓊華。（《漢書‧司馬相如
　　　傳》）

——《集解》引徐廣曰：「譏音祈，小食也。」

上古後期，「餔」共出現 3 次，其用法與上古中期一樣，文獻用例如：

（64）東方有士曰袁旌目，將有所適而饑於道，孤父之盜丘人也見之，下壺餐以與之。袁旌目三餔而能視。（《新序·節士》）

下面考察「食₁」、「茹」、「嘰」、「啖＼啗」、「啖食」、「餔」六詞項的詞義差別。

（1）語義屬性方面，六詞項的差異主要體現在飲食主體和對象上。「食₁」「啖＼啗」「啖食」的飲食主體為「人和動物」，「茹」「嘰」「餔」的飲食主體僅為「人」。「食₁」的飲食對象包括一切可食之物，義域最大；「茹」的對象為藿、草、葵、動物的皮毛等荣類食物；「餔」的對象為飯食；「啖＼啗」的對象則包括人、哺果、豚、彘、鰻魚、肴、桃等固體食物；在語義特徵上，「啖食」往往帶有「大口地、快速地吃」的語義特徵。「嘰」則指「人稍微吃一點兒食物」的動作。

（2）組合屬性方面，六詞項均充當句子的謂語，但在主賓語的隱含、能否帶狀語、內部結構等方面存在差異。具體分析見前。另外，「啖食」是複音詞，「食₁」、「啖＼啗」、「茹」、「餔」、「嘰」是單音詞。

（3）使用屬性方面，六詞項的使用頻率不同。其中「食₁」的使用頻率最高，出現 1090 次，占上古後期「食₁」文獻總用例的 90.5%，是「吃類」語義場的主導詞。（具體數據參看本節後所附詞頻表）另外，「茹」用作「吃、食」的動詞義，最初僅是「吳越之間」的方言用法，後來才逐漸進入通語詞義系統。

上古後期「食₁」「茹」「啖＼啗」「啖食」「嘰」「餔」詞項屬性分析見表5。

上古後期，「飯」共出現 47 次，表示「咀嚼米飯類糧食併吞入體內」的動作。「飯」主體為人，對象為「黍粱、粟、稻粱、稻、羹、蔬糲、麻蓬藜」等主食。「飯」在句中一般充當謂語，主語或隱或現，賓語亦或隱或現。當「飯」的賓語隱藏時，一般表示「吃飯」的意思。「飯」前可受否定副詞「不」修飾，可以以動賓結構形成「者字結構」，其前可以接數量詞「一」表示「吃一口飯」，其後既可直接接工具賓語，也可以接「於＋工具賓語」，強調吃飯條件的簡陋。如：

（65）然我一沐三捉髮，一飯三吐哺，起以待士，猶恐失天下之賢人。（《史記·魯周公世家》）

（66）臣齋而具，食甚潔。日中而不飯，臣敢請罪。（《新書・先醒》）

（67）堂高三尺，土階三等，茅茨不翦，采椽不斲；飯土簋，歠土刑，糲粱之食，藜藿之羹；夏日葛衣，冬日鹿裘。（《漢書・司馬遷傳》）

此外，上古後期「飯」仍具有使動用法，其後能接「牛」，也能接「人」，分別表示「餵牛」或「給人飯吃」的意思，如：

（68）故百里奚乞食於道路，繆公委之以政；寧戚飯牛車下，桓公任之以國。（《漢書・賈鄒枚路傳》）

（69）至城下釣，有一漂母哀之，飯信，意漂數十日。（《漢書・韓彭英盧吳傳》）

上古後期，「餐」共出現 15 次，表示「吃飯」的意思。飲食主體為「人」，一般不出現飲食對象。出現飲食對象時，對象一般比較特殊，其中 3 次為直接或間接引用《楚辭》中的詩句：「呼吸沆瀣兮餐朝霞，咀嚼芝英兮嘰瓊華」。「餐」在句中充當謂語，主語或隱或現，賓語亦或隱或現，能帶代詞「之」作賓語。

（70）古者，君子夙夜孳孳思其德；小人晨昏孜孜思其力。故君子不素餐，小人不空食。（《鹽鐵論・散不足》）

（71）呼吸沆瀣兮餐朝霞，嚼咀芝英兮嘰瓊華。（《史記・司馬相如列傳》）

（72）今贛人敎倉，予人河水，饑而餐之，渴而飲之，其入腹者不過簞食瓢漿，則身飽而敎倉不為之減也，腹滿而河水不為之竭也。（《淮南子・精神訓》）

下面考察「飯」、「餐」兩詞項的差異。

「飯」「餐」均是「吃飯」之義，但兩者在使用屬性、組合屬性、使用屬性方面各具特點，具體闡述如下：

（1）語義屬性方面，「飯」、「餐」均表示「吃飯」之義，飲食主體均為人，但兩者在飲食對象上具有差異。「飯」的對象為「黍粱、粟、稻粱、稻、羹、蔬糲、麻蓬藜」等類主食。「餐」多為不及物動詞，一般不出現飲食對象。

（2）組合屬性方面，「飯」稍顯活潑。「飯」在句中一般充當謂語，主語或隱或現，賓語亦或隱或現。當「飯」的賓語隱藏時，一般表示「吃飯」的意思。「飯」前面可受否定副詞「不」修飾，可以以動賓結構形成者字結構，其前可以接數量詞「一」表示「吃一口飯」，其後可直接接工具賓語，也可以接「於＋工具賓語」。此外，上古後期「飯」仍具有使動用法，其後能接「牛」，還能接「人」。「餐」在句中作謂語，主語或隱或現，賓語亦或隱或現，能帶代詞「之」作賓語。

（3）使用屬性方面，兩者的差別主要體現在使用頻率上。「飯」的使用次數（47次）高於「餐」（15次），「飯」比「餐」的使用更普遍。

上古後期「飯」、「餐」的詞項屬性分析見表5。

表5　後期「吃類」語義場詞項屬性分析表

屬 性		詞 項	食₁	飯	餐	茹	啖＼啗	啖食	噍	餔
語義屬性		類義徵	飲食動作							
	表義徵	方 式	入嘴－咀嚼－吞咽							
		主 體	人、動物	人	人	人	人、動物	人、動物	人	人
		對 象	一切食物	飯食	飯食	菜類粗食	固體食物	固體食物	固體食物	飯食
		器 官	全部	全部	全部	全部	全部	全部	全部	全部
		目 的	充饑	充饑	充饑	充饑	充饑	充饑	充饑	充饑
組合屬性	內部組合	音 節	單音節	單音節	單音節	單音節	單音節	複音結構	單音節	單音節
		結 構	單純詞	單純詞	單純詞	單純詞	單純詞	並列結構	單純詞	單純詞
	外部組合	語法功能	作謂語	作謂語	作謂語	作謂語	作謂語	作謂語	作謂語	作謂語
		語法關係 主 語	＋	＋－	＋－	＋	＋	＋	－	＋－
		賓 語	＋	＋－	＋－	＋	＋	＋	＋	＋
		修飾語	＋	＋	＋	＋		＋		
使用屬性		地 域					吳越間			
		頻 率	1090	47	15	8	13	2	7	3

綜上可知，「食₁」「餔」「茹」「饑」「啖\啗」「啖食」「飯」「餐」八詞項在語義屬性、組合屬性、使用屬性上有同有異、互相補充，共同完成「吃類」語義場的表達需要。其中，「食」的義域最廣，為上古後期「吃類」語義場的主導詞。

1.2.3　「吃類」語義場各詞項的演變

1.2.3.1　詞項數量的變化

上古前期，「吃類」語義場共出現 3 個成員：食₁、餐、飯。

上古中期，「吃類」語義場成員增至 7 個：食₁、餐、飯、餔、喂、啖\啗、茹。其中，「食、餐、飯」三詞項是從上古前期繼承而來的，「餔、喂、啖\啗、茹」四詞項則是本時期新產生的。

上古後期「吃類」語義場的成員數量增至 8 個：食₁、餐、飯、餔、啖\啗、茹、饑、啖食。其中，「食₁、餐、飯、餔、啖\啗、茹」六詞項繼承自上古中期，「饑」「啖食」是後期新產生的，中期的「喂」消亡了。

上古漢語「吃類」語義場數量上的變化體現了詞彙發展過程中的累積律、區別律與協調律。

1.2.3.2　詞項屬性及其相互關係的演變

鑒於上古「吃類」語義場 9 個詞項中，「喂」僅在上古中期出現，「饑」、「啖食」新產生於上古後期，所以本部分主要對貫穿上古三個時期的「食₁」「飯」「餐」三詞項、以及貫穿上古中後期的「啖\啗」「茹」「餔」三詞項的演變情況進行考察，並對其詞項屬性的變化引起的語義場內成員關係的變化進行揭示與分析。

「食₁」貫穿上古三個時期，均表示「人或動物服食固體食物」的動作，其變化主要體現在以下三個方面：

（1）語義屬性方面，「食₁」的變化主要表現在飲食對象種類的擴大上。從上一節的分析可知，「食₁」的對象包括一切固體食物，甚至還包括羹粥類流食、酒水類以及藥物類食物，「食₁」義域逐漸擴大，已經侵入到「啜」「服」「服食」的義域，體現出「食₁」作為上古「吃類」語義場主導詞地位的鞏固。

（2）組合屬性方面，「食₁」上古時期語法功能的日漸豐富也體現了「食₁」

的主導詞地位。「食₁」可以帶賓語，構成及物動詞，如《詩・魏風・碩鼠》「碩鼠碩鼠，無食我黍」；可以有使動用法，如《詩・豳風・七月》「採茶薪樗，食我農夫」，這一義位後分化爲「飼」；上古後期還能用於被動句，如《新書・先醒》：「故先醒者，當時而伯；後醒者，三年而復；不醒者，枕土而一死，爲虎狼食。」「食」可以作名詞，指食物，如《詩・唐風・山有樞》「子有酒食，何不日鼓瑟」；可以有比喻用法，如《詩・小雅・小月之交》「十月之交，碩辛卯，日有食之」，這一義位後分化作「蝕」。

（3）使用屬性方面，「食₁」在上古時期的使用頻率逐漸提高。「食₁」在上古三個時期的使用次數分別爲：111 次、462 次、1090 次，在各時期內所佔的比例分別爲 86%、89.9%、90.5%。可見，「食₁」在上古「吃類」語義場主導詞地位越來越高。

「飯」貫穿上古前期、中期、後期三個時期，均表示「吃飯」之意，主體均爲「人」，「飯」在上古時期的變化主要體現在以下三個方面：

（1）語義屬性方面，上古前期，「飯」的用例均出現在《儀禮》中，「飯」後均未出現飲食對象。到了上古中期、後期，上古前期「飯」詞義中內化的「飲食對象」被釋放出來，上古中期，其後所接的對象包括「蔬食」、「糗」、「黍」、「黍梁」、「米飯」、「稻粱」等，上古後期則包括「粟」、「稻」、「羹」、「蔬糒」、「麻蓬藜」等主食。

（2）組合屬性方面，「飯」在句中均充當謂語，主語或隱或現，可受否定副詞、數量詞修飾。變化主要有：賓語從上古前期的不出現，發展到上古中後期的或隱或現；上古中期，「飯」後可接後置工具狀語「於＋工具」；上古後期，「飯」後可直接接工具賓語，並能以動賓結構形成者字結構。此外，上古前期，「飯」未出現使動用法，到了上古中後期，「飯」具有使動用法，且其後所接對象從上古中期的「牛」，發展到上古後期的「人」、「牛」。

（3）使用屬性方面，上古三個時期中「飯」依次出現 16 次、33 次、47 次，所佔比例分別爲 12.4%、6.3%、3.9%，「飯」在「吃類」語義場中的地位越來越低。這與「食₁」義域的擴大有關，也與「飯」主要用來表示名詞「米飯」「飯食」義有關。

「餐」貫穿上古前期、中期、後期三個時期，均表示「吃飯」之義，主體爲「人」，在句中作謂語，「餐」的語義、組合屬性變化比較小：多作不及物動

詞，且多是由引用或化用《詩經》中「不素餐兮」而來的「素餐」，語法功能不活潑。從使用屬性來看，「餐」在上古三個時期中依次出現 1 次、6 次、15 次，所佔比例分別為 1.6%、1.2%、3.2%，比率先降後升，但「餐」在「吃類」語義場中所佔比例一直較低。

「啖\啗」貫穿上古中期、後期兩個時期，均表示「人咀嚼固體食物併吞入體內」的動作。「啖\啗」的變化主要體現在：

（1）語義屬性方面，「啖\啗」在飲食主體和飲食對象上發生了變化。上古中期「啖\啗」的主體為「人」，到了上古後期，「啖\啗」的主體可以是人，也可以是虎等動物；上古中期「啖\啗」的飲食對象包括「人」這類特殊的「食物」，也包括「桃」、「人食」等日常固體食物。到了上古後期，「啖\啗」的飲食對象種類繼續擴大，包括人、哺果、豚、彘、魚、肴、桃等固體食物。

（2）語法屬性方面，「啖\啗」在句中充當謂語，其變化主要體現在主語的隱含及其使動用法的變化上。上古中期，「啖\啗」的主語或隱或現，到了上古後期，「啖\啗」的主語均出現。此外，「啖\啗」的使動用法由後接「人」發展為後接「人」、「馬」。

（3）使用屬性方面，「啖\啗」的變化主要體現在使用頻率上。「啖\啗」各時期所佔比率分別為 1%、0.8%，可見，「啖\啗」是「吃類」語義場的邊緣成員。

「茹」貫穿上古中期、後期兩個時期，語義屬性基本沒變化，均表示「人咀嚼粗食類食物併吞入體內」的動作，飲食主體為人，飲食對象為草、葷（帶辛味的蔬菜）、鳥獸之毛、藘、葵等粗食類食物。「茹」的變化主要體現在：

（1）組合屬性方面，「茹」均在句中充當謂語，其前可受否定副詞「不」修飾，變化僅體現在主語的隱現上：上古中期「茹」的主語均出現，上古後期「茹」的主語或隱或現。

（2）使用屬性方面，上古中期「茹」出現 5 次，上古後期「茹」出現 8 次，所佔比率均在 1%以內。

〔小結〕

綜上所述，上古「吃類」語義場共有 9 個詞項：食₁、飯、餐、茹、啖\啗、啖食、餔、饑、嚌。「食₁」在該語義場中所佔比例一直較高，是該語義場

的絕對主導詞，其餘各詞項所佔比率均較小，具體參看本節所附詞頻統計表。

從結構來看，上古時期表達「吃類」語義共有兩種結構模式：一種用單純詞「食₁」、「飯」、「餐」、「茹」、「餔」、「嗢」、「嘰」、「啖∖啗」表示；一種是用複音詞「啖食」表示。從「吃類」語義場詞項使用頻率來看，「啖食」（7 例）僅占詞項使用總數（1848 例）的 0.38%，足見上古漢語以單音詞爲主的規律。

上古「吃類」語義場成員詞頻統計見表 6。

表 6　上古「吃類」語義場成員詞頻統計表

文　獻 ＼ 詞　項		食₁	餐	飯	啖∖啗	茹	餔	嗢	嘰	啖食
前期 （129）	甲骨文	4								
	周易	6								
	尚書	1								
	詩經	24	2							
	周禮	22								
	儀禮	44		16						
	總計	111	2	16						
	比例	86%	1.6%	12.4%						
中期 （514）	睡虎地秦簡	33				1				
	郭店楚簡	1								
	上博簡	11								
	左傳	39								
	國語	19		3						
	孫子	1								
	老子	3								
	論語	15		3						
	禮記			17		1		1		
	墨子	36		2	3					
	晏子春秋	22								
	孟子	30	2	1		1				
	莊子	34				1	1			
	荀子	23	1	1		1				
	呂氏春秋	62		1	1					

分期	文獻	1	2	3	4	5	6	7	8	9
	韓非子	41		5	1					
	管子	67								
	公羊傳	12								
	穀梁傳	6								
	楚辭	7	3				1			
	總計	462	6	33	5	5	2	1		
	比例	89.9%	1.2%	6.3%	1%	1%	0.4%	0.2%		
後期（1205）	馬王堆帛書	111		10	1					
	居延漢簡	13		3						
	敦煌漢簡	8	1	2						
	銀雀山漢簡	22								
	武威醫簡	6								
	武威醫簡		2	1						
	新語	4								
	新書	23		5	1					
	淮南子	95	2	3	1	1				
	春秋繁露	31								
	史記	102	2	9	1		1		1	
	鹽鐵論	33	2	3						
	列女傳	17								
	新序	33	1				1			
	說苑	68	1	2						
	法言	5			1					
	宋玉賦				1					
	吳越春秋	18	2							
	漢書	139	13	5	2	2	1		1	
	論衡	289	7	2	2	1				6
	風俗通義	11	2	1	1					1
	列子	31			1					
	戰國策	31		1	2					
	越絕書		2							
	司馬相如賦		1							
	總計	1090	15	47	10	8	3		2	7
	比例	90.5%	3.2%	3.9%	0.8%	0.7%	0.2%		0.1%	0.6%

說明：

1. 凡篇名、地名、人名均不計算在內。

2. 在我們所測查的範圍內，未出現該語義場成員的上古文獻未列。

3. 每個時期後括號裏的數字表示該語義場所有成員在該時期的文獻用例總數。

4. 「比例」指該詞項的文獻用例總數與該語義場所有詞項的文獻用例總數之比。

5. 凡直接引用前期文獻的用例，不計入本期文獻用例總數。如《孟子‧盡心上》：「公孫丑曰：『《詩》曰：「不素餐兮」。君子之不耕而食，何也？』」，不作爲上古中期文獻用例。

6. 全文同。

1.3 「喝類」語義場

1.3.1 「喝類」語義場各詞項的共同語義特徵

上古「喝類」語義場〔註18〕共有 7 個詞項〔註19〕：「飲」、「啜＼歠＼嚽」、「嚥」、「服」、「歃＼唼2＼啑2」、「醋」、「服食」。它們具有共同的語義屬性，即都用來表示「把液體或流體食物咽下去」〔註20〕的意思，所以構成了「喝類」

〔註18〕 本節所謂「喝類」語義場，是指「進食（液流體食物）」語義場。呂傳峰曾對「飲＼喝」這組詞在漢語史上的歷時競爭情況進行了考察，並著重探討了「喝」的源流、近代漢語喝類語義場主導詞的更替、與主導詞更替有關的三個問題（「喝」字的最早用例及其方言問題、從主導詞的更替看明清官話、主導詞更替表現出的特點）、現代方言中喝類詞的演變層次四個大問題。按，文章主要對「喝類」語義場的主導詞「飲」「喫」「喝」的來源與關係進行考察，未對「喝類」語義場所有成員的具體分佈進行描寫與探討，亦未對語義場成員之間的異同進行考察與分析，這是本節要探討的主要問題。詳參呂傳峰博士學位論文《漢語六組涉口基本詞演變研究》第五章，南京大學博士學位論文，2006 年。

〔註19〕 此外，我們在上古文獻中還發現了「歙」。《說文‧欠部》：「歙，歠也。從欠，合聲。」段玉裁注：「歙與吸意相近，與噴爲反對。」《廣雅‧合韻》：「歙，大歠也。」但在我們測查到的文獻中，「歙」的用例均爲意義已經泛化的用例：《文選‧張衡‧西京賦》：「抱杜含鄠，歙澧吐鎬，爰有藍田珍玉，是之自出。」李善曰：「澧、鎬，二水名。已見《西都賦》。《說文》曰：歙，歠也。」向曰：「杜，杜陵。鄠，鄠縣，言山勢含抱也。澧水流入，故言歙。鎬水流出，故言吐。珍玉，玉英也。生於藍田，故云自出。」

〔註20〕 見《現代漢語詞典》547 頁「喝」條。

語義場。

【飲】

《說文・歙部》：「歙，歇也。從欠，酓聲。」趙誠《甲骨文簡明詞典——卜辭分類讀本》云：「〔圖〕歙。即後代的飲字。……從〔圖〕象人伸長脖子，從〔圖〕象人之口，〔圖〕象舌頭伸於口外，〔圖〕爲盛酒之器。合在一起，象人就著酒壇飲酒。」〔註 21〕董作賓謂此字「象人俯首吐舌，捧尊就飲之形。」〔註 22〕字當以「喝」爲義，不限於酒。林銀生等云：「飲本寫作歙，隸書寫作飲，今『飲』行用而『歙』已廢。」〔註 23〕《玉篇・欠部》：「歙，古文飲。」「飲」是「進食（液體食物）」的意思，文獻用例如：

（1）……有虹出自北飲於河（合集 10405 反）

（2）朝飲木蘭之墜露兮，夕餐秋菊之落英。（《楚辭・離騷》）

（3）夫彈痤者痛，飲藥者苦，爲苦憊之故，不彈痤、飲藥，則身不活、病不已矣。（《韓非子・六反》）

（4）臣願得勇敢之士五千人，不齎斗糧，饑食虜肉，渴飲其血，可以橫行。（《漢書・王莽傳》）

【啜\歠\嚽】

《說文・欠部》：「歠，歙也。從歙省，叕聲。」《說文・口部》：「啜，嘗也。」王鳳陽認爲，「兩字（筆者按，指歠、啜兩字）字音相同，常常相互通用，應是一字的異體，『啜』應是後出的簡化字。許慎用『飲也』釋『歠』，是說『歠』與『飲』是同義詞；用『嘗也』釋『啜』，是說『啜』的自身區別特徵。『啜』是小口喝，帶有品味的意思在裏邊。」〔註 24〕朱駿聲《說文通訓定聲・口部》：「啜，字亦作嚽、作嚃。」「歠」「啜」「嚽」是一組異體字，表示「食用流體食物」的意思。文獻用例如：

〔註 21〕趙誠《甲骨文簡明詞典——卜辭分類讀本》，北京：中華書局，1988 年，369 頁。

〔註 22〕參《古文字詁林》821 頁引董作賓《殷曆譜》說。

〔註 23〕王寧審定，林銀生、李義琳、張慶錦編著《中國上古烹食字典》，北京：中國商業出版社，1993 年，17 頁。

〔註 24〕見王鳳陽《古辭辨》，吉林：長春文史出版社，1993 年，749 頁。

（5）居倚廬，寢苫，枕塊。不說絰帶。哭晝夜無時。非喪事不言。歠粥，朝一溢米，夕一溢米。不食菜果。（《儀禮·既夕禮》）

（6）今夫猩猩形笑亦二足而毛也，然而君子啜其羹，食其胾，故人之所以為人者，非特以其二足而無毛也，以其有辨也。（《荀子·非相》）

（7）以水一斗煮膠一參、米一升，孰（熟）而啜之，夕毋食。《馬王堆漢墓帛書（肆）》

（8）墨子雖為之衣褐帶索，嚽菽飲水，惡能足之乎？（《荀子·富國》）

——楊倞注：「嚽，與啜同。」

【醋】

《廣韻·震韻》：「醋，酒漱口也。」「醋」表示飯後稍稍飲酒（漿）漱口的動作。文獻用例如：

（9）婦贊成祭，卒食，一醋，無從。席於北墉下。婦徹，設席前如初，西上。（《儀禮·士昏禮》）

（10）然而養三老於大學，親執醬而饋，執爵而醋。（《漢書·賈山傳》）

——顏師古注：「醋，少少飲酒，謂食已而蕩口也。」

【服】

《說文解字·舟部》：「服，用也。一曰車右騑，所以舟旋。」可見，「服」用來表示「飲用或食用（藥物）」義是其本義之引申用法。「喝（藥物）」義的「服」最早出現在上古中期。文獻用例如：

（11）君有疾，飲藥，臣先嘗之。親有疾，飲藥，子先嘗之。醫不三世，不服其藥。（《禮記·曲禮下》）

（12）莫（暮）有（又）先食飲，如前數。恒服藥廿日，雖久病必□。服藥時禁毋食彘肉、鮮魚。（《馬王堆漢墓帛書（肆）》）

【噬】

《說文解字・舌部》:「䶚,歠也。從舌,沓聲。」段玉裁注:「歠,飲也。《曲禮》曰『毋噬羹。』《廣韻》:『噬,歠也。』然則噬即䶚也。羹之無菜者不用梜,直歠之而已。禮禁䶚羹者,何也?䶚者流歠。許渾言之耳。」「䶚」「噬」是異體字。《玉篇》:「䶚,大食也。」《說文繫傳》:「䶚,謂若犬以口取食也。」《集韻・隊韻》:「噬,不嚼也。」又《合韻》:「噬,大歠也。」「噬」表示「不咀嚼而囫圇吞下」之義。上古文獻中僅在《禮記》中發現 1 例:

(13) 毋摶飯,毋放飯,毋流歠,毋吒食,毋齧骨,毋反魚肉,毋投與狗骨。毋固獲,毋揚飯。飯黍毋以箸。毋噬羹,毋絮羹,毋刺齒,毋歠醢。(《禮記・曲禮上》)

——鄭玄注:「噬,為不嚼菜。」孔穎達疏:「人若不嚼菜,含而歠吞之,其欲速而多,又有聲,不敬,傷廉也。」

【歃 \ 唼₂ \ 啑₂】

《說文・欠部》:「歃,歠也。從欠,臿聲。《春秋傳》曰:『歃而忘。』」段玉裁注:「歠者,歃也。凡盟者歃血。」王筠《說文句讀》:「歃,謂以口微吸之。」古代《玉篇・欠部》:「歃,歃血也。」「歃」特指會盟時的「歃血」。王鳳陽將「歃」與「飲、啜、喝」作為一組,分析說:「『歃』也是喝,但特指盟會時的殺牲飲血:……古代會盟,鑿地為坎,殺牲坎上,割牲左耳盛於珠盤,又取血盛於玉敦,玉盟者歃血讀盟書,以示信守不渝,違盟當如所殺之牲,必遭神譴。」〔註25〕

「唼」「啑」均為「歃」之通假字。《漢語大字典》認為:「唼,通歃」,「啑通歃」。〔註26〕

(14) 宋之盟,楚人固請先歃。叔向謂趙文子曰:「夫霸王之勢,在德不在先歃,子若能以忠信贊君,而裨諸侯之闕,歃雖在後,諸侯將載之,何爭於先?若違德而以賄成事,今雖先歃,諸侯將棄之,何欲於先?……」(《國語・晉語八》)

〔註25〕王鳳陽《古辭辨》,長春:吉林文史出版社,1993 年,749~750 頁。
〔註26〕《漢語大字典》645 頁、639 頁。

——韋昭注：「楚人，子木也。歃，飲血也。」

（15）始與高帝唼血盟，諸君不在邪？（《漢書・王陵傳》）

（16）始與高帝啑血盟，諸君不在邪？（《史記・呂太后本紀》）

【服食】

「服食」由「喝類」動詞「服」、「食」並列連用組成，表示「人食用藥物」的動作，最早出現在上古後期，文獻用例如：

（17）言便宜者以萬數：或言能度水不用舟楫，連馬接騎，濟百萬師；或言不持斗糧，服食藥物，三軍不饑；或言能飛，一日千里，可窺匈奴。（《漢書・王莽傳》）

1.3.2　「喝類」語義場各詞項的差異

1.3.2.1　上古前期

在我們所測查的上古文獻中，「進食（液流體食物）」語義場在上古前期有3個成員：飲、歠\啜\嚌、酳。

「飲」在上古前期共出現 141 次，表示「人或動物進食（液流體食物）」的動作，「飲」的主體爲人，一般在句中充當謂語，其主語可以出現，也可以不出現。賓語多爲酒、水類液體。在上古前期的文獻用例中，除了 1 例表示人喝泉水（例 18）、7 例表示泛義液流體食物（如例 1）之外，其餘 133 例均表示人喝酒的動作（如例 19、20），且多特指喝酒（如例 21、22），（上古前期特指喝酒的用例爲 94 例）此外，「飲」前可以有否定副詞修飾（如例 18）。

（18）我陵我阿，無飲我泉。我泉我池，度其鮮原。居岐之陽，在渭之將。（《詩經・大雅・文王之什》）

（19）用盤飲酒。（《殷周金文集成》1.203 沇兒鍾）

（20）一獻而三酬，則一豆矣；食一豆肉，飲一豆酒，中人之食也。（《周禮・冬官考工記》）

（21）主人坐祭，遂飲，卒爵，興；坐奠爵，遂拜，執爵興。（《儀禮・鄉飲酒禮》）

（22）湛湛露斯，匪陽不晞。厭厭夜飲，不醉無歸。（《詩經・小雅・

南有嘉魚》）

此外，「飲」還能組成義叢「燕飲」，表示眾人一起宴飲。而當「飲」的賓語為「人」的時候，則表示「給人喝飲料」。

（23）爾酒既清，爾肴既馨。公尸燕飲，福祿來成。（《詩經·大雅·鳧鷖》）

（24）緜蠻黃鳥，止於丘阿。道之云遠，我勞如何。飲之食之，教之誨之。命彼後車，謂之載之。（《詩經·小雅·魚藻之什》）

上古前期，「歠」僅在《儀禮》中出現 2 例，除了前引例 5 外，還有：

（25）居倚廬，寢苫，枕塊，哭晝夜無時。歠粥，朝一溢米，夕一溢米，寢不脫絰帶，既虞，翦屏柱楣，寢有席，食蔬食，水飲，朝一哭夕一哭而已。（《儀禮·喪服》）

「啜＼歠＼嚼」用來表示「人飲用粥類流體食物」的動作，在句中充當謂語。主語隱含，其後均出現賓語，且為「粥類流體食物」（例 5、25）。食物一般不經過咀嚼直接咽下食道。

上古前期，「酳」僅出現在《儀禮》中，表示飯後少量喝酒以漱口，主語為人，賓語隱含，但從句意可以推知為「酒」。共出現 6 例，除了例 9，還有：

（26）贊以肝從，皆振祭。嚌肝，皆實於菹豆。卒爵，皆拜。贊答拜，受爵，再酳如初，無從，三酳用卺，亦如之。（《儀禮·士昏禮》）

由以上分析可知，在語義屬性上，「飲」、「啜＼歠＼嚼」、「酳」三成員由於具有共同的類義徵「飲食動作」、共同的飲食方式「入嘴－吞咽」而構成「喝類」語義場。而在語義屬性、組合屬性、使用屬性等方面的不同又讓它們各施其職，共處於「喝類」語義場中。具體體現在：

（1）語義屬性方面，三詞項的不同體現在飲食對象和飲食目的上。從飲食對象而言，「飲」的對象為酒水類液體，且多特指「喝酒」；「歠」的對象為粥；「酳」的對象為酒漿類液體。從飲食目的而言，「酳」強調飯後漱口的目的，「飲」、「歠」則多出於充饑解渴的目的。

（2）組合屬性方面，三詞項的不同體現在外部組合上，即三詞項是否帶主

語、賓語及狀語的情形不同。「飲」主語或隱或現，賓語亦或隱或現，能受否定副詞「不」修飾；「歃」主語隱含，均帶賓語；「酳」主語、賓語皆或隱或現。可見，「飲」的語法功能相對活躍。

（3）使用屬性方面，三詞項的使用頻率顯示出較大差異。「飲」的使用頻率最高，為 141 次，占總數的 94.6%；「酳」的使用頻率次之，為 6 次，占總數的 4%；「歃」僅在《儀禮》中出現 2 次，占總數的 1.4%。可見，「飲」在使用頻率上具有絕對優勢。

上古前期「飲」、「啜＼歃＼噆」、「酳」三詞項詞項屬性分析見表 7。

表 7　前期「喝類」語義場詞項屬性分析表

屬 性 ＼ 詞 項				飲	啜＼歃＼噆	酳
語義屬性	類義徵			飲食動作		
	表義徵	方　式		入嘴－吞咽		
		主　體		人	人	人
		對　象		液體食物	流體食物	液體食物
		器　官		除齒	除齒	除齒
		目　的		－	－	飯後漱口安食
組合屬性	內部組合	音　節		單音節	單音節	單音節
		結　構		單純詞	單純詞	單純詞
	外部組合	語法功能		作謂語	作謂語	作謂語
		語法關係	主語	＋－	－	＋
			賓語	＋－	＋	＋－
			狀語	＋	－	－
使用屬性	頻　率			141	2	6

總之，「飲、酳、歃」三成員共同構成上古前期的「喝類」語義場，「飲」在語義屬性、組合屬性、使用屬性等方面均具有優勢，是上古前期「喝類」語義場的主導詞。

1.3.2.2　上古中期

上古中期，「喝類」語義場有 6 個成員：飲、歃＼啜＼噆、酳、歆、服、噀。

　　上古中期「飲」共出現 360 次，表示「人或動物進食（液流體食物）」的動作。「飲」的主體多爲人。飲食對象的種類呈多樣化發展趨勢，除了一般意義的流體如酒、水之外，還出現了沆瀣、露、藥、石泉、水漿、醴酒、血、湯、黃泉等等〔註27〕（例皆見下）。正如王鳳陽（1993：749）所指出的，「『飲』的對象不限於水，凡水狀物幾乎都可以用『飲』，如：《孟子・告子上》『冬日則飲湯』；又《離婁下》『博弈好飲酒』；此外，還可以『飲血』、『飲鴆』……。典籍中還常見『飲泣』、『飲恨』、『飲刃』（被刀槍之類刺入人體）、『飲羽』（中箭）……：這都是『飲』的修辭用法。」「飲」在句中均充當謂語，其主語可以出現，也可以不出現。賓語可以出現，也可以隱含。此外，「飲」前可以有否定副詞「不」修飾（如例 31），還可受方式狀語修飾（例 32）。「飲」後可直接接處所（例 29），也可以接「於＋處所」（例 30），還可以直接接後置工具狀語（例 34），或接「於＋後置工具狀語」（例 33）。文獻用例如：

（27）餐六氣而飲沆瀣兮，漱正陽而含朝霞。（《楚辭・遠遊》）

（28）未有火化，食草木之實，鳥獸之肉，飲其血，茹其毛。（《禮記・禮運》）

（29）桓公與宋夫人飲船中。夫人蕩船而懼公。（《管子・大匡》）

（30）啁噍巢於林，不過一枝；偃鼠飲於河，不過滿腹。（《呂氏春秋・慎行論・壹行》）

（31）人主欲觀之，必半歲不入宮，不飲酒食肉。（《韓非子・外儲說左上》）

（32）耕作而食之，掘井而飲之，無求於人。（《韓非子・外儲說右上》）

（33）臣聞昔者堯有天下，飯於土簋，飲於土鉶。（《韓非子・十過》）

（34）受珠玉者以掬，受弓劍者以袂，飲玉爵者弗揮。（《禮記・曲

〔註27〕需要指出的是，在我們文獻測查的過程中，發現了以「麑」作爲「飲」對象的一例：《春秋左傳・哀公二十五年》：「季孫曰：『請飲麑也。以魯國之密邇仇讎，臣是以不獲從君，克免於大行，又謂重也肥。』」鑒於僅發現這一例，本文認爲這是「飲」非典型用法的表現。

禮上》)

（35）孔子曰：「啜菽飲水盡其歡，斯之謂孝。斂手足形，還葬而無
槨，稱其財，斯之謂禮。」(《禮記・檀弓下》)

（36）君有疾，飲藥，臣先嘗之。親有疾，飲藥，子先嘗之。醫不
三世，不服其藥。(《禮記・曲禮下》)

（37）口必甘味，和精端容，將之以神氣，百節虞歡，咸進受氣。
飲必小咽，端直無戾。(《呂氏春秋・季春紀・盡數》)

（38）夫蚓，上食槁壤，下飲黃泉。(《孟子・滕文公下》)

（39）冬日則飲湯，夏日則飲水，然則飲食亦在外也？(《孟子・告
子上》)

上古中期，「歠＼啜＼嚽」共出現 18 例。除了上引例 5、6、8，部分例子
見下。「歠＼啜＼嚽」表示「人食用粥、羹等流體」的動作，主體爲人，對象主
要爲粥、羹、菽（豆粥）、醢、醨、凍飲等液流體食物（例皆見下），鑒於飲食
對象均爲較稀釋的粥類流體食物，飲食過程中一般不需要咀嚼。「歠＼啜＼嚽」
在句中均充當謂語，主語或隱或現，一般都帶賓語，不帶賓語的如例 40、41。
其前可受狀語修飾（例 40），也可受否定副詞「毋」、「不」修飾（例 40、43）；
其後可接工具狀語（如例 44）。

（40）毋摶飯，毋放飯，毋流歠，毋吒食，毋齧骨，毋反魚肉，毋
投與狗骨。(《禮記・曲禮上》)

（41）孟子謂樂正子曰：「子之從於子敖來，徒餔啜也。我不意子學
古之道而以餔啜也。」(《孟子・離婁上》)

——朱熹集注：「啜，飲也。」

（42）漁父曰：「聖人不凝滯於物，而能與世推移。世人皆濁，何不
淈其泥而揚其波？眾人皆醉，何不餔其糟而歠其醨？何故深
思高舉，自令放爲？」(《楚辭・漁父》)

（43）魂乎歸來！麗以先只。四酎並孰，不澀嗌只。清馨凍飲，不
歠役只。吳醴白糵，和楚瀝只。(《楚辭・大招》)

——鄭玄注：「大歠，嫌欲疾。」賈公彥疏：「毋流歠者，謂開口大歠，汁

入口如水流，則欲多而速，是傷廉也，故鄭云，大歠，嫌欲疾也。」

（44）建至其厚愛，黍稷不二，羹胾不重，飯於土塯，啜於土硎，

斗以酌，俯仰周旋威儀之禮，聖王弗爲。（《墨子‧節用中》）

（45）孔子曰：「啜菽飲水盡其歡，斯之謂孝。斂手足形，還葬而無

椁，稱其財，斯之謂禮。」（《禮記‧檀弓下》）

——賈公彥疏：「啜，昌劣反。叔，或作菽，音同，大豆也，王云，熬豆

而食曰啜叔。」

上古中期，「酳」僅在《禮記》中出現 6 次，表示飯後少量喝酒以漱口，主

語爲人，賓語隱含，但從句意可以推知爲「酒」。如：

（46）食三老五更於大學，天子袒而割牲，執醬而饋，執爵而酳。（《禮

記‧樂記》）

——孔穎達疏：「執爵而酳者，謂食訖天子執爵而酳口也。」

上古中期，「服」僅在《禮記》中出現 1 次（見例 11），表示「人服食藥物」

的動作。主體爲「人」，對象爲「藥」，在句中充當謂語，主語隱含、出現了賓

語，其前能受否定副詞「不」修飾。

上古中期，「歃」共出現 9 次，表示「祭祀盟約時人喝血」的動作，除了前

引例 14，文獻用例另如：

（47）五霸，桓公爲盛。葵丘之會諸侯，束牲載書而不歃血。（《孟

子‧告子下》）

（48）吳王許諾，乃退就幕而會。吳公先歃，晉侯亞之。（《國語‧

吳語》）

從語料分析可知，「歃」的主體爲人，對象爲血〔註28〕。「歃」在句中均充

當謂語，主語或隱或現，賓語或隱或現，但從句意可推知爲「血」。

上古中期，「嚥」僅在《禮記》中出現 1 次（見例 13），表示「不咀嚼而吞

咽；囫圇吞下流體食物」之義。主體爲人，對象爲羹。「嚥」在句中作謂語，未

出現主語，出現賓語，其前可受否定副詞「毋」修飾。

〔註28〕雖然例句中多數沒出現賓語「血」，如例 14，但這類句中的「歃」均指「歃血」，
　　　　這是上古時期動詞詞義具有綜合性的表現。

　　由以上分析可知，在語義屬性上，「飲」「歠＼啜＼嚌」「酳」「服」「歃」「嚃」六詞項由於具有共同的類義徵「飲食動作」、共同的飲食方式「入嘴－吞咽」而構成「喝類」語義場。而其在語義屬性、組合屬性、使用屬性三方面的不同又讓它們各施其職，共處於「喝類」語義場中。具體體現在：

　　第一，語義屬性方面，六詞項的不同主要體現在飲食主體、飲食對象和目的上。從飲食主體而言，「飲」的主體爲人、動物，其餘五詞項均爲人。從飲食對象上看，「飲」的義域最廣，除了一般意義的流體如酒、水之外，還出現了沆瀣、露、藥、石泉、水漿、醴酒、血、湯、黃泉等等。相對而言，其餘五詞項均爲專詞專用：「歠＼啜＼嚌」的對象爲羹、粥類流體；「嚃」的對象爲羹；「酳」的對象爲酒；「歃」的對象爲血；「服」的對象爲藥。同爲喝粥、喝羹，「歠＼啜＼嚌」強調的是品嘗，「嚃」強調的是喝羹時量之大口與速度之快。在飲食目的上，「酳」強調飯後少量飲酒以漱口安食；「歃」用來表示祭祀或盟約時的誠信；「服藥」則是爲了治病養生與長壽。

　　第二，組合屬性方面，六詞項的不同主要表現在語法關係上。「飲」「歠＼啜＼嚌」「歃」主語或隱或現，「酳」前均出現主語，「服」「嚃」前主語隱含。「飲」「歠＼啜＼嚌」「酳」「歃」賓語或隱或現，「服」「嚃」後出現賓語。「飲」「歠＼啜＼嚌」「服」「嚃」能受狀語修飾，「酳」「歃」不能受狀語修飾。可見，「飲」「歠＼啜＼嚌」語法功能相對活躍。

　　第三，使用屬性方面，六詞項在使用頻率上表現出較大差異。其中，「飲」使用頻率最高，爲 360 次，占該時期總數的 91.1%；「歠＼啜＼嚌」出現 18 次，占總數的 4.5%；「歃」出現 9 次，占總數的 2.3%；「酳」出現 6 次，占總數的 1.5%；「服」、「嚃」各出現 1 次，各占總數的 0.3%。

　　中期「喝類」語義場詞項屬性分析情況見表 8。

表8　中期「喝類」語義場詞項屬性分析表

屬　性 ＼ 詞　項			飲	啜	酳	服	嚃	歃＼唼₂＼喋₂
語義屬性		類義徵	飲食動作					
	表義徵	方　式	入嘴－吞咽					
		器　官	除齒	除齒	除齒	除齒	除齒	除齒

		對　象	液流體食物	粥類流體食物	酒	藥	羹	血
		目　的	—	—	飯後漱口	治病長壽	—	盟約發誓
		主　體	人、動物	人	人	人	人	人
組合屬性	內部組合	音　節	單音節	單音節	單音節	單音節	單音節	單音節
		結　構	單純詞	單純詞	單純詞	單純詞	單純詞	單純詞
	外部組合	語法功能	作謂語	作謂語	作謂語	作謂語	作謂語	作謂語
	語法關係	主語	＋－	＋－	＋			
		賓語	＋－	＋－	＋－	＋	＋	＋－
		狀語	＋	＋	－	＋	＋	－
使用屬性	頻　率		360	18	6	1	1	9

綜上所述，「飲」的義域最廣，「歠＼啜＼嚌」次之，兩者同爲上古中期「喝類」語義場的主導詞。「服」「酳」「歃」均爲專詞專用，「嚌」則具有「大口地、快速地進食羹類流體食物」的語義特徵。「飲」「歠＼啜＼嚌」在語法組合上亦顯示出活潑性。而在使用頻率上，「飲」以其 91.1% 的壓倒性比例顯示出主導詞的強勢地位。總之，「喝類」語義場六詞項在語義屬性、組合屬性、使用屬性上有同有異、互相補充，共同完成「喝類」語義場的表達需要。

1.3.2.3　上古後期

上古後期，「喝類」語義場成員有 6 個：飲、酳、歠＼啜、服、歃、服食。

飲，上古後期共出現 866 例，表示「人或動物服食液流體食物」的動作。主體可以是人，也可以是動物（如例 59）。飲食的對象種類繁多，包括日常的酒、水，還包括血、毒藥（鴆酒）、良藥（火齊湯）、露、泉、酪、羹、粥、溲、霧露等等〔註29〕。文獻用例見下：

〔註29〕值得注意的是，語料測查過程中我們發現一例對象爲「酒食」，即例 58。由於僅此 1 例，我們認爲「酒食」可能是「偏義複詞」，偏指「酒」；另一方面，從句子的韻律感來說，也可能是由於「食」後賓語脫落，才導致「飲酒食」的出現。故此例不妨礙本文將「飲」歸爲「喝」類語義場成員。

（49）古者人民樸質，饑食鳥獸，渴飲霧露，死則裹以白茅，投於中野。（《吳越春秋・句踐陰謀外傳》）

（50）呂太后怒，乃進鴆酒，孝惠皇帝知，欲代飲之，乃止。（《新序・卷十》）

（51）臣意即以火齊粥且飲，六日氣下；即令更服丸藥，出入六日，病已。（《史記・扁鵲倉公列傳》）

（52）昔樂羊爲魏伐中山，飲其子羹，文侯壯其功而疑其心。（《風俗通義・卷五》）

（53）即更爲火齊湯以飲之，三日而疝氣散，即愈。（《史記・扁鵲倉公列傳》）

（54）乃出其懷中藥予扁鵲：「飲是以上池之水，三十日當知物矣。」（《史記・扁鵲倉公列傳》）

（55）胡人食肉飲酪，衣皮毛，非有城郭田宅之歸居，如飛鳥走獸於廣野，美草甘水則止，草盡水竭則移。（《漢書・爰盎晁錯傳》）

（56）今越王入臣於吳，是其謀深也；虛其府庫，不見恨色，是欺我王也；下飲王之溲者，是上食王之心也；下嘗王之惡者，是上食王之肝也。（《吳越春秋・句踐入臣外傳》）

（57）富者木土被文錦，犬馬餘肉粟，而貧者短褐不完，含菽飲水。（《漢書・貨殖傳》）

（58）太后令其官屬黑貂，至漢家正臘日，獨與其左右相對飲酒食。（《漢書・元后傳》）

（59）夫秋蟬登高樹，飲清露，隨風撝撓，長吟悲鳴，自以爲安，不知螳螂超枝緣條，曳腰聳距而稷其形。（《吳越春秋・夫差內傳》）

「飲」在句中均充當謂語，主語或隱或現，賓語亦或隱或現。謂語「飲」前可受否定副詞「不」、能願動詞「敢」「肯」、程度副詞「盡」等修飾；謂語「飲」後可接數量補語「數日」「石餘」等、可直接接地點狀語，也可接「於

＋地點狀語」（例句見下），語法功能比較活躍。

（60）日昃不食肉，肉必乾；日昃不飲酒，酒必酸。（《揚子法言·
卷三》）

（61）賜臨藥，臨不肯飲，自刺死。（《漢書·王莽傳》）

（62）須士卒休，乃舍；穿井得水，乃敢飲；軍罷，士卒已逾河，
乃度。（《漢書·蒯伍江息夫傳》）

（63）廣之將兵，乏絕之處，見水，士卒不盡飲，廣不近水，士卒
不盡食，廣不嘗食。（《史記·李將軍列傳》）

（64）延壽不忍距逆，人人爲飲，計飲酒石餘。（《漢書·趙尹韓張
兩王傳》）

（65）陵與武飲數日。（《漢書·李廣蘇建傳》）

（66）子貢曰：「賜譬渴者之飲江海，知足而已，孔子猶江海也，賜
則奚足以識之。」（《說苑·卷十一》）

（67）昔者紂爲天子，帥天下將甲百萬，左飲於淇谷，右飲於洹水，
淇水竭，而洹水不流，以與周武爲難。（《戰國策·秦一》）

「歠＼啜」在上古後期共出現 48 次，除前所引例 7，部分用例見下。「啜
＼歠」表示「人食用粥、羹等流體」的動作，主體爲人，對象主要爲粥、羹、菽（豆
粥）、醢、醷、玉液等流體食物（例皆見下）。因爲飲食對象均爲較稀釋的粥類流
體食物，飲食過程中一般不需要咀嚼。「啜＼歠」在句中均充當謂語，主語或隱
或現，多數都帶賓語，不帶賓語的如例 68、69。其前可受狀語修飾；其後可直
接接工具狀語（如例 68），也可接「於＋工具狀語」（例 69）。

（68）冬日鹿裘，夏日葛衣，粢糲之食，藜藿之羹，飯土匭，啜土
鉶，雖監門之養不觳於此矣。（《史記·李斯列傳》）

（69）臣聞堯有天下，飯於土簋，啜於土瓶，其地南至交趾，北至
幽都，東西至日所出入，莫不賓服。（《說苑·卷二十》）

（70）許悼公疾瘧，飲藥毒而死。太子止自責不嘗藥，不立其位，
與其弟緯專哭泣，啜飦粥，嗌不容粒，痛己之不嘗藥，未逾
年而死，故春秋義之。（《新序·卷七》）

（71）取石大如卷（拳）二七，孰（熟）燔之，善伐米大半升，水
八米，取石置中，□□孰（熟），即歙（歠）之而已。《馬王
堆漢墓帛書（肆）》

「酳」在上古後期共出現 4 次，表示「人飯後少量喝酒以漱口」之意，主
體爲人，對象雖隱含，但從句意可以推知爲「酒」。「酳」在句中均充當謂語，
主語或隱或現，賓語隱含，除前所引例 10，還有：

（72）食三老五更於太學，天子袒而割牲，執醬而饋，執爵而酳，
冕而總干，所以教諸侯之悌也。（《史記・樂書第二》）

「服」在上古後期共出現 55 次，表示「人服食藥物」的動作。主體爲「人」，
對象爲「藥」。「服」的對象不僅包括液體的食物，如藥、「火齊米汁」類湯藥
等，還包括五石、丸藥、金玉之精等固體藥物、「百病之方」等抽象藥物（例
皆見下）。「服」在句中充當謂語，主語或隱或現，賓語或隱或現，其前能受
否定副詞「不」、「勿」修飾。除前所引例 12，還有：

（73）臣即爲一火齊米汁，使服之，七八日病已。（《史記・扁鵲倉
公列傳》）

（74）齊王侍醫遂病，自練五石服之。臣意往過之，遂謂意曰：「不
肖有病，幸診遂也。」臣意即診之，告曰：「公病中熱。論曰
『中熱不溲者，不可服五石』。石之爲藥精悍，公服之不得數
溲，亟勿服。色將發臃。」（《史記・扁鵲倉公列傳》）

（75）臣意即以火齊粥且飲，六日氣下；即令更服丸藥，出入六日，
病已。（《史記・扁鵲倉公列傳》）

（76）是故良醫服百病之方，治百人之疾；大才懷百家之言，故能
治百族之亂。（《論衡・別通篇》）

（77）服之百日，令腸中毋（無）病。（《馬王堆漢墓帛書（肆）》）

「歃＼唼₂＼啑₂」在上古後期共出現 8 次，表示「祭祀盟約時喝血」的動
作，除前所引例 15，還有：

（78）匹夫僮婦，咸懷怨怒，皇帝以聖德靈威，龍興鳳舉，率宛葉
之眾，將散亂之兵，歃血昆陽，長驅武關，破百萬之陣，摧

九虎之軍，雷震四海，席捲天下，攘除禍亂，誅滅無道，一
期之間，海內大定。（《東觀漢記・卷十四》）

（79）今趙不救魏，魏歃盟於秦，是趙與強秦爲界也，地亦且歲危
民亦且歲死矣。（《戰國策・魏三》）

從語料分析可知，「歃」的主體爲人，對象爲血〔註 30〕。「歃」在句中均充
當謂語，主語或隱或現，大多數出現賓語，僅發現 1 例賓語隱含（例 79），但
從句意可推知爲「血」。「歃」可直接接後置地點狀語（例 78），也可接「於＋
後置地點狀語」（例 15）。

上古後期，「服食」共出現 8 次，表示「人食用藥物」的動作，「服食」主
體爲人，對象爲「藥物」。「服食」在句中充當謂語，主語或隱或現；賓語亦或
隱或現。文獻用例另如：

（80）道家或以服食藥物，輕身益氣，延年度世，此又虛也。（《論
衡・道虛篇》）

（81）一曰：每朝啜□二三果（顆），及服食之。（《馬王堆漢墓帛書》）

「飲」「歠＼啜」「醑」「服」「服食」「歃」六詞項的差異體現在：

第一，語義屬性方面，六詞項的不同主要體現在飲食主體、飲食對象和
飲食目的上。從飲食主體而言，「飲」的主體爲人、動物，其餘五詞項均爲人。
從飲食對象上看，「飲」的義域最廣，除了一般意義的流體如酒、水之外，還
出現了血、毒藥（鴆酒）、良藥（火齊湯）、露、泉、酪、羹、粥、溲、霧露、
酒食等等。相對而言，其餘五詞項均爲專詞專用：「歠＼啜」的對象爲粥、羹、
菽（豆粥）、醴、醷、玉液等流體食物；「醑」的對象爲酒；「歃」的對象爲血；
「服」、「服食」的對象爲藥。在飲食目的上，「醑」強調飯後少量飲酒以漱口
安食；「歃」用來表示祭祀或盟約時的誠信；「服藥」「服食藥物」則是爲了治
病養生與長壽。

第二，組合屬性方面，六詞項的不同主要表現在其帶狀語、賓語的能力
上。在帶賓能力方面，除了「醑」不帶賓語外，其餘五詞項均既可以帶賓語，
也可以不帶賓語。在是否帶狀語方面，除了「醑」、「服食」不帶狀語外，其

〔註30〕雖然例句中多數沒出現賓語「血」，如例 14，但這類句中的「歃」均指「歃血」，
這是上古時期詞義綜合性的表現。

餘四詞項均可以帶狀語。作爲「食用藥物」的動詞,「服」「服食」一爲單音詞,一爲複音詞,體現出漢語由單音節向複音節發展的趨勢。

最後,使用屬性方面,六詞項的不同主要表現在使用頻率上。「飲」出現頻率最高,爲 866 次,占總數的 87.6%;其次爲「服」,55 次,占總數的 5.5%;再次爲「歠＼啜」,48 次,占總數的 4.9%;「服食」出現 8 次,占總數的 0.8%;「歃」出現 8 次,占總數的 0.8%;「酳」出現次數最少,4 次,占總數的 0.4%。

上古後期「喝類」語義場詞項屬性分析見表 9。

表 9 後期「喝類」語義場詞項屬性分析表

屬性＼詞項			飲	歠＼啜＼嚃	酳	服〔註31〕	歃	服食
語義屬性		類義徵	飲食動作					
	表義徵	方式	入嘴－吞咽					
		主體	人、動物	人	人	人	人	人
		對象	液流體食物	粥類流體食物	酒	藥物	血	藥物
		器官	除齒	除齒	除齒	除齒	除齒	除齒
		目的	－	－	飯後漱口	治病長壽	盟約發誓	治病長壽
組合屬性	內部組合	音節	單音節	單音節	單音節	單音節	單音節	複音節
		結構	單純詞	單純詞	單純詞	單純詞	單純詞	並列結構
	外部組合	語法功能	作謂語	作謂語	作謂語	作謂語	作謂語	作謂語
		語法關係 主語	＋－	＋－	＋－	＋－	＋－	＋－
		賓語	＋－	＋－	－	＋－	＋－	＋－
		狀語	＋	＋	－	＋	＋	－
使用屬性		頻率	866	48	4	55	8	8

綜上所述,「飲」的義域最廣,爲上古中期「喝類」語義場的主導詞。「服」「服食」「酳」「歃」均爲專詞專用。「飲」「歠＼啜＼嚃」在語法屬性上亦顯

〔註31〕 此處的「服食流體食物」實際包括兩種情況:一種指服用的是熬製出的藥水,一種指用水送服固體藥丸。鑒於其飲食方式均爲「未經過牙齒咀嚼」,本研究將這兩種情況都視爲「服食液體食物」,並將其與「飲」「啜」等同歸爲「喝類」語義場。

示出活潑性。而在使用頻率上，「飲」以 87.6%的壓倒性優勢顯示出主導詞的強勢地位。

1.3.3 「喝類」語義場各詞項的演變

1.3.3.1 詞項數量的變化

上古前期，「喝類」語義場共出現 3 個成員：飲、歠＼啜＼嚼、酳。

上古中期，「喝類」語義場成員曾至 6 個：飲、歠＼啜＼嚼、酳、歃、嚃、服。其中，「飲、歠＼啜＼嚼、酳」三詞項是從上古前期繼承而來的，「歃、嚃、服」是本時期新產生的。從語料分析可知，「歃」「嚃」「服」都具有自身獨特的語義特徵，「歃」指盟約時喝血的動作，「嚃」表示快速地、大口地喝粥的動作，「服」表示服食藥物的動作，這三種表達需要之所以沒用同樣表示「喝」義的「飲」「歠＼啜＼嚼」等，是因為「歃、嚃、服」表達了人們獨特的表意需求。此外，當時人們重視盟約、誠信的心理需求，也導致了專用詞「歃」的產生。

上古後期「喝類」語義場的成員數量沒有變化，仍是 6 個（飲、歠＼啜、酳、歃、服、服食），但實際上本時期「喝類」語義場卻包含了舊詞的退出與新詞的產生：上古中期的「嚃」退出了，上古後期新增了一個表示「食用藥物」的複音詞「服食」。「服食」的產生應該與漢語由單音詞向複音詞發展的大趨勢有關。

上古漢語「喝類」語義場數量上的變化體現了詞彙發展過程中的累積律。

1.3.3.2 詞項屬性及其相互關係的演變

鑒於上古「喝類」語義場的七詞項中，「嚃」僅在上古中期出現，「服食」新產生於上古後期，在本小節中，我們將主要對貫穿上古三個時期的「飲」「歠＼啜＼嚼」「酳」三詞項、貫穿上古中期及上古後期的「歃」「服」兩詞項的演變情況進行考察，並對其詞項屬性的變化引起的語義場內成員關係的變化進行揭示與分析。

「飲」貫穿上古前期、中期、後期三個時期。在上古三個時期中，「飲」均表示「人或動物服食液流體食物」的動作，但在語義屬性、組合屬性、使用屬性上均有變化。

（1）語義屬性方面，「飲」的變化主要表現在飲食對象種類的擴大上。「飲」在上古時期各階段所接飲食對象的具體情況見表 10：

表 10 　「飲」上古各時期飲食對象情況表

時　　期	飲　食　對　象　種　類
上古前期	酒、水、泉水
上古中期	酒、水、沆瀣、露、毒藥、良藥、泉水、黃泉、醴泉、水漿、醴酒、血、湯
上古後期	酒、水、血、毒藥（鴆酒）、良藥（火齊湯）、露、露英、泉、溲、霧露、虎皮水、汁、鴆、黃泉、腑水、藥毒、鴆酒、醴泉、珠、酪、羹、粥

從上表可以看出，「飲」的對象由上古前期的酒、水類日常液流體食物，發展到上古中期還可帶藥物、醴泉類等等，而到了上古後期，「飲」還能帶「羹、粥」等。從前文論述可知，「羹、粥」最開始是「啜」的專屬對象，「藥」本是「飲食類」動詞「服」的專屬對象，可見，上古後期的「飲」義域逐漸擴大，甚至已經侵入到「啜」「服」「服食」的義域。這說明，「飲」作為上古「喝類」語義場主導詞地位越來越鞏固。

（2）組合屬性方面，「飲」在上古時期的語法功能日漸豐富。上古前期，「飲」前只受否定副詞修飾。上古中期，「飲」前不僅可以受否定副詞「不」修飾，還可受方式狀語修飾，「飲」後可直接接處所或接「於＋處所」，還可以直接接後置工具狀語，或接「於＋後置工具狀語」。發展到上古後期，「飲」還能受能願動詞「敢」「肯」、程度副詞「盡」等修飾；謂語「飲」後可接數量補語「數日」「石餘」等、可直接接地點狀語，也可接「於＋地點狀語」。（具體例句見前文）

（3）使用屬性方面，「飲」的變化主要體現在使用頻率上。「飲」在上古時期的使用次數逐漸提高，分別由上古前期的 141 次發展到上古中期的 360 次、上古後期的 866 次，且其在每個時期所佔的比例都是最高的（分別占總數的 94.6%、91.1%、87.6%），「飲」在上古「喝類」語義場中的主導詞地位相當穩固。

「歠＼啜＼嚼」貫穿上古前期、中期、後期三個時期，語義屬性均為「人食用粥羹等流體」的動作，其變化主要包括：

（1）語義屬性方面，其變化主要體現在飲食對象上。就「歠＼啜＼嚃」的飲食對象而言，上古中期、後期比上古前期多，前期僅為「粥」，中期發展為「粥、羹、菽（豆粥）、醯、醴、凍飲」等液流體食物；後期對象還增加了「醩、玉液」等流體食物。

（2）組合屬性方面，其變化主要體現在語法功能的變化上，即主要體現在主語、賓語是否隱含，能否帶狀語上。上古前期，「歠＼啜＼嚃」的主語隱含，賓語均出現。中期「啜」主語、賓語均或隱或現，前可受狀語修飾，也可受否定副詞修飾；後期「飲」後還可直接接工具狀語或「於＋工具狀語」。

（3）使用屬性方面，「歠＼啜＼嚃」在上古三個時期的變化主要體現在使用頻率上。「歠＼啜＼嚃」在上古三個時期所佔比例分別為：1.4%、4.5%、4.9%。「歠＼啜＼嚃」所佔的比例略有上陞。

「酳」貫穿上古前期、中期、後期三個時期，均表示「人飯後少量喝酒以漱口」之意。「酳」在上古時期的變化主要體現在使用頻率上。在上古前期、中期、後期三個時期內，「酳」依次出現 6 次、6 次、4 次，所佔比重依次為 4%、1.6%、0.4%。可見，「酳」在「喝類」語義場中的地位越來越低。這與「酳」表意的獨特限制有關。從我們測查的語料來看，「酳」均指祭祀場合的一種禮儀行為，這種特殊的語用環境制約了「酳」表義的泛化，阻礙了其義域的擴大。

「歃」貫穿上古中期、後期兩個時期，均表示「祭祀盟約時喝血」的動作，與上古中期相比，「歃」在上古後期的變化主要體現在組合屬性和使用屬性方面。組合屬性方面，「歃」的語法功能發生了變化。與上古中期不同，「歃」還可直接接後置地點狀語或接「於＋後置地點狀語」。使用屬性方面的變化主要體現在使用頻率上。「歃」由上古中期的 9 次下降到 8 次，所佔比例由 2.3% 下降到 0.8%，體現出「歃」在「喝類」語義場地位逐漸降低的趨勢。這與「歃」專指會盟時「歃血取信」有關，因為當這種風俗在社會生活中不再普遍流行時，「歃」在文獻中的使用頻率也隨之下降；同時，這也與「飲」在上古後期義域的擴大有關，「飲」義域的擴大影響到「歃」詞義的擴張和泛化。

「服」貫穿上古中期、後期兩個時期，均表示「人服食藥物」的動作。「服」在上古時期的變化主要體現在飲食對象以及使用頻率上。上古中期，「服」僅在《儀禮》中出現 1 次（0.3%），賓語為「藥」，上古後期，「服」共出現 55 次（5.5%），賓語不僅包括液體的藥物，如藥、「火齊米汁」類湯藥等，還包

括五石、丸藥、金玉之精等固體藥物、「百病之方」等抽象藥物。這與「服」義域的擴大以及「服」在詞彙系統中的基本詞彙地位有關。

值得注意的是，在「喝類」語義場中，「酳」「歃」「服」三詞項均屬專詞專用的詞項，但從上古時期的演變情況來看，「酳」「歃」所佔比例均直線下降，而「服」的比例則有所上陞，甚至還出現「服食」的搭配，顯示出較強的搭配能力。究其原因，應該與「服」在詞彙系統中的基本詞彙地位有關。

〔小結〕

綜上所述，上古「喝類」語義場共有 7 個詞項：飲、歠＼啜＼嚽、服、酳、噬、歃、服食。「飲」在該語義場中所佔比例一直較高，是主導詞。

從結構來看，上古表達「喝類」語義共有兩種結構模式：一種是用單純詞「飲」、「歠＼啜＼嚽」、「服」、「酳」、「歃」、「噬」表示；一種是用複音詞「服食」表示。從「喝類」語義場詞項使用頻率來看，「服食」（8 例）僅占詞項使用總數（1533 例）的 0.52%，足見上古漢語以單音詞爲主的規律。

上古「喝類」語義場成員詞頻統計見表 11。

表 11　上古「喝類」語義場成員詞頻統計表

文　獻　　　詞　項		飲	歠＼啜＼嚽	酳	服	噬	歃	服食
前期 （149）	甲骨文	2						
	金文	9						
	周易	2						
	尚書	4						
	詩經	22						
	周禮	14						
	儀禮	88	2	6				
	總計	141	2	6				
	比例	94.6%	1.4%	4%				
中期 （395）	睡虎地秦簡	16						
	左傳	40					3	
	國語	9					5	
	孫子	1						
	論語	3						

	禮記	101	5	6	1	1	
	墨子	9	1				
	晏子春秋	33					
	孟子	9	4			1	
	莊子	20					
	荀子	7	4				
	呂氏春秋	23					
	韓非子	53	1				
	管子	22					
	公羊傳	7					
	穀梁傳	1	1				
	楚辭	6	2				
	總計	360	18	6	1	1	9
	比例	91.1%	4.5%	1.5%	0.3%	0.3%	2.3%
後期 （989）	馬王堆帛書	127	16		17		1
	武威醫簡	37	1		4		
	銀雀山漢簡	7			1		
	居延漢簡	38					
	敦煌漢簡	5					
	新語	1			1		
	新書	6					
	淮南子	47	3		12		1
	春秋繁露	3					
	史記	172	4	2	10		4
	鹽鐵論	11	1				
	列女傳	17	1				
	新序	18	1				
	說苑	38	1	1			
	法言	2					
	吳越春秋	8					
	漢書	156	2	1	1		1	2
	論衡	94	2		5		4
	東觀漢記					1	

風俗通義	11	1				
三禮注疏		4				
楚辭章句		1				
傷寒論		5				
金匱要略論注		1				
列子		1				
戰國策	21	1			1	
新論				1		1
素問	41					
漢枚乘賦		1				
焦氏易林		1				
總計	866	48	4	55	8	8
比例	87.6%	4.9%	0.4%	5.5%	0.8%	0.8%

1.4 「啃咬」語義場

1.4.1 「啃咬」語義場各詞項的共同語義特徵

上古「啃咬」語義場共有 7 個詞項:「啄＼噣」、「噬」、「齧＼嚙＼囓」、「齕」、「齩」、「唼₁」、「唼₁喋」。它們都用來表示「使食物入嘴」的動作,構成了上古「啃咬」語義場。〔註32〕

【啄＼噣】

《說文・口部》:「啄,鳥食也。從口,豖聲。」段玉裁注:「鳥味銳,食物似琢。」《釋名・釋飲食》:「鳥曰啄,如啄物上復下也。」《說文・口部》:「噣,喙也。從口,蜀聲。」段玉裁注:「亦作啄。《詩・韓奕》傳:『厄烏噣也。』厄同軶,烏噣,《釋名》、《小爾雅》作『烏啄』。」可見,「噣」本義指鳥嘴,用爲名詞,音 zhòu,用來表示動物用嘴取食的動作時,音 zhuó,與「啄」音義皆同。《釋名・釋車》王先謙疏證引蘇輿曰:「古啄、噣通用。」《方言・

〔註32〕需要說明的是,「啄＼噣」「唼₁」「唼₁喋」三詞項與「噬」、「齧＼嚙＼囓」、「齕」、「齩」四詞項的飲食方式並不完全相同,但鑒於這七個詞項均表示「使食物入嘴」的動作,暫將其視爲「啃咬」語義場的成員。

卷八》戴震《疏證》亦云:「噣、啄古通用。」在表「啄食」義時,「啄」、「噣」爲異體字。「啄食」用例最早出現在《詩經》中:

（1）黃鳥黃鳥,無集於穀,無啄我粟。此邦之人,不我肯穀。（《詩經・小雅・鴻雁之什》）

（2）蜻蛉其小者也,黃雀因是以俯噣白粒,仰棲茂樹,鼓翅奮翼,自以爲無患,與人無爭也。（《戰國策・楚策・莊辛謂楚襄王》）

【噬】

《說文・口部》:「籤,啗也。喙也。從口筮聲。」林銀生等（1993：3）認爲:「噬是飲食動作,本義是咬。《廣雅・釋詁三》:『噬,齧。』《廣韻》:『噬,齧噬。』齧就是用牙啃咬的意思。」最早出現在《周易》中,如:

（3）六三:噬臘肉,遇毒;小吝,無咎。（《周易・噬嗑》）

（4）九四:噬乾肺,得金矢,利艱貞,吉。（《周易・噬嗑》）

【齦】

《說文・齒部》:「齦,齧也。」指「用牙齒啃咬食物」的動作。最早出現在《禮記》中。

（5）爲國君者,華之巾以綌,爲大夫累之,士璾之,庶人齦之。
（《禮記・曲禮》）

【齧\嚙\齩】

《說文・齒部》:「齧,噬也。從齒,㓞聲。」段玉裁注:「口部曰噬、啗也。《釋名》曰:『鳥曰啄,獸曰齧。』」嚙,《篇海類編・身體類・口部》云:「嚙,噬也。與齧同。」齩,《正字通・口部》:「齩,俗嚙字。」《釋名・釋飲食》:「獸曰齧。齧,齾也,所臨則禿齾也。」可見,齧、嚙、齩應爲異體字,都表示「用牙齒啃咬食物」的動作,其用例最早出現在上古中期,舉例如下:

（6）毋摶飯,毋放飯,毋流歠,毋咤食,毋齧骨,毋反魚肉,毋投與狗骨。（《禮記・曲禮上》）

——鄭玄注:「爲有聲響,不敬。」

（7）夫雀其小者也，黃鵠因是以遊於江海，淹乎大沼，俯喙鱔鯉，
仰齧薐衡，奮其六翮而凌清風，飄搖乎高翔，自以爲無患，
與人無爭也。（《戰國策·楚四》）

【齩】

《說文·齒部》：「齩，齧骨也。從齒，交聲。」段玉裁注：「俗以鳥鳴之『咬』爲『齩齧』。」「齩」指「人用門牙啃咬骨頭等堅硬食物」的動作，最早出現在上古後期。文獻用例如：

（8）兵旱相乘，天下大屈，有勇力者聚徒而衡擊，罷夫嬴老易
子孫而齩其骨，故法未畢通也，遠方之能者並舉而爭起矣。
（《新書·積貯疏》）

【唼₁】

唐玄應《一切經音義》卷八引《埤蒼》曰：「唼，鴨食也。」《集韻·狎韻》：「啑，啑喋，水鳥食皃。或從妾（作唼）。」「唼₁」指「水鳥吃食貌」，最早出現在《楚辭》中：

（9）鳧雁皆唼夫粱藻兮，鳳愈飄翔而高舉。（《楚辭·九辯》）

——洪興祖補注：「唼喋，鳧雁食貌。」

【唼₁喋】

「唼₁喋＼啑₁喋」由「唼₁＼啑₁」與「喋」並列連用而來，亦表示「水鳥吃食的樣子」，最早出現在《史記》中：

（10）鴻鸘鵠鴇，鴐鵝屬玉，交精旋目，煩鶩庸渠，箴疵鴯盧，群
浮乎其上，泛淫泛濫，隨風澹淡，與波搖蕩，奄薄水陼，唼
喋菁藻，咀嚼菱藕，於是乎崇山矗矗，巃嵸崔巍，深林巨木，
嶄岩參差。（《史記·司馬相如列傳》）

1.4.2 「啃咬」語義場各詞項的差異

1.4.2.1 上古前期

上古前期，「啃咬」語義場有 2 個成員：啄、噬。

「啄」在上古前期共出現 4 例，均出現在《詩經》中。「啄」用法單一，均用來表示鳥類用嘴啄食食物的動作，「啄」的主體爲鳥類，對象都爲糧食作物，如粟（例 1）、梁（例 11）、黍（例 12）。「啄」在句中充當謂語，主語、賓語均出現。

（11）黃鳥黃鳥，無集於桑，無啄我梁。此邦之人，不可與明。（《詩經・小雅・鴻雁之什》）

（12）黃鳥黃鳥，無集於栩，無啄我黍。此邦之人，不可與處。（《詩經・小雅・鴻雁之什》）

「噬」在上古前期共出現 6 次，均出現在《周易》中，如前所引例 2、例 3。「噬」的主體均爲人，對象爲臘肉、乾肺、乾肉等固體肉類食物。主語隱含，賓語均出現。

前期「啃咬」語義場詞項屬性分析情況見表 12。

表 12　前期「啃咬」語義場詞項屬性分析表

屬　性		詞　項	啄	噬
語義屬性		類義徵	飲食動作	
	表義徵	方　式	用嘴或牙齒用力夾住	
		主　體	鳥類動物	人
		器　官	嘴	牙齒
		對　象	糧食作物	肉類食物
		目　的	使食物入嘴	使食物入嘴
組合屬性	內部組合	音　節	單音節	單音節
		結　構	單純詞	單純詞
	外部組合	語法功能	作謂語	作謂語
		語法關係　主　語	＋	－
		賓　語	＋	＋
使用屬性		頻　率	4	6

從上表可知，「啄」「噬」均表示飲食過程中使食物入嘴的動作，它們的不同主要表現在：

第一，語義屬性方面，「啄」的主體爲鳥類，「噬」的主體爲人。「啄」的

對象爲糧食作物,「噬」的對象則爲肉類食物。啃咬器官方面,「啄」爲鳥嘴,「噬」爲牙齒。

第二,組合屬性方面,「啄」「噬」的區別主要體現在語法關係上,「啄」的主語、賓語均出現,而「噬」的主語可以隱含。

1.4.2.2 上古中期

上古中期,「啃咬」語義場有 4 個成員:啄＼噣、齕、齧＼囓＼嚙、喋₁。

「啄＼噣」在上古中期共出現 2 次,表示「鳥類吃食」的動作。「啄＼噣」的主體爲鳥類,對象爲一切可食之物。「啄＼噣」在句中充當謂語,前有主語,賓語隱含。其前能受數量詞修飾(例 13),其後可接處所狀語(例 14)。

(13) 澤雉十步一啄,百步一飲,不蘄畜乎樊中。(《莊子・養生主》)

(14) 北溟有鵬,足遊浮雲,背凌蒼天,尾偃天閒,躍啄北海,頸尾咳於天地,然而滲滲不知六翮之所在。(《晏子春秋・卷八》)

「喋₁」在上古中期僅出現 1 次,見前所引例 9,表示鳥類「鳬雁」吃食的動作,在句中充當謂語,主語、賓語均出現,且賓語爲固體食物「梁藻」。

由上可知,中期「啄」「喋₁」兩詞項均表示「鳥類吃食」的動作,兩詞項的區別主要體現在啄食的對象上。「啄」的對象爲一切可啄之物,而「喋₁」則一般爲藻類植物。

「齕」在上古中期共出現 3 例,表示「用牙齒啃咬食物」的動作,除了前引例 4,還有例 15、16。「齕」的主體可以是人(例 15),也可以是動物如「馬」(例 16),「齕」的對象爲固體食物,如骨頭(例 15)、草(例 16)等等。「齕」在句中一般充當謂語,主語賓語均出現。

(15) 雖此傮而埋之,猶且必㧖也,安得葬埋哉?彼乃將食其肉而齕其骨也。(《荀子・正論》)

(16) 馬蹄可以踐霜雪,毛可以御風寒,齕草飲水,翹足而陸,此馬之眞性也。(《莊子・馬蹄》)

——成玄英疏:「齕,齧也。」

「齧＼囓＼嚙」在上古中期出現 2 例,除前文所引例 8 外,另如例 17。「齧

＼齧＼嚙」指用牙齒啃咬食物的動作，主體爲人。對象則均爲固體食物（如例 5 中的「骨」，例 17 中的「芝華」）。「齞＼齧＼嚙」在句中一般充當謂語，主語隱含，後帶賓語，可以受否定副詞修飾。（如例 5 中的「毋」）

（17）吮玉液兮止渴，齧芝華兮療饑。（《楚辭・疾世》）

中期「齕」「齞＼齧＼嚙」兩詞項均表示啃食骨頭、草類固體食物，兩詞項的不同主要體現在啃食主體上。「齞＼齧＼嚙」的主體爲人，「齕」的主體則包括人和動物（馬）。

中期「啃咬」語義場詞項屬性分析情況見表 13。

表 13　中期「啃咬」語義場詞項屬性分析表

屬性 ＼ 詞項			啄＼噣	唼₁	齞＼齧＼嚙	齕
語義屬性		類義徵	飲食動作			
	表義徵	方式	用嘴或牙齒用力夾住			
		主體	鳥類	鳥類	人	人、動物（馬）
		對象	一切食物	植物	骨頭，草	骨頭，草
		器官	嘴	嘴	牙齒	牙齒
		目的	使食物入嘴	使食物入嘴	使食物入嘴	使食物入嘴
組合屬性	內部組合	音節	單音節	單音節	單音節	單音節
		結構	單純詞	單純詞	單純詞	單純詞
	外部組合	語法功能	作謂語	作謂語	作謂語	作謂語
		語法關係 主語	＋	＋	－	＋
		賓語	－	＋	＋	＋
		數量詞	＋			
		處所狀語	＋			
		否定副詞			＋	
使用屬性		頻率	2	1	2	3

總之，上古中期「啃咬」語義場四詞項均有各自的語義特徵，共同完成「啃咬」語義場的表達需要。

1.4.2.3　上古後期

上古後期，「啃咬」語義場共出現 5 個成員：啄＼噣、龁、齧＼囓＼嚙、齩、唼₁喋。

「啄＼噣」在上古後期共出現 15 次，表示「動物吃食」的動作。主體多爲鳥類，在上古後期出現的 15 例中，12 例爲桑扈、雁鵠、烏鵲、鶹、黃雀等鳥類，另如「蜻蛉」（例 20）、「雞雀」（例 21）等。「啄」的對象廣泛，包括粟、穀類糧食作物，也包括肉、蝦等肉類食物。「啄」在句中充當謂語，前有主語，後有賓語，能受否定副詞「不」修飾（例 18）。

（18）蝮蛇不可爲足，虎豹不可使緣木，馬不食脂，桑扈不啄粟，非廉也。（《淮南子·説林訓》）

（19）越王夫人乃據船哭，顧烏鵲啄江渚之蝦，飛去復來。（《吳越春秋·句踐入臣外傳》）

（20）王獨不見夫蜻蛉乎？六足四翼，飛翔乎天地之間，俯啄蚊虻而食之，仰承甘露而飲之，自以爲無患，與人無爭也。（《戰國策·楚策·莊辛謂楚襄王》）

（21）暴穀於庭，雞雀啄之，主人驅彈則走，縱之則來，不終日立守，雞雀不禁。（《論衡·解除篇》）

（22）蜻蛉其小者也，黃雀因是以俯噣白粒，仰棲茂樹，鼓翅奮翼，自以爲無患，與人無爭也。（《戰國策·楚策·莊辛謂楚襄王》）

與「唼₁」一樣，「唼₁喋」也表示鳥類吃食的動作，對象爲藻類，在句中充當謂語，主語、賓語均出現。「唼₁喋」在上古後期僅出現 2 次，除前引例 10，還有：

（23）蜀石黃碝，水玉磊砢，磷磷爛爛，彩色澔汗，叢積乎其中，鴻鷫鵠鴇，駕鵝屬玉，交精旋目，煩鶩庸渠，箴疵鵁盧，群浮乎其上，泛淫泛濫，隨風澹淡，與波搖蕩，奄薄水陼，唼喋菁藻，咀嚼菱藕，於是乎崇山矗矗，巃嵸崔巍，深林巨木，嶄岩參差。（《漢書·司馬相如傳》）

——顏師古曰：「唼喋，銜食也。」郭璞曰：「菁，水草。藻，聚藻也。」

「啄＼噣」、「唼₁喋」兩詞項均能表示鳥類吃食的動作，其差異主要體現在：

第一，語義屬性方面，主要體現為啃咬主體和對象上的差異。「啄＼噣」的主體為主要為鳥類，還可以是雞、蜻蛉等。「唼₁喋」的主體為鳥。「啄＼噣」的對象廣泛，包括糧食作物，也包括肉、蝦等。「唼₁喋」的對象一般是藻類植物。

第二，兩詞項的使用頻率差別較大。「啄」出現 15 次，「唼₁喋」僅出現 2 次。「啄」成為「啃咬」語義場中表示「鳥類」吃食的主要成員。

「齕」在上古後期僅出現 1 例（見下），表示「生物用牙齒撕咬食物」的動作。值得注意的是，下例中「齕吞者」與「嚼咽者」並舉，體現出「齕」「嚼」同為飲食過程中的前期活動，它們的目的是便於吞咽。

（24）介鱗者夏食而冬蟄，齕吞者八竅而卵生，嚼咽者九竅而胎生。
（《淮南子》）

「齧＼嚙＼齧」在上古後期共出現 4 例，除前文所引例 6 外，另如例 25。「齧＼嚙＼齧」指用牙齒啃咬食物的動作，主體可以是人（例 25），也可以是動物（例 6 中的「黃鵠」、例 27 中的獸「蹶」）。對象則均為固體食物，如「雪與旃毛」（例 25）、「菱衡」（例 6）等等。「齧＼嚙＼齧」在句中一般充當謂語，主語均出現，賓語或隱（例 27）或顯（例 6、25）。

（25）天雨雪，武臥齧雪與旃毛並咽之，數日不死，（《漢書·李廣蘇建傳》）

（26）高枕談臥、無叫號者，不知憂私責與吏正戚者之愁也。被紈躡韋、搏梁齧肥者，不知短褐之寒、糠粕之苦也。（《鹽鐵論·取下》）

（27）北方有獸，其名曰蹶，前足鼠，後足兔。是獸也，甚矣其愛蛩蛩巨虛也。食得甘草，必齧以遺蛩蛩巨虛，蛩蛩巨虛見人將來，必負蹶以走。（《說苑·復恩》）

「齦」上古後期共出現 2 例，除前引例 8 外，還在《漢書》中發現 1 例（見下）。「齦」表示「人用門牙啃咬食物」的動作，食物多半為堅硬的食物，

兩例中對象均為「骨頭」。「齩」在句子中均充當謂語，前有主語，後有賓語。

（28）罷夫贏老，易子而齩其骨。（《漢書・食貨志上》）

——顏師古注：「罷，讀曰疲。齩，齧也，音五巧反。」

「齕」、「齧＼嚙＼囓」、「齩」三詞項均表示生物（包括人）啃咬固體食物的動作，差異主要體現在啃咬主體上。「齩」的主體為人，是專用於「人」的啃咬動作，「齧」的主體則包括人和鳥獸，義域比「齩」寬。

上古後期「啄＼噣」、「齕」、「齧＼嚙＼囓」、「齩」、「唼₁喋」五詞項屬性分析見表 14。

表 14　後期「啃咬」語義場詞項屬性分析表

屬性 \\ 詞項			啄＼噣	唼₁喋	齧＼嚙＼囓	齩	齕
語義屬性		類義徵	飲食動作				
	表義徵	方式	用嘴或牙齒用力夾住				
		主體	鳥、雞	鳥	人、鳥獸	人	—
		對象	穀類作物、肉類食物	植物	固體食物	固體食物	固體食物
		器官	嘴	嘴	牙齒	牙齒	牙齒
		目的	使食物入嘴	使食物入嘴	使食物入嘴	使食物入嘴	使食物入嘴
組合屬性	內部組合	音節	單音節	複音節	單音節	單音節	單音節
		結構	單純詞	並列結構	單純詞	單純詞	單純詞
	外部組合	語法功能	作謂語	作謂語	作謂語	作謂語	作謂語
		語法關係 主語	＋	＋	＋	＋	－
		語法關係 賓語	＋	＋	＋－	＋	－
		語法關係 修飾詞	＋				
使用屬性		頻率	15	2	4	2	1

總之，後期「啃咬」語義場共出現 5 個成員，共出現文獻用例 24 例，其中「啄＼噣」共出現 15 例，在表達鳥類吃食的意義上，「啄＼噣」是主要成員。「齧」「齕」「齩」均能表示非鳥類生物啃咬食物的動作，其中「齩」是專

用來表示人啃咬動作的動詞。

1.4.3 「啃咬」語義場各詞項的演變

1.4.3.1 詞項數量的變化

上古前期，「啃咬」語義場僅出現 2 個成員：啄、噬。

上古中期，「啃咬」語義場成員增至 4 個：啄\啅、齧\嚙\嚼、齕、唼₁。其中，「啄」是從上古前期繼承而來的，體現了詞彙發展的累積律。其餘三個詞項是這時期新產生的。「噬」則不再用來表示生物的飲食動作，而是泛化來表示一般意義的「咬」。

上古後期「啃咬」語義場的成員增至 5 個：啄\啅、齧\嚙\嚼、齕、唼₁喋、齩。其中「啄\啅」、「齧\嚙\嚼」、「齕」3 個成員是從上古中期繼承來的，體現了詞彙發展的累積律。上古中期的「唼₁」消失了，取而代之的是這時期新產生的「唼₁喋」。這與漢語雙音節化趨勢有關，也與行文表達的韻律特徵有關。此外，這時期還新產生了詞項「齩」。

1.4.3.2 詞項屬性及其相互關係的演變

「啃咬」語義場成員中貫穿上古前期、上古中期和上古後期的有一個詞項：「啄\啅」。貫穿於上古中期、上古後期的有兩個詞項：「齕」、「齧\嚙\嚼」。「噬」「唼₁」「唼₁喋」「齩」四詞項均只存在於某一個時期。所以下面我們將重點考察「啄\啅」、「齕」、「齧\嚙\嚼」在上古時期的發展演變情況，並揭示其詞項屬性的變化引起的語義場的相關變化。

「啄\啅」主要用來表示「鳥類吃食」的動作，在上古三個時期內其組合屬性無明顯變化。變化主要體現在主體及啄食對象的擴大上。上古前期、中期，「啄\啅」的主體均為「鳥類」，啄食對象也限於一般的糧食作物。發展到上古後期，「啄\啅」的主體還出現了「雞」、「蜻蜓」等動物，啄食對象也擴大到肉類食物、蝦等等。可見，「啄\啅」的義域一定程度上擴大了。此外，在上古三個時期內，「啄\啅」的使用頻率分別為 4 次、2 次、15 次，分別占相應時期「啃咬」類動詞文獻用例總數的 40%、25%、62.5%。從文獻用例來看，「啄\啅」在「啃咬」語義場內一直佔有較大比例，是「啃咬」語義

場的主要成員。

「齧＼囓＼嚙」貫穿於上古中期、上古後期，其變化主要體現在「啃咬」主體的擴大上。上古中期，「齧＼囓＼嚙」的主體是人，上古後期，「齧＼囓＼嚙」的主體不僅包括人，還包括鳥、獸等生物，相應地，「齧＼囓＼嚙」的對象也進一步擴大了（詳見上文分析）。「齧＼囓＼嚙」義域的擴大是「齧＼囓＼嚙」一直存在於「啃咬」語義場的直接原因。此外，語料測查發現，「齧＼囓＼嚙」上古時期還出現了「囓噬＼齧噬＼齝齧」、「啄齧＼啄嚙」、「齕齧」等並列結構，體現出「齧＼囓＼嚙」較強的組合能力，這也是「齧＼囓＼嚙」在「啃咬」語義場立足的另一原因。

「齕」亦貫穿於上古中期、上古後期兩個時期。在這兩個時期內，「齕」在語義屬性上無明顯變化。在語法功能上，上古後期「齕」僅出現 1 例，且以「齕吞者」中語素的身份出現，體現出其在「啃咬」語義場中日益邊緣化的趨勢。

〔小結〕

綜上所述，上古「啃咬」語義場共有 7 個詞項：「啄＼嚼」、「噬」、「齧＼囓＼嚙」、「齕」、「齩」、「唼₁」、「唼₁喋」。上述詞項在「啃咬」語義場內各施其職，分別承擔不同的表義任務：「啄＼嚼」主要用來表示鳥類吃食的動作；「噬」僅在上古前期表示人啃咬食物的動作；「齧＼囓＼嚙」、「齕」既可以用來表示人的啃咬動作，也可以用來表示鳥類、獸類的啃咬動作；「齩」則是專用於人的啃食動作；「唼₁」、「唼₁喋」表示鳥類吃植物的動作，且「唼₁」後來被複音結構「唼₁喋」取代。

從結構來看，上古表達「啃咬」語義有兩種結構模式：一種用單純詞表示，如「啄＼嚼」「噬」「齧＼囓＼嚙」「齕」「齩」「唼₁」。另一種則用並列結構「唼₁喋」表示。從單純詞與並列結構在上古時期的使用頻率來看，單純詞共出現 40 例，並列複音結構僅出現 2 例。可見，上古漢語仍是以單音詞為主的結構，複音節詞仍處在萌芽之中。

上古「啃咬」語義場成員詞頻統計見表 15。

表 15　上古「啃咬」語義場成員詞頻統計表

文　獻	詞　項	啄＼噣	噬	齚	齧＼嚙＼囓	嗛₁	齘	嗛₁喋
前期（10）	詩經	4						
	周易		6					
	總計	4	6					
	比例	40%	60%					
中期（8）	禮記			1	1			
	晏子春秋	1						
	莊子	1		1				
	荀子			1				
	楚辭				1	1		
	總計	2		3	2	1		
	比例	25%		37.5%	25%	12.5%		
後期（24）	新書						1	
	淮南子	1		1				
	史記							1
	鹽鐵論	1			1			
	新序	3						
	說苑				1			
	吳越春秋	2						
	漢書				1		1	1
	論衡	3						
	水經注	1						
	戰國策	4			1			
	總計	15		1	4		2	2
	比例	62.5%		4.2%	16.7%		8.3%	8.3%

1.5　「咀嚼」語義場

1.5.1　「咀嚼」語義場各詞項的共同語義特徵

　　上古「咀嚼」語義場共有 4 個詞項：「咀」、「噍＼嚼」、「咀噍＼咀嚼」、「噍咀」。它們都用來表示「飲食過程中用上下牙齒磨碎食物」的動作，所以構成了「咀嚼」語義場。

【噍＼嚼】

《說文・口部》：「噍，齧也。從口，焦聲。嚼，噍或從爵。」段玉裁注：「古焦、爵同部同音，唐韻乃分，噍切才笑，嚼切才爵矣。今北音去聲，南音入聲。」「噍」、「嚼」二字爲異體字。《釋名・釋飲食》：「嚼，削也，稍削也。」林銀生等指出：「噍與嚼是異體字，都是咀嚼的意思。《說文》『噍，齧也。』齧是用牙咬。《釋名》釋『嚼』爲『削也，稍削也』，是因爲嚼與削音同義通。今吳語區說『嚼』與『削』音十分相近。嚼則食物慢慢受削而小，所以嚼與削義亦通。」〔註33〕「噍」最早出現在《禮記》中，目前所見「嚼」在文獻中的用例則稍晚一些，最早見於漢代，具體用例如下：

（1）毋放飯，毋流歠。小飯而亟之，數噍，毋爲口容。（《禮記・少儀》）

——孔穎達疏：「數，色角反。噍，字又作嚼，子笑反，又在笑反。」

（2）闌（爛）者，爵（嚼）米，足（捉）取汁而煎，令類膠，即冶厚柎和傅。（《馬王堆漢墓帛書》）

（3）嚼而無味者，弗能内於喉；視而無形者，不能思於心。（《淮南子・說林訓》）

（4）夫目不視，弗見；心弗論，不得；雖有天下之至味，弗嚼，弗知其旨也；雖有聖人之至道，弗論，不知其義也。（《春秋繁露・仁義法》）

【咀】

《說文・口部》：「咀，含味也。從口，且聲。」段玉裁注：「含而味之。」《倉頡篇・口部》：「咀，噍也。」《釋名・釋飲食》：「咀，藉也，以藉齒牙也。」王先謙《釋名疏證》：「《一切經音義・二十二》引《三蒼》云：『咀，含味也。』《文選・遊天台山賦》注：『以革藉地曰藉。』含物在齒牙之上，故亦曰藉也。猶言在口中謂之藉口也。」「咀」的本義是「哺咀含味」，也就是將食物咀嚼之後含著體會其味。表示「用牙齒咀嚼」義的「咀」最早見於《管子》，文獻

〔註33〕 王寧審定，林銀生、李義琳、張慶錦編著《中國上古烹食字典》，北京：中國商業出版社，1993 年，41 頁。

用例如：

（5）人，水也。男女精氣合，而水流形。三月如咀。咀者何？曰
　　五味。五味者何？曰五藏。酸主脾，鹹主肺，辛主腎，苦主
　　肝，甘主心。（《管子‧水地》）

——尹知章作注：「咀咀，口和嚼之，謂三月之胚渾初凝，類口所嚼食
也。」

（6）主簿復前進藥，嘉引藥杯以擊地，謂官屬曰：「丞相幸得備位
　　三公，奉職負國，當伏刑都市以示萬眾。丞相豈兒女子邪，
　　何謂咀藥而死！」（《漢書‧何武王嘉師丹傳》）

【咀嚼＼咀噍】

「咀嚼＼咀噍」是動詞「咀」與「噍＼嚼」同義連用組成的並列結構，
並列連用後仍表示「用上下板牙磨碎食物」的動作。「咀嚼」最早見於《史
記》：

（7）鴻鵠鷫鴇，駕鵝鸀玉，鵁鶄鸔目，煩鶩鷛鸍，鷫鴜鴻鸐，浮
　　乎其上。泛淫泛濫，隨風澹淡，與波搖蕩，掩薄草渚，唼喋
　　菁藻，咀嚼菱藕，於是乎崇山矗嵸，崔巍嵳峩。（《史記‧司
　　馬相如列傳》）

——《史記集解》引郭璞曰：「菁，水草。《呂氏春秋》曰『太湖之菁』
也。」

（8）《楚辭‧九懷》「北飲兮飛泉，南採兮芝英。」王逸《章句》：
　　「吮嗽天液之浮源也，咀嚼靈草以延年也。」

（9）呼吸沆瀣兮餐朝霞，咀噍芝英兮嘰瓊華。（《漢書‧司馬相如
　　傳》）

【噍咀】

與「咀嚼＼咀噍」相同，「噍咀」是「噍」、「咀」同義連用的結果，上古文
獻中僅在《史記》中發現1例：

（10）呼吸沆瀣兮餐朝霞，噍咀芝英兮嘰瓊華。（《史記‧司馬相如
　　　列傳》）

1.5.2 「咀嚼」語義場各詞項的差異

1.5.2.1 上古前期

在我們所測查的上古文獻中，「咀嚼」語義場在上古前期未出現文獻用例。

1.5.2.2 上古中期

上古中期，「咀嚼」語義場有 2 個成員：嚼、咀。

「嚼」在上古中期共出現 2 次，除了例 1，還有：

> （11）今是人之口腹，安知禮義？安知辭讓？安知廉恥隅積？亦呥
>
> 呥而嚼，鄉鄉而飽已矣。（《荀子・榮辱》）
>
> ——唐楊倞注：「呥呥，嚼貌，汝鹽反。嚼，嚼也，才笑反。鄉鄉，趨飲
>
> 食貌，許諒反。」

「嚼」指人咀嚼食物（一般爲固體食物），因爲固體食物經過板牙的咀嚼更利於食物在胃部的消化和吸收。作爲句子的謂語，「嚼」的主語或隱或現，但均爲「人」，賓語亦或隱或現，其前可以被狀語修飾（如例 11 中的「呥呥」），也可以被數量詞限定（如例 1 中的不定量詞「數」），用法比較活躍。

「咀」在上古中期的語料中僅出現在《管子》中（例 5），主體爲人，器官爲板牙，方式爲利用上下板牙磨碎食物，咀嚼的對象爲「五藏」。從其組合屬性來看，「咀」在句中作謂語，前後出現了主語，未出現賓語，亦未受狀語修飾。

上古中期「咀」、「嚼」的用例均不多，都是 2 例，語義上也極其相似，均指人用板牙咀嚼食物。從數量及語義上看，似難確定該時期的主導詞，其差異主要表現在組合屬性，即外部組合上。「咀」出現主語，不出現賓語，不受狀語修飾，「嚼」則主語、賓語或隱或現，亦可受形容詞或數量詞等修飾，用法相對活躍，這體現出「嚼」上陞爲「咀嚼」語義場主導詞的趨勢。

中期「咀嚼」語義場詞項屬性分析情況見表 16。

表 16　中期「咀嚼」語義場詞項屬性分析表

屬　性		詞　項	噍	咀
語義屬性		類義徵	飲食動作	
	表義徵	方　式	磨碎	
		主　體	人	人
		器　官	板牙	板牙
		對　象	固體食物	固體食物
		目　的	便於吞咽及消化	便於吞咽及消化
組合屬性	內部組合	音　節	單音節	單音節
		結　構	單純詞	單純詞
	外部組合	語法功能	作謂語	作謂語
		語法關係　主　語	＋－	＋
		賓　語	＋－	－
		狀　語	＋	－
使用屬性		頻　率	2	2

總之，中期「咀嚼」語義場成員共出現 4 例：「噍」2 例，「咀」2 例，兩詞在數量上平分秋色，看似功能不相伯仲，但實際上，從其組合屬性來看，「噍」在語法功能上稍顯活潑，體現出上陞為「咀嚼」語義場主導詞的趨勢。

1.5.2.3　上古後期

上古後期，「咀嚼」語義場成員有 4 個：咀、噍＼嚼、咀嚼＼咀噍、噍咀。

「咀」指人用上下板牙磨碎固體食物的動作，以下例而言，飲食主體為「人」，飲食對象為「玉英」〔註 34〕。「咀」在句中在謂語，前有主語，後有賓語，且與「嚼」構成並列連用。

（12）《楚辭・哀時命》「願至崑崙之懸圃兮，採鍾山之玉英。」王
　　　逸《章句》：「鍾山，在崑崙山西北，《淮南》言鍾山之玉燒之
　　　三日，其色不變，言己自知不用，願避世遠去，上崑崙山，
　　　遊於懸圃，採玉英，咀而嚼之，以延壽也。」

「噍＼嚼」在上古後期指人用板牙磨碎食物的動作，主體為人（例 13～17）；咀嚼對象為固體食物，可以是泛義的食物，如例 15，也可以是具體固體

〔註34〕此處「玉英」指「玉之精英」，是作為「我」之延壽食物來咀嚼的。

食物，如筋（例 14）、肉（例 16）、菜（例 17）等。「噍＼嚼」在句中均充當謂語，其主語可以出現（例 13、14、15），也可以不出現（例 16、17），賓語可以出現（例 14、15、16、17），也可以不出現（例 13），且其前可被狀語修飾（例 13 中的「呥呥」、例 16 中的「大」），也可受否定副詞修飾（例 17 中的「不」），用法比較活潑。文獻用例如：

（13）今是人之口腹，安知禮義？安知辭讓？安知廉恥隅積？亦呥呥而噍，鄉鄉而飽已矣。人無師無法，則其心正其口腹也。（《荀子·榮辱》）

（14）聾者可令嚼筋，而不可使有聞也；瘖者可使守圉，而不可使言也。（《淮南子·主術訓》）

（15）夫人之生也，稟食飲之性，故形上有口齒，形下有孔竅，口齒以噍食，孔竅以注瀉。（《論衡·道虛篇》）

（16）顏淵所以命短，慕孔子，所以殤其年也。關東鄙語曰：「人聞長安樂，則出門西向而笑。知肉味美，則對屠門而大嚼。」（《新論·祛蔽》）

（17）《禮記·曲禮上》「毋揚飯，飯黍毋以箸，毋嚃羹。」鄭玄注：「嚃，為不嚼菜。」

下面我們先考察單純詞「咀」、「噍＼嚼」二詞項在上古後期的區別。

首先，組合屬性方面，其區別主要體現在外部組合上。二詞項是否帶主語、賓語及狀語的情形不同。「咀」主語、賓語均出現；「噍＼嚼」主語、賓語或隱或現，且能受狀語修飾。可見，「噍＼嚼」語法功能活躍，這與其主導詞的地位是分不開的。

其次，使用屬性方面，兩詞項的使用頻率存在差異。「噍＼嚼」的頻率最高（14 次），占總數的 51.9%，「咀」的使用頻率較低，只出現 7 次，占總數的25.9%。

上古後期「咀」、「噍＼嚼」的詞項屬性分析見表 2。

「咀噍＼咀嚼」是並列結構，表示人或動物（鳥類）磨碎食物的動作。例 18 描述的就是鳥類「鴻鶬鵠鴇」磨碎食物「菱藕」的情形。例 19 的意思是人「咀嚼」「玉英」並以之為食。不管主體是人還是動物，「咀嚼」均充當

謂語，主語可以出現（例 7、18、19），也可以不出現（例 8、9），但賓語均
出現（例 7、8、9、18、19）。

（18）鳿鸕鷁鵠，駕鵝屬玉，交精旋目，煩鶩庸渠，箴疵鵁盧，群
浮乎其上。泛淫泛濫，隨風澹淡，與波搖蕩，奄薄水渚，唼
喋菁藻，咀嚼菱藕，於是乎崇山矗矗，巃嵸崔巍。（《漢書·
司馬相如傳》）

（19）《楚辭·遠遊》「吸飛泉之微液兮，懷琬琰之華英。」王逸《章
句》：「含吮玄澤之肥潤也，咀嚼玉英以養神也。」

「嚼咀」在上古後期僅出現 1 例，見例 10。作為謂語，「嚼咀」的主語未
出現，其後出現了賓語——固體食物「芝英」。

上古後期「咀嚼＼咀嚼」、「嚼咀」兩詞項的詞義屬性差異主要有：

首先，語義屬性方面，兩詞項的不同表現在飲食主體上：「嚼咀」的主體為
人，「咀嚼＼咀嚼」的主體為人和動物。可見，同樣是複音詞的並列結構，「咀
嚼＼咀嚼」的義域比「嚼咀」大。

其次，組合屬性方面，兩詞項的不同體現在外部組合上，即兩者是否帶主
語、賓語及狀語的情形不同。「咀嚼＼咀嚼」主語或隱或現，賓語出現，不受狀
語修飾；「嚼咀」帶賓語，但主語隱含，且不受狀語修飾。相比而言，「咀嚼＼
咀嚼」語法功能略顯活躍。

最後，使用屬性方面，兩詞項的使用頻率不同。「咀嚼＼咀嚼」的使用頻
率為 5，占總數的 18.5%，「嚼咀」的使用頻率非常低，僅出現 1 次，占總數
的 3.7%。

「咀嚼＼咀嚼」、「嚼咀」兩詞項的詞項屬性分析見表 17。

表 17 後期「咀嚼」語義場詞項屬性分析表

屬　性 ＼ 詞　項			咀	嚼＼嚼	咀嚼＼咀嚼	嚼咀
語義屬性		類義徵	飲食動作			
	表義徵	方　式	磨碎			
		器　官	板牙	板牙	板牙	板牙
		對　象	固體食物	固體食物	固體食物	固體食物

		目　　的	便於吞咽及消化	便於吞咽及消化	便於吞咽及消化	便於吞咽及消化
		主　　體	人	人	人、動物	人
組合屬性	內部組合	音　　節	單音節	單音節	複音節	複音節
		結　　構	單純詞	單純詞	並列結構	並列結構
	外部組合	語法功能	作謂語	作謂語	作謂語	作謂語
		語法關係 主語	＋	＋－	＋－	－
		賓語	＋	＋－	＋	＋
		狀語	－	＋	－	－
使用屬性	頻率		7	14〔註35〕	5	1

　　總之，後期「咀嚼」語義場成員共出現27例：「嚼＼嚼」14例，「咀嚼＼咀嚼」5例，「咀」7例，「嚼咀」1例。可見，「嚼＼嚼」的使用頻率最高（14次），所佔比例也最高（51.9%），故「嚼＼嚼」爲後期該語義場的主導詞。

1.5.3　「咀嚼」語義場各詞項的演變

1.5.3.1　詞項數量的變化

　　上古前期，「咀嚼」語義場未出現成員。

　　上古中期，該語義場開始出現成員，共有2個：嚼、咀。本文認爲，這兩個詞項的出現與人們表意精確化、生動化的要求有關。經過測查，上古前期早就存在表示飲食固體食物的動詞：「餐」、「飯」、「食」等，毋庸置疑，這些詞的意義中都包含了對食物進行咀嚼的動作，因爲它們表示的是一個線性飲食動作，本身就包括將食物啃咬、咀嚼、吞咽的全過程。但是，當人們需要表達並生動地描述某一特定的咀嚼動作時，「嚼＼嚼」、「咀」便應運而生了。以下諸例中，「嚼＼嚼」都不是「餐」、「飯」、「食」可以替代的。

　　（a）毋放飯，毋流歠。小飯而亟之，數嚼，毋爲口容。（《禮記‧少儀》）

〔註35〕其中，「嚼」有2次是作爲語素出現在「嚼類」中，指活著的人：《漢書‧高帝紀上》：「項羽爲人慓悍禍賊，嘗攻襄城，襄城無嚼類，所過無不殘滅。」《論衡‧辨祟篇》：「項羽攻襄安，襄安無嚼類，未必不禱賽也。」這也從一個側面顯示出表達在「咀嚼」的意義上，「嚼」逐漸衰微，「嚼」逐步實現對「嚼」的替換。

（b）今是人之口腹，安知禮義？安知辭讓？安知廉恥隅積？亦呥
呥而噍，鄉鄉而飽已矣。人無師無法，則其心正其口腹也。(《荀
子・榮辱》)

（c）夫人之生也，稟食飲之性，故形上有口齒，形下有孔竅，口
齒以噍食，孔竅以注瀉。(《論衡・道虛篇》)

（d）顏淵所以命短，慕孔子，所以殤其年也。關東鄙語曰：「人聞
長安樂，則出門西向而笑。知肉味美，則對屠門而大嚼。」
(《新論・祛蔽》)

（e）《禮記・曲禮上》「毋揚飯，飯黍毋以箸，毋嚃羹。」鄭玄注：
「嚃，為不嚼菜。」

上古後期，「咀嚼」語義場的成員增加到 4 個：噍\嚼、咀、咀噍\咀嚼、
噍咀。「噍\嚼」、「咀」是從上古中期繼承而來的，「咀噍\咀嚼」、「噍咀」
則是後期新產生的，這體現了詞彙發展的累積律。值得注意的是，「咀噍\咀
嚼」、「噍咀」都是由上古中期的「噍」與「咀」並列連用而產生的，這與漢
語雙音化的趨勢有關，也與句子韻律特徵有關。先看下面幾個句子：

（f）《楚辭・九懷》「北飲兮飛泉，南採兮芝英。」王逸《章句》
「吮嗽天液之浮源也，咀嚼靈草以延年也。」

（g）呼吸沆瀣兮餐朝霞，咀噍芝英兮嘰瓊華。(《漢書・司馬相如
傳》)

（h）鴻鵠鷫鴇，駕鵝鸀玉，鸍鷖鷗目，煩鶩鷛鸔，鴺鴜鸍鸇，浮
乎其上。泛淫泛濫，隨風澹淡，與波搖蕩，掩薄草渚，唼喋
菁藻，咀嚼菱藕，於是乎崇山矓嵸，崔巍嵯峩。(《史記・司
馬相如列傳》)

例 f、g 用「咀嚼」「咀噍」可以與前面的分句形成對仗，符合語段的韻律
特徵；例 h 用「咀嚼」可以與前面的動賓結構「唼喋菁藻」形成排比，產生獨
特語言效果。可見，複音結構「咀嚼\咀噍」「噍咀」的產生正與這種需求有關。

1.5.3.2　詞項屬性及其相互關係的演變

鑒於上古前期未出現表示「咀嚼」義的成員，還不存在「咀嚼」語義場，
所以在下文中，我們將重點考察同時存在於上古中期、上古後期的「噍\嚼」、

「咀」兩詞項的演變，並考察其詞項屬性的變化引起的語義場內兩者關係的變化。

「嚼\嚼」最早出現於上古中期，指「用上下板牙磨碎食物」的動作，但其屬性要素稍有變化。這主要體現在飲食主體的變化上。上古中期「嚼\嚼」的主體是人，上古後期主體既可以是人，也可以是動物。其次，在咀嚼對象上，雖然都是固體食物，但相比於上古中期，上古後期「嚼」的對象種類更具體了，可以是泛義的食物，也可以是具體固體食物，如筋、肉、菜等。二是該詞項在上古中期和後期詞項總數中所佔比率發生了變化。上古中期占總數的 50%，上古後期占總數的 51.9%。也就是說，「嚼\嚼」從上古中期由具備成為主導詞的趨勢，發展成了上古後期的主導詞。上文所述「嚼\嚼」義域的擴大及由此帶來的使用數量的增加，都是其作為「咀嚼」語義場主導詞的典型體現，而且這種變化導致了語義場其它成員的變化，特別是上古前期本來佔據整場一半比率的「咀」。

「咀」最早出現於上古中期，到上古後期，其詞項屬性要素變化不大，最根本的語義屬性、組合屬性都無變化，變化主要表現在「咀」在上古後期整場中的使用頻率上。「咀」在上古後期僅占 25.9%，相對於上古中期的 50%而言，明顯下降，由此可見「咀」在「咀嚼」語義場中地位的急速下降。這種急速下降，正是由上文中「嚼\嚼」主導詞地位的確定、使用義域的擴大產生的結果，也與「嚼\嚼」、「咀」並列連用產生的新複音結構「咀嚼\咀嚼」、「嚼咀」有關，因為在上古後期它們共佔據了「咀嚼」語義場的 22.2%。

〔小結〕

綜上所述，上古「咀嚼」語義場共有 4 個詞項：「咀」、「嚼\嚼」、「咀嚼\咀嚼」、「嚼咀」。「嚼\嚼」在該語義場中所佔比例最高，構詞能力最強，能與「咀」組成新詞項「咀嚼\咀嚼」、「嚼咀」，因此，「嚼\嚼」從上古中期開始，就顯示出成為該語義場主導詞的趨勢，並最終在上古後期確立了主導詞的地位，直到今天，在現代方言和口語中，「嚼\嚼」仍是表達「咀嚼」意義的主導詞。

該語義場成員在語義屬性（類義徵、表義徵）、組合屬性（內部組合、外部組合）、使用屬性（頻率）三個方面既存在共同屬性，又存在區別性屬性。通過分析比較它們在上古時期的使用情況，發現其成員在中期和後期存在此消彼長

等變化情況：某一成員發生變化，其它成員會隨之作出相應的調整，使該語義場達到一種新的平衡。

此外，從結構來看，上古表達「咀嚼」語義主要有兩種結構模式：

第一種，用單純詞表示，如「噍＼嚼」、「咀」。上古時期兩詞項共出現 25 次，占文獻用例總數（31 例）的 80.6%。可見，這種模式在上古時期佔據強勢地位，這也從一個側面驗證了古漢語（尤其是上古漢語）以單音節詞為主的規律。

第二種，用並列結構表示，如「咀噍＼咀嚼」、「噍咀」。上古時期兩詞項共出現 6 例，占文獻用例總數（31 例）的 19.4%。這種模式在上古時期雖不佔優勢，但作為新生的表達方法，特別是在韻律句法規律及漢語雙音化趨勢的大背景下，這種並列複音結構極具發展潛力。

上古「咀嚼」語義場成員詞頻統計見表 18。

表 18　上古「咀嚼」語義場成員詞頻統計表

文　獻	詞　項	噍＼嚼	咀	咀噍＼咀嚼	噍咀
中期（4）	禮記	1			
	荀子	1			
	管子		2		
	總計	2	2		
	比例	50%	50%		
後期（27）	馬王堆帛書	1	5		
	淮南子	4			
	春秋繁露	1			
	史記			1	1
	漢書	1	1	2	
	論衡	2			
	新論	1			
	周易班固注	1			
	三禮鄭注	2			
	楚辭章句	1	1	2	
	總計	14	7	5	1
	比例	51.9%	25.9%	18.5%	3.7%

1.6 「吞咽」語義場

1.6.1 「吞咽」語義場各詞項的共同語義特徵

上古「吞咽」語義場共有 2 個詞項:「吞」、「咽＼嚥」。它們具有共同的語義屬性,都用來表示「食物經過咽頭進入食道」的動作,所以構成了「吞咽」語義場。

【吞】

《說文・口部》:「吞,咽也。從口,天聲。」「吞」多指不通過咀嚼,直接將食物整個兒、整塊地納入體內的動作。最早出現在《莊子》中,文獻用例如:

（1）夫函車之獸,介而離山,則不免於網罟之患;吞舟之魚,碭而失水,則蟻能苦之。(《莊子・雜篇・康桑楚》)

（2）魚見臣之鉤餌,猶沈埃聚沫,吞之不疑。(《列子・湯問》)

（3）楚惠王食寒菹而得蛭,因遂吞之,腹有疾而不能食。(《新書・春秋》)

【咽＼嚥】

《說文》:「咽,嗌也。從口,因聲。」段玉裁注:「咽者,因也。言食因於是以上下也。」《釋名・釋形體》「咽,咽物也。」王先謙疏證補:「因食物由咽入,故吞物亦謂之咽。」「後世以咽爲喉嚨專稱,故別造嚥字爲吞物之名。」王鳳陽《古辭辨》亦云:「『嚥』〔註36〕是『咽』的動詞用法的後起分化字,它專用於下咽,……『嚥』的簡化漢字與『咽』（yàn）歸併,還原爲『咽』。」〔註37〕可見,「咽」本指咽喉,即消化和呼吸的通道,爲名詞。「咽」之所以能用來表示「飲食過程中食物類物品進入食道」的動作,是由名詞「咽」動靜引申而來〔註38〕。

〔註36〕原書作「咽」,誤,當改爲「嚥」。

〔註37〕王鳳陽《古辭辨》,長春:吉林文史出版社,1993:752。

〔註38〕王寧先生將引申規律分爲兩種類型,理性的引申和狀所的引申。其中理性的引申又包括同向和異向兩種。同向引申中的動靜引申亦有三種小類,工具與使用它的動作相關即其中一類。關於引申理論具體參看王寧《訓詁學原理》54～59 頁,北京:中國國際廣播出版社,1996 年,「咽」「吞咽」的產生當屬此類。

「吞咽」義的「咽」最早出現在《孟子》中（見例4）。《玉篇・口部》：「嚥，吞也。亦作咽。」可見，在表示「將食物或其它物品送入食道」的意義上，「嚥」是「咽」的分化字，該義位的「嚥」最早出現在上古後期《論衡》中（見例5）。「咽＼嚥」文獻用例如：

（4）陳仲子豈不誠廉士哉？居於陵，三日不食，耳無聞，目無見也。井上有李，螬食實者過半矣，匍匐往，將食之，三咽，然後耳有聞、目有見。（《孟子・滕文公下》）

（5）淵中之魚，遞相吞食，度口所能容，然後嚥之；口不能受，哽咽不能下。（《論衡・效力篇》）

1.6.2　「吞咽」語義場各詞項的差異

1.6.2.1　上古前期

在我們所測查的上古文獻中，「吞咽」語義場在上古前期未出現文獻用例。

1.6.2.2　上古中期

上古中期，「吞咽」語義場有2個成員：吞、咽。

「吞」在上古中期共出現 7 次，均表示「食物經過咽頭進入食道」的動作。吞咽的主體可以是動物（例 1、2、6），也可以是人（例 3）；「吞」的對象廣泛，既可以是一般意義上的食物，如魚吞進的鉤上的誘餌（例 2），蛇吞食的「象」（例 6）等；也可以是本不屬食物，但是被主體當成食物吞入體內的「食物」，如舟（例 1）等；還包括特定目的下進入人體內的「蛭」（例 3）等。對於上古中期出現的 6 個例句，從其所吞咽的對象來看，特別是從上下文句意來看，「吞」一般指不經過咀嚼，整個兒、整塊地將食物吞進體內的動作。在組合屬性上，「吞」一般作謂語，且前有主語，後有賓語。

（6）一蛇吞象，厥大何如？（《楚辭・卷三》）

「咽」在上古中期共出現 4 次，指「借助咽頭、將食物送入體內」的動作。除了上文中引用的例4、5之外，還有以下2例。值得注意的是，例7中「咽」的對象爲液體飲料：

（7）口必甘味，和精端容，將之以神氣，百節虞歡，咸進受氣。飲必小咽，端直無戾。（《呂氏春秋・季春紀・盡數》）

（8）昔趙宣孟子將上之絳，見翳桑之下有餓人臥不能起者，宣孟止車，爲之下食，蠲而餔之，再咽而後能視。（《呂氏春秋・慎大覽・下賢》）

經過考察發現，「咽」的主體多爲人，僅有 1 例中主體爲動物。吞咽的對象一般是眞正意義上的食物，如李（例 4）、人（例 5）、飲料（例 7）、泛義食物（例 8）等。聯繫上下文語境，我們認爲，對於固體食物而言，主體在將其「咽」入食道之前，一般隱含了對食物進行咀嚼的行爲。在組合屬性上，「咽」均充當謂語，主語可以出現（例 5），也可以不出現（例 4）；賓語可以出現（例 5），也可以不出現（例 7）；「咽」還可以受數量詞（例 4 中的「三」、例 8 中的「再」）、程度副詞（例 7 中的「小」）、否定副詞（例 5 中的「未」）等修飾。

由以上分析可知，在語義屬性上，「吞」「咽」兩詞由於具有共同的類義徵「飲食動作」、共同的表義徵「經過器官咽頭」而構成「吞咽」語義場。而其在方式、對象上的不同又讓它們各施其職，共處於「吞咽」語義場中。具體體現在：

第一，語義屬性方面，在方式上，「吞」表現爲「不咀嚼」「整個地、整塊兒地」吞入體內，而「咽」往往表現爲將食物「經過咀嚼」後吞入體內（液體食物除外）；在對象上，「咽」下的都是充饑的食物，固體、液體食物進入食道都可以用「咽」。而「『吞』所側重的則是進入體內，與從體內湧出的『吐』相對，所以所『吞』的對象不限於食物，更不限於咀嚼過的食物」，〔註39〕且對象均爲固體食物。所以，除了食物，指其它物體進入體內的動作也可以用「吞」。

第二，組合屬性方面，兩詞的不同主要表現在外部組合的語法關係上。「吞」的主語、賓語均出現，不受狀語修飾，而「咽」的主語、賓語均或隱或現，且可受數量詞、程度副詞、否定副詞等修飾，用法稍比「吞」活躍。

最後，使用屬性方面，兩詞項的使用頻率不同，「吞」出現 6 次，「咽」出現 4 次，使用數量差異不大。

中期「吞咽」語義場詞項屬性分析情況見表 19。

〔註39〕 王鳳陽《古辭辨》，長春：吉林文史出版社，1993 年，752～753 頁。

表 19　中期「吞咽」語義場詞項屬性分析表

屬性 ＼ 詞項			吞	咽
語義屬性	類義徵		飲食動作	
	表義徵	方　式	經過咽頭送入體內	
		主　體	人、動物	人、動物
		器　官	咽頭	咽頭
		對　象	固體食物	一切食物
		目　的	完成飲食動作	完成飲食動作
組合屬性	內部組合	音　節	單音節	單音節
		結　構	單純詞	單純詞
	外部組合	語法功能	作謂語	作謂語
		語法關係 主語	＋	＋－
		語法關係 賓語	＋	＋－
		語法關係 狀語	－	＋
使用屬性	頻　率		7	4

　　總之，「吞」、「咽」在語義屬性上有同有異、互相補充；在語法屬性上「咽」比「吞」稍顯活潑；在使用頻率上差別不大。兩詞項語義功能呈互補分佈，共同完成「吞咽」語義場的表達需要。

1.6.2.3　上古後期

　　上古後期，「吞咽」語義場成員有 2 個：吞、咽＼嚥。

　　吞，上古後期共出現 85 例。「吞」表示「借助咽喉，主體將外物作為食物送入體內」的動作。主體可以是人（例 3），也可以是動物，如魚（例 2）；「吞」的對象廣泛，既可以是一般意義上的食物，如人吞食的藥丸（例 10），人吞進的薏苡（例 9）等；也可以是本不屬食物，但是被主體當成食物吞入體內的「食物」，如舟（例 1）等；還包括特定目的下人吞入的蛭（例 3）、「炭」（例 11）等。考察上古後期出現的 85 個例句，從其所吞咽的對象來看，特別是從上下文句意來看，「吞」一般指不經過咀嚼，整個兒地、整塊地將食物吞進體內的動作。在組合屬性上，「吞」均在句子中充當謂語，前有主語，後有賓語。主語、賓語隱含的僅發現一例（例 12）。具體文獻用例見下。

　　（9）嬉於砥山得薏苡而吞之，意若為人所感，因而妊孕，剖脅而

崖高密。（《吳越春秋・越王無余外傳》）

（10）人中於寒，飲藥行解，所苦稍衰；轉爲溫疾，吞發汗之丸而應愈。（《論衡・寒溫篇》）

（11）今吾殺智伯，乃漆身爲癩，吞炭爲啞，欲殺寡人，何與先行異也？（《説苑・卷六》）

（12）大夫曰：「文學言行雖有伯夷之廉，不及柳下惠之貞，不過高瞻下視，潔言污行，觴酒豆肉，遷延相讓，辭小取大，雞廉狼吞。」（《鹽鐵論・褒賢》）

咽＼嚥，上古後期共出現 26 例，其中「嚥」11 例。

考察發現，「咽」的主體多爲人，僅有 1 例主體爲魚類（例 5）。吞咽的對象一般是眞正意義上的食物，如雪與旃毛（例 14）、李（例 15）、水（例 16）、藥物（例 18）等。聯繫上下文語境，我們認爲，主體在進行動作「咽」之前，一般隱含了對食物進行咀嚼的行爲（液體食物除外，如例 17）。在組合屬性上，「咽」均充當謂語，主語可以出現，也可以不出現；賓語可以出現，也可以不出現；「咽」還可以受數量詞（例 4 中的「三」）、程度副詞（例 18 中的「少少」）等修飾。具體文獻用例見下。

（13）周鼎著饕餮，有首無身，食人未咽，害及其身，以言報更也。爲不善亦然。（《呂氏春秋・先識覽》）

（14）單于愈益欲降之，乃幽武置大窖中，絕不飲食。天雨雪，武臥齧雪與旃毛并咽之，數日不死。（《漢書・李廣蘇建傳》）

（15）陳仲子豈不誠廉士乎？居於於陵，三日不食，耳無聞、目無見也。井上有李，螬食實者過半，扶服往，將食之。三咽，然後耳有聞，目有見也。（《論衡・刺孟篇》）

（16）夫氣謂何氣也？如謂陰陽之氣，陰陽之氣，不能飽人，人或嚥氣，氣滿腹脹，不能饜飽。如謂百藥之氣，人或服藥，食一合屑，吞數十丸，藥力烈盛，胸中憒毒，不能飽人。（《論衡・道虛篇》）

（17）病人胸滿唇痿，舌青口燥，但欲嗽水不欲嚥，無寒熱脈微大來遲腹，不滿其人言，我滿爲有瘀血病者，如有熱狀煩滿，

口乾燥而渴，其脈反無熱，此爲陰伏，是瘀血也，當下之。（《金匱要略》）

（18）半夏、桂枝、甘草，巳上三味，各別搗篩，巳合治之白飲和服方寸匕，日三服，若不能散服者，以水一升煎，七沸，内散兩方寸匕，更煎，三沸，下火，令小冷，少少嚥之，少陰病下，利白通湯主之。（《傷寒論·半夏散及湯方》）

從上面的分析可以看出，在語義屬性上，「吞」「咽」有同有異。具體表現爲，兩詞由於具有共同的類義徵「飲食動作」、共同的表義徵「經過咽頭送入體内」而構成「吞咽」語義場。而其在方式、對象上又存在明顯的不同。具體體現在：

首先，語義屬性方面，在食物進入體内之前對食物的處理方法不同。「吞」表現爲「不通過咀嚼」「整個地、整塊兒地」吞入體内。而「咽」往往表現爲將食物「經過咀嚼」後吞入體内，是飲食過程的一個環節，「吞」「咽」的這種區別在例（13）中體現得淋漓盡致。在對象上，「咽」下的都是充饑的食物，故固體食物和液體食物都能用「咽」。而「吞」則不同，除了食物，指稱其它物體進入體内的動作也可以用「吞」，且多爲固體食物。

其次，組合屬性方面，兩詞項的不同主要表現在外部組合的語法關係上。具體表現爲，「吞」的主語、賓語均出現，不受狀語修飾，而「咽」的主語、賓語均或隱或現，且可受數量詞、程度副詞等修飾，用法稍比「吞」活躍。

最後，使用屬性方面，兩詞項的使用頻率不同。「吞」出現 85 次，「咽」出現 26 次，數量上差別較大。

上古後期「吞」、「咽＼嚥」的詞項屬性分析見表 20。

表 20　後期「吞咽」語義場詞項屬性分析表

屬　性		詞　項	吞	咽＼嚥
語義屬性		類義徵	飲食動作	
	表義徵	方　式	經過咽頭送入體内	
		主　體	人、動物	人、動物
		器　官	經過咽頭	經過咽頭
		對　象	固體食物	一切食物
		目　的	完成飲食過程	完成飲食過程

組合屬性	內部組合	音　節		單音節	單音節
		結　構		單純詞	單純詞
	外部組合	語法功能		作謂語	作謂語
		語法關係	主語	＋	＋－
			賓語	＋	＋－
			狀語	－	＋
使用屬性		頻　率		85	26

總之，後期「吞咽」語義場成員共出現 111 例：「吞」85 例，「咽＼嚥」 26 例。兩詞項語義功能互相補充，共同完成「吞咽」語義場的表達任務。

1.6.3　「吞咽」語義場各詞項的演變

1.6.3.1　詞項數量的變化

上古前期，「吞咽」語義場未出現成員。

上古中期，該語義場開始出現成員，共有 2 個：吞、咽。這兩個詞項的出現與人們表意精確化、生動化的要求有關。經過測查，上古前期早就存在表示飲食固體食物的動詞：「餐」、「飯」、「食」等，毋庸置疑，這些詞的意義中都包含了對食物進行吞咽的動作，因為它們表示的是一個線性飲食動作，本身就包括將食物啃咬、咀嚼、吞咽的全過程。但是，當人們需要表達並生動地描述某一特定的吞咽動作時，「吞」「咽」便應運而生了。以下諸例中的「吞」、「咽」都不是「餐」「飯」「食」等可以替代的：

（a）周鼎著饕餮，有首無身，食人未咽，害及其身，以言報更也。 為不善亦然。（《呂氏春秋・先識覽》）

（b）匡章曰：「陳仲子豈不誠廉士哉？居於陵，三日不食，耳無聞，目無見也。井上有李，螬食實者過半矣，匍匐往，將食之，三咽，然後耳有聞，目有見。」（《孟子・滕文公下》）

（c）江海之魚吞舟，大國之樹必巨，使何怪焉！（《說苑・卷十二》）

（d）大之伐小，強之伐弱，猶大魚之吞小魚也，若虎之食豚也，惡有其不得理？（《說苑・卷十五》）

　　a、b 兩例中的「咽」都是用來表示「食物經過咽頭進入食道」的動作，是完成飲食動作的最後一個環節，不能用其它飲食類動詞代替。而 c、d 兩例表達的分別是江海中的大魚吞吃船隻、大魚吃小魚的情景，這種情景只有「吞」才能淋漓盡致地表現出來，如果改成「食、咽」等飲食類動詞，是無法達到這種藝術表現力的。總之，「吞」「咽」的出現符合當時人們對這種表現的需求，這樣詞彙體系中就順理成章地產生了「吞咽」語義場，且其一直在「飲食」語義場中佔有一席之地。

　　上古後期「吞咽」的成員數量沒有變化，仍是上古中期出現的 2 個：「吞」「咽」，只是「咽」多出了一個詞形「嚥」，兩者在表達「吞咽」義上音同義同，後來，「嚥」的簡化字又歸併為「咽」，而「咽」主要用來表示名詞咽喉義，「吞咽」義主要由「吞」來表示，「嚥」成為分化不成功的分化字。

1.6.3.2　詞項屬性及其相互關係的演變

　　鑑於上古前期未出現表示「吞咽」義的詞項，還不存在「吞咽」語義場，所以在下文中，我們將重點考察同時存在於上古中期、上古後期的「吞」、「咽＼嚥」兩詞項的演變，並考察其詞項屬性的變化引起的語義場內兩者關係的變化。

　　「吞」最早出現於上古中期，表示「借助咽喉，主體將外物作為食物送入體內」的動作，與上古後期相比，兩者在語義屬性、語法屬性上均無太大變化。具體來說，兩個時期的「吞」在吞咽主體（人和動物）、吞咽對象（對象廣泛，包括食物、被當成食物吞咽的非食物）、器官、目的、方式等方面都表現出一致性。從其所吞咽的對象來看，特別是從上下文句意來看，「吞」一般指不經過咀嚼，整個兒地、整塊地將食物吞進體內的動作。在組合屬性上，「吞」均在句子中充當謂語，前有主語，後有賓語。主語、賓語隱含的僅是極少數。「吞」在上古後期的變化主要體現在使用屬性上，「吞」的使用頻率由上古中期的 63.6%上陞成上古後期的 76.6%。可見，在上古「吞咽」語義場中，「吞」佔據了絕對優勢，牢固樹立了「吞咽」語義場主導詞的地位。

　　「咽＼嚥」最早出現於上古中期，到上古後期，其詞項屬性要素變化不大，最根本的語義屬性、組合屬性都無變化，變化主要表現在「咽＼嚥」在上古後期整場中的使用頻率上：由上古後期的 36.4%下降為上古中期的

23.4%，使用頻率下降了不少。由此也可以看出「咽＼嚥」在「吞咽」語義場中地位的下降。這與「咽」本身表義的不確定性有關，也與人們追求表義明確性的要求有關。《說文》：「咽，嗌也。從口，因聲。」段玉裁注：「咽者，因也。言食因於是以上下也。」《釋名‧釋形體》「咽，咽物也。」王先謙疏證補：「因食物由咽入，故吞物亦謂之咽。」可見，「咽」本指咽喉，即消化和呼吸的通道，爲名詞。「咽」用來表示「飲食過程中食物類物品進入食道」的動作，是由名詞「咽」引申而來的。同一個詞形「咽」表達了名動兩義，這不利於表義的明晰與確定，也不利於人們的理解。雖然在上古後期，「後世以咽爲喉嚨專稱，故別造嚥字爲吞物之名。」〔註40〕也就是說，爲了解決「咽」一詞兼兩義的表義不明確性，上古後期時人們別造了「嚥」來分擔「咽」的「吞咽」動詞義，「咽」主要用來表達「咽喉」名詞義，但「吞咽」語義場中還有「吞」能表示「將食物送入體內」的動作，加上「吞」在語義、語法上的優勢，「嚥」最終沒能分化成功，「吞」成爲「吞咽」語義場的絕對主導詞。這應該是「吞」「咽＼嚥」在上古後期使用數量出現變化的主要原因。

〔小結〕

綜上所述，上古「吞咽」語義場共有 2 個詞項：「吞」、「咽＼嚥」。「吞」在該語義場中所佔比例一直較高，特別是在上古後期體現出成爲「吞咽」語義場主導詞的絕對優勢。直到今天，在現代方言和口語中，「吞」仍是表達「吞咽」意義的主導詞。

該語義場成員在語義屬性（類義徵、表義徵）、組合屬性（內部組合、外部組合）、使用屬性方面既存在共同屬性，又存在區別性屬性：「吞」「咽」均指將食物送入食道的動作。但「吞」多用來形容一種進食的方式——不咀嚼，直接吞入食道；「咽」則多用來表示飲食活動的最後一道環節，側重將咀嚼過的食物送入食道的動作（液體則不經過咀嚼直接送入食道）。通過分析比較它們在上古時期的使用情況，發現其成員在中期和後期存在此消彼長等變化情況：某一成員發生變化，其它成員會隨之作出相應的調整，使該語義場達到一種新的平衡。

上古「吞咽」語義場成員詞頻統計見表 21。

〔註40〕見王先謙《釋名疏證補》。

表21　上古「吞咽」語義場成員詞頻統計表

文　獻	詞　項	吞	咽＼嚥
中期（11）	上博簡	1	
	孟子		1
	莊子	1	
	呂氏春秋	2	3
	韓非子	1	
	楚辭	2	
	總計	7	4
	比例	63.6%	36.4%
後期（111）	居延漢簡	1	
	武威醫簡	1	5
	馬王堆帛書		2
	新書	3	
	淮南子	5	1
	春秋繁露	1	
	史記	8	
	鹽鐵論	2	1
	列女傳	2	
	新序	2	
	說苑	6	1
	吳越春秋	1	
	漢書	5	2
	論衡	29	6
	潛夫論	4	
	楚辭章句	5	
	傷寒論	3	4
	金匱要略論注	3	4
	列子	2	
	戰國策	2	
	總計	85	26
	比例	76.6%	23.4%

1.7　「含銜」語義場

1.7.1　「含銜」語義場各詞項的共同語義特徵

上古「含銜」語義場共有 3 個詞項：「含」、「銜 \ 嗛」、「噆」。它們具有共同的語義屬性，都用來表示「將食物含在嘴裏不吞下也不吐出」的動作，所以構成了「含銜」語義場。

【含】

《說文・口部》：「含，嗛也。從口，今聲。」《釋名・釋飲食》：「含，合也，合口亭之也。銜亦然也。」王先謙《釋名書證》：「蘇輿曰：『亭與停同。』本書《釋宮室》：『亭，停也。』《釋言語》：『停，定也。』含物必合口，故云。《說文》：『含，嗛也。從口，今聲。』含、合聲轉。」

（1）夫赫胥氏之時，民居不知所爲，行不知所之，含哺而熙，鼓腹而遊，民能以此矣。（《莊子・外篇・馬蹄》）

【銜 \ 嗛】

《說文・口部》：「嗛，口有所銜也。從口，兼聲。」王筠《說文句讀》：「銜乃馬口所嗛之物，且與『嗛』同音，故以況之，今借『銜』爲『嗛』。」《釋名・釋車》：「銜，在口中之言也。」《正字通・金部》：「凡口含物曰銜。」總之，「嗛」、「銜」二字通假，都有「嘴裏含著東西」義，用例如下：

（2）心憂恐則口銜芻豢而不知其味，耳聽鐘鼓而不知其聲，目視黼黻而不知其狀，輕暖平簟而體不知其安。（《荀子・正名》）

（3）晏子入門，三讓，升階，用三獻焉，嗛酒嘗膳，再拜，告饜而出。（《晏子春秋・景公飲酒命晏子去禮晏子諫》）

【噆】

《說文・舌部》：「噆，嗛也。從口，朁聲。」段玉裁注：「玄應引作『銜也』。嗛、銜音義同。」玄應《一切經音義》卷十七、卷二十引《說文》皆作「噆，銜也。」

（4）今夫赤螭青蚪之遊冀州也，天清隆定，毒獸不作，飛鳥不

駭，入榛薄食薦梅，嚼味含甘，步不出頃畝之區，而蛇鱔

輕之，以爲不能與之爭於江海之中。(《淮南子・覽冥訓》)

——高誘注：「嚼味，長美也。」林銀生等（1993：32）指出：「『嚼』與

『含』對舉，說明『嚼』與『含』意思相同。嘴裏含著美味，自然就

有『長美』的感覺。」

1.7.2 「含銜」語義場各詞項的差異

1.7.2.1 上古前期

在我們所測查的上古文獻中，「含銜」語義場在上古前期未出現文獻用

例。

1.7.2.2 上古中期

上古中期，「含銜」語義場有 2 個成員：含、銜＼噭。

「含」在上古中期共出現 3 次。除了例 1，還有例 5、例 6：

（5）故夫握而不見於手，含而不見於口，而辟千金者，珠也；然

後，八千里之吳越可得而朝也。(《管子・輕重甲》)

（6）城陽大夫，嬖寵被綈綌，鵝鶩含餘秫，齊鐘鼓之聲，吹笙篪，

同姓不入，伯叔父母遠近兄弟皆寒而不得衣，饑而不得食。

(《管子・輕重丁》)

從文獻用例分析，「含」表示「將食物放在口中不吞下也不吐出」的動

作。「含」的主體可以是人（例 1、例 5），也可以是動物（例 6 中的「鵝鶩」）；

「含」的對象爲固體食物。「含」在句中充當謂語，主語或隱或現，賓語亦

或隱或現。

「銜＼噭」在上古中期出現 2 次，即前引例 2、例 3。「銜＼噭」亦表示

「將食物放在口中不吞下也不吐出」的動作。「銜＼噭」主體爲人，對象可以

是固體食物（如例 2 中的「芻豢」），也可以是液體食物（如例 3 中的「酒」）。

「銜＼噭」在句中充當謂語，主語或隱或現，其後均出現賓語。

由以上分析可知，在語義屬性上，「含」「銜＼噭」兩詞項由於具有共同的

類義徵「飲食動作」、共同的方式「將食物留在口中不吞下也不吐出」而構成「含

衜」語義場。從兩詞項的使用頻率來看，「含」出現 3 次，「銜＼嗛」出現 2 次，差別不大。區別主要體現在語義屬性、組合屬性兩個方面：

第一，語義屬性方面，兩詞項的區別體現在飲食對象上，「含」的對象均為固體食物，「銜＼嗛」的對象既包括固體，也包括液體。此外，「含」具有將食物放在嘴裏且不使其外露的語義特徵（如例 5、例 6），而「銜＼嗛」則不強調這個特徵。

第二，組合屬性方面，兩詞項的不同主要體現在賓語是否要求強制性出現上。從文獻用例來看，「含」的賓語可隱可現，「銜＼嗛」的賓語則均出現。

中期「含銜」語義場詞項屬性分析情況見表 22。

表 22　中期「含銜」語義場詞項屬性分析表

屬性＼詞項			含	銜＼嗛
語義屬性		類義徵	飲食動作	
	表義徵	方　式	留在口中不吞不吐	
		主　體	人、鵝鶩	人
		器　官	口腔	口腔
		對　象	固體食物	任何食物
		目　的	－	－
組合屬性	內部組合	音　節	單音節	單音節
		結　構	單純詞	單純詞
	外部組合	語法功能	作謂語	作謂語
		語法關係　主語	＋－	＋－
		賓語	＋－	＋
使用屬性		頻　率	3	2

總之，「含」、「銜＼嗛」在語義屬性上有同有異、互相補充；語法屬性上「含」比「銜＼嗛」稍顯活潑；使用頻率上兩詞差別不大。兩詞詞項屬性不相伯仲，共同完成「含銜」語義場的表達需要。

1.7.2.3　上古後期

上古後期，「含銜」語義場成員有 3 個：含、銜＼嗛、嚼。

「含」在上古後期共出現 11 例，如：

（7）夫荷旃被毳者，難與道純綿之麗密；羹藜含糗者，不足與論太牢之滋味。（《漢書・嚴朱吾丘主父徐》）

（8）富者木土被文錦，犬馬餘肉粟，而貧者短褐不完，含菽飲水。（《漢書・貨殖傳》）

文獻用例分析可知，「含」表示「將食物放在口中不吞下也不吐出」的動作。「含」的主體可以是人（例7、例8），也可以是動物（例4中的「赤螭青虯」）；「含」的對象爲固體食物。「含」在句中充當謂語，主語或隱或現，賓語均出現。

「銜\嗛」在上古後期共出現6例，如：

（9）夫后稷不當棄，故牛馬不踐，鳥以羽翼覆愛其身；昆莫不當死，故鳥銜肉就而食之。（《論衡・吉驗篇》）

（10）夫僕與李陵俱居門下，素非相善也，趣舍異路，未嘗銜杯酒接殷勤之歡。（《漢書・司馬遷傳》）

「銜\嗛」亦表示「將食物放在口中不吞下也不吐出」的動作。「銜\嗛」主體可以是人（例10），也可以是鳥類（如例9中的「鳥」）。對象可以是固體食物（如例9中的「肉」），也可以是液體食物（如例10中的「酒」）。「銜\嗛」在句中充當謂語，主語、賓語均出現。

「嚼」在上古後期僅出現1例，即前引例4。「嚼」的主體爲動物「赤螭青虯」，在句中充當謂語，主語、賓語均出現。

由以上分析可知，在語義屬性上，「含」「銜\嗛」「嚼」三詞項由於具有共同的類義徵「飲食動作」、共同的方式「將食物留在口中不吞下也不吐出」而構成「含銜」語義場。三詞項的區別主要體現在語義屬性及使用屬性上：

第一，語義屬性方面，三詞項的含銜主體、含銜對象不同。「含」、「銜\嗛」的主體可以是人，也可以是動物；「嚼」的主體爲動物。「含」「嚼」的對象爲可食之物，一般不包括液體；「銜\嗛」的對象除了一般固體食物，還包括液體「酒」。

第二，使用屬性方面，三詞項的使用頻率顯示出差異。「含」的使用頻率（11次）高於「銜\嗛」、「嚼」。「嚼」僅在上古時期出現1次，當屬「含銜」語義場的邊緣成員。

上古後期「含銜」語義場詞項屬性分析見表 23。

表 23　後期「含銜」語義場詞項屬性分析表

屬　性　＼　詞　項			含	銜＼嗛	噆
語義屬性	類義徵		飲食動作		
	表義徵	方　式	留在口中不吞不吐		
		主　體	人、動物（龍）	人、動物（鳥）	動物（龍）
		器　官	口腔	口腔	口腔
		對　象	固體食物	任何食物	任何食物
		目　的	－	－	－
組合屬性	內部組合	音　節	單音節	單音節	單音節
		結　構	單純詞	單純詞	單純詞
	外部組合	語法功能	作謂語	作謂語	作謂語
		語法關係　主語	＋	＋	＋
		賓語	＋	＋	＋
使用屬性	頻　率		11	6	1

總之，後期「含銜」語義場三成員在語義屬性上有同有異，共同完成「含銜」語義場的表達任務。相對於僅出現一次的「噆」而言，「含」「銜＼嗛」在使用頻率和義域上均具有優勢，是「含銜」語義場的主要成員。

1.7.3　「含銜」語義場各詞項的演變

1.7.3.1　詞項數量的變化

上古前期，「含銜」語義場未出現成員。

上古中期，該語義場開始出現成員，共有 2 個：含、銜＼嗛。本文認為，這兩個詞項是為了滿足人們表意的新需求而出現的。當人們需要表達「將食物留在口腔不咽下也不吐出」的動作時，「含」「銜＼嗛」便應運而生了。

上古後期「含銜」語義場出現 3 個成員，除了上古中期的「含」、「銜＼嗛」，新產生了詞項「噆」。

1.7.3.2　詞項屬性及其相互關係的演變

鑒於上古前期未出現表示「含銜」義的詞項，還不存在「含銜」語義場，

所以在下文中，我們將重點考察同時存在於上古中期、上古後期的「含」、「銜╲嗛」兩詞項的演變，並考察其詞項屬性的變化引起的語義場內兩者關係的變化。

「含」最早出現於上古中期，表示「飲食過程中食物留在口中」的動作，與上古後期相比，「含」在主體（人和動物）、對象（固體食物）、器官（口腔）、方式（不吞不吐）等方面都表現出一致性。「含」在上古後期的變化主要體現在使用頻率上，其使用頻率由上古中期的 60%上陞成上古後期的 61.1%。可見，在上古「含銜」語義場中，「含」無疑是「含銜」語義場的主導詞。

「銜╲嗛」最早出現於上古中期，到上古後期，其詞項屬性的變化主要體現在「含銜」主體及使用頻率上。上古中期，「銜╲嗛」的主體為人，上古後期，「銜╲嗛」的主體還可以是動物，義域有所擴大。另一方面，「銜╲嗛」在「含銜」語義場中的使用頻率比率從上古中期的 40%變成上古後期的 33.3%，使用頻率有所下降。

〔小結〕

綜上所述，上古「含銜」語義場共有 3 個詞項：「含」、「銜╲嗛」、「嚼」。「含」在該語義場中所佔比例一直較高，特別是在上古後期體現出成為「含銜」語義場主導詞的優勢。直到今天，在現代方言和口語中，「含」仍是表達「含銜」義的主導詞。

上古「含銜」語義場成員詞頻統計見表 24。

表 24　上古「含銜」概念場成員詞頻統計表

文　獻 ＼ 詞　項		含	銜╲嗛	嚼
中期（6）	晏子春秋		1	
	莊子	1		
	荀子		1	
	管子	2		
	總計	4	2	
	比例	60%	40%	
後期（18）	淮南子	4		1
	春秋繁露		1	

史記	1	1	
列女傳	1		
說苑	1		
法言	1		
漢書	2	2	
論衡		2	
楚辭章句	1		
總計	11	6	1
比例	61.1%	33.3%	5.6%

1.8 「品嘗」語義場

1.8.1 「品嘗」語義場各詞項的共同語義特徵

上古「品嘗」語義場共有 4 個詞項：「嘗₁」、「味」、「嚌」、「啐」。它們具有共同的語義屬性，都用來表示「用舌頭品嘗辨別食物滋味」的動作，所以構成了「品嘗」語義場。

【嘗₁】

《說文・旨部》：「嘗，口味之也，從旨尙聲，市羊切。」「嘗」的本義即品嘗滋味。在我們選定的上古文獻中，用作「品嘗」義的「嘗」最早出現在《詩經》中：

（1）饁彼南畝，田畯至喜，攘其左右，嘗其旨否。（《詩經・小雅・甫田》）

（2）嘗一臠肉而知一鑊之味。（《淮南子・說林訓》）

【嚌】

《說文・口部》：「嚌，嘗也。從口齊聲。」用作「品嘗」義的「嚌」最早出現在《尚書》中，如：

（3）太保受同，祭嚌。（《尚書・顧命》）

——孔穎達疏：「禮之通例，啐入口，是嚌至於齒，示飲而實不飲也。」

（4）有乾肉，折俎嚌之。（《儀禮・士冠禮》）

——鄭玄注：「嚌，嘗之。」

【啐】

《說文・口部》：「啐，小歠也。從口，率聲。」桂馥《說文解字義證》：「經典借啐字。」《廣雅・釋詁三》：「啐，嘗也。」《集韻・隊韻》：「啐，少飲酒也。」上古時期用作「品嘗」義的「啐」最早出現在《儀禮》中，如：

（5）祭如賓禮，不嚌肺，不啐酒，不告旨，西階上卒爵，拜。

（《儀禮・鄉射禮》）

（6）尸祭之，祭酒，啐酒，告旨。（《武威醫簡・甲本特牲（一）》）

【味】

《說文・口部》：「味，滋味也。」可見，「味」的本義是名詞「滋味」，用爲「品嘗辨別滋味」是其引申用法。用作「品嘗」義的「味」最早出現在《墨子》中，如：

（7）大國累百器，小國累十器，前方丈，目不能遍視，手不能遍操，口不能遍味。（《墨子・辭過》）

（8）及至建律曆，別五色，異清濁，味甘苦，則樸散而爲器矣。

（《淮南子・本經訓》）

1.8.2 「品嘗」語義場各詞項的差異

1.8.2.1 上古前期

上古前期，「品嘗」語義場共有 3 個成員：嘗₁、嚌、啐。

「嘗₁」在上古前期出現 12 次，表示「用舌頭品嘗辨別食物的滋味」。「嘗₁」的主體爲人，對象爲任何食物，如「酒」（例 9）、「鉶（用羊肉做的粥）」（例 10）或其它泛義食物（如例 1）。「嘗₁」在句中充當謂語，主語或隱或現，賓語均出現。

（9）祝左執爵，祭薦，奠爵，興，取肺，坐祭，嚌之，興；加於俎，祭酒，嘗之。（《儀禮・士虞禮》）

（10）主人拜，尸奠觶，答拜。祭鉶，嘗之，告旨。（《儀禮‧特牲
　　　饋食禮》）

「嚌」在上古前期共出現 44 次。「嚌」後所接對象可以是液體如酒（例
3），也可以是肝、肺、魚、臘肩等，「嚌」是完成祭祀禮儀時的動作。「嚌」
在句中充當謂語，主語出現，賓語或隱（例 3）或現。除了例 3，另如：

（11）祭如賓禮，不嚌肺，不啐酒，不告旨，自南方降席，北面坐。
　　　（《儀禮‧鄉飲酒禮》）

（12）上佐食舉尸一魚，尸受，振祭，嚌之。（《儀禮‧少牢饋食禮》）

「啐」在上古前期共出現 37 次，用例均來自《儀禮》中，「啐」的對象
均為酒醴類液體祭祀食物，在句中充當謂語，主語或隱或現，賓語均出現，
如：

（13）婦升席，左執觶，右祭脯醢，以柶祭醴三，降席，東面坐，
　　　啐醴，建柶，興，拜。（《儀禮‧士昏禮》）

（14）祭如賓禮，不嚌肺，不啐酒，不告旨，西階上卒爵，拜。（《儀
　　　禮‧鄉射禮》）

由上述分析可知，上古前期「嘗₁」、「嚌」、「啐」三詞項均表示「稍微吃
一點辨別滋味」的意思，它們的區別主要體現在語義屬性和使用屬性上。

首先，語義屬性方面，三詞項的區別體現在飲食對象上。「嘗₁」的對象為
一切可食之物，既包括固體食物，也包括液體食物。「嚌」「啐」雖均屬於特定
禮儀動作，但在所接對象上又表現出差異，「嚌」後所接對象包括固體和液體食
物，「啐」後所接對象則為酒醴類液體食物。

其次，使用屬性方面，三詞項的使用頻率不同。「嘗₁」出現 12 次，「嚌」
出現 43 次，「啐」出現 37 次。從數量來說，「嚌」、「啐」的使用頻率高於「嘗₁」，
但「嚌」「啐」的例證幾乎全來自《儀禮》。〔註41〕考察發現，它們是專用於祭祀
儀式時的禮儀性動作，從動詞義域的普適性來看，「嘗₁」是上古前期「品嘗」語
義場的核心詞。

上古前期「品嘗」語義場詞項屬性分析見表25。

〔註41〕只有一例「嚌」的用例出現在《尚書》中，見例1。

表 25　前期「品嘗」語義場詞項屬性分析表

屬性 ＼ 詞項			嘗₁	嚌	啐
語義屬性	類義徵		飲食動作		
	表義徵	方　式	品味、感覺		
		主　體	人	人	人
		對　象	任何食物	任何食物	酒醴類流食
		器　官	舌頭	舌頭	舌頭
		目　的	品嘗辨別	品嘗辨別	品嘗辨別
組合屬性	內部組合	音　節	單音節	單音節	單音節
		結　構	單純詞	單純詞	單純詞
	外部組合	語法功能	作謂語	作謂語	作謂語
		語法關係　主語	＋－	＋	＋－
		語法關係　賓語	＋	＋－	＋
使用屬性	頻率		12	44	37

　　總之，前期「品嘗」語義場共出現 93 例：「嘗₁」12 例，「嚌」44 例，「啐」37 例。「嚌」「啐」是上古時期禮儀性動作，具有特定的存在價值。「嘗₁」義域最大，爲主導詞。

1.8.2.2　上古中期

　　上古中期，「品嘗」語義場有 4 個成員：嘗₁、嚌、啐、味。

　　「嘗₁」在上古中期出現 11 次，表示「用舌頭品嘗辨別食物的滋味」。「嘗₁」的主體爲人，品嘗的對象除了日常食物（例 2、15），還包括藥（例 16）。「嘗₁」在句中充當謂語，主語或隱或現，賓語均出現。

　　（15）及上飲食，必令人嘗，若非請也，擊而請故。（《墨子·號令》）

　　（16）許世子不知嘗藥，累及許君也。（《春秋穀梁傳·昭公十九年》）

　　「嚌」在上古中期共出現 2 次，均出現在《禮記》中：

　　（17）嚌肺，嘗禮也。啐酒，成禮也。（《禮記·鄉飲酒義》）

　　（18）自諸侯達諸士，小祥之祭，主人之酢也，嚌之；眾賓兄弟，
　　　　　則皆啐之。（《禮記·雜記下》）

　　——鄭玄注：「嚌，啐，皆嘗也。嚌至齒，啐入口。」

可見，「嚌」的對象爲日常食物，既包括固體食物（例 17 中的「肺」），也包括液體食物（例 18 中的「酒」），仍是一種禮儀行爲，在句中充當謂語，主語或隱或現，賓語皆出現。

「啐」在上古中期共出現 3 次，均出現在《禮記》中：

（19）自諸侯達諸士，小祥之祭，主人之酢也，嚌之；眾賓兄弟，則皆啐之。（《禮記・雜記下》）

（20）大祥，主人啐之，眾賓兄弟皆飲之，可也。（《禮記・雜記下》）

（21）祭薦，祭酒，敬禮也；嚌肺，嘗禮也；啐酒，成禮也。（《禮記・鄉飲酒義》）

——孔穎達疏：「啐，謂飲主人酒而入口，成主人之禮。」

可見，與「嚌」一樣，「啐」也是一種禮儀行爲，其對象爲「酒」。在句中充當謂語，主語或隱或現，賓語皆出現，能受副詞「皆」修飾。

「味」是上古中期新增加的成員，共出現 19 次。「味」後所接食物爲日常食物，表面看來似乎與「嘗₁」用於日常食物的用法相同。但語料測查和分析的結果顯示，「嘗₁」後所接食物對象一般爲具體食物的名稱，如「膳」、「酒」、「藥」等，而「味」後或者不接食物對象，或者所接對象是品嘗後的結果「甘、苦」，「味」在句中作謂語，主語或隱或現，賓語亦或隱或現，還可受否定詞「不」修飾。

（22）魂乎歸來！樂不可言只。五穀六仞，設菰粱只。鼎臑盈望，和致芳只。內鶬鴿鵠，味豺羹只。（《楚辭・大招》）

（23）故行不知所往，處不知所持，食不知所味。（《莊子・外篇・知北遊》）

（24）黼衣、黻裳者不茹葷，非口不能味也，服使然也。（《荀子・哀公》）

（25）及至建律曆，別五色，異清濁，味甘苦，則樸散而爲器矣。（《管子・幼官》）

從上面的分析可知，上古前期繼承下來的「嘗₁」「嚌」「啐」都繼承了上古前期的用法。「嘗₁」仍是義域最廣的，其後接對象包括了一切食物形態，

還包括「藥」。「嚌」後所接食物為泛義食物，「啐」的後接對象仍是酒水類液體祭祀食物，且「嚌」、「啐」均為禮儀性動作。從使用頻率來看，「嘗₁」、「嚌」、「啐」、「味」四者在上古中期的使用頻率比例為 11：2：3：19，「味」是該時期「品嘗」語義場的主導詞。

中期「品嘗」語義場詞項屬性分析情況見表 26。

表 26　中期「品嘗」語義場詞項屬性分析表

屬　性　＼　詞　項				嘗₁	味	嚌	啐
語義屬性	類義徵			飲食動作			
	表義徵	方　式		品味、感覺			
		主　體		人	人	人	人
		對　象		一切食物	一切食物	一切食物	酒醴類流食
		器　官		舌頭	舌頭	舌頭	舌頭
		目　的		品嘗辨別	品嘗辨別	品嘗辨別	品嘗辨別
組合屬性	內部組合	音　節		單音節	單音節	單音節	單音節
		結　構		單純詞	單純詞	單純詞	單純詞
	外部組合	語法功能		作謂語	作謂語	作謂語	作謂語
		語法關係	主　語	＋－	＋－	＋－	＋－
			賓　語	＋	＋－	＋	＋
			修飾詞		＋		＋
使用屬性	頻　率			11	19	2	3

總之，中期「品嘗」語義場成員共出現 36 例：「嘗₁」11 例，「嚌」2 例，「啐」3 例，「味」19 例。可見，「味」的使用頻率最高，所佔比例也最高（55.6%），為上古中期該語義場的主導詞。

1.8.2.3　上古後期

上古後期，「品嘗」語義場共有 4 個成員：嘗₁、嚌、啐、味。

「嘗₁」在上古後期出現 33 次，表示「用舌頭品嘗辨別食物的滋味」。「嘗₁」的主體為人，對象可以是食物，也可以是藥物等（例 29）。此外，在文獻用例中還出現了用於抽象的「道」的比喻用法（例 28）。「嘗₁」在句中充當謂語，主語或隱或現，賓語均出現，還能受否定副詞「不」修飾（例 29）。

（26）嘗百草之滋味，水泉之甘苦，令民知所辟就。（《淮南子‧脩
務訓》）

（27）菑、澠之水合，易牙嘗而知之。（《淮南子‧道應訓》）

（28）道之有篇章形埒者，非至者也。嘗之而無味，視之而無形，
不可傳於人。（《淮南子‧繆稱訓》）

（29）醫進藥，太子勃不自嘗藥，又不宿留侍病。（《史記‧五宗世
家》）

「嚌」「啐」在上古後期分別出現 8 次、29 次，且均繼承了中期時的意義
和用法，均在句中充當謂語，「嚌」主語或隱或現，賓語或隱或現。「啐」主
語、賓語均出現。文獻用例如：

（30）大饗上玄尊而用薄酒，食先黍稷而飯稻粱，祭嚌先大羹而飽
庶羞，貴本而親用也。（《史記‧禮書》）

（31）佐食舉尸臘肩，尸受，振祭，嚌之。（《武威醫簡‧甲本少牢
（二）》）

（32）祝左執爵，取肝，擩於鹽，振祭，嚌之。（《武威醫簡‧甲本
特牲（一）》）

（33）尸祭之，祭酒，啐酒，告旨。（《武威醫簡‧甲本特牲（一）》）

「味」在上古後期共出現 12 次。除了例 8，他例見下。「味」繼承了中期
的用法，在句中充當謂語，主語、賓語均出現。

（34）故使人味食，然後食者，其得味也多；若使人味言，然後聞
言者，其得言也少。（《新書‧修政語下》）

（35）故有生者，有生生者；有形者，有形形者；有聲者，有聲聲
者；有色者，有色色者；有味者，有味味者。（《列子‧天瑞》）

上古後期，「嚌」「啐」的用例除了 1 例來自《史記》之外，全來自《武威醫
簡》中的《儀禮》。可見，同上古前期、中期一樣，「嚌」「啐」一直都是禮儀性
動作，其後接對象也與上古前期、中期相同。「嘗」「味」也繼承了前期的用法，
這體現了詞彙的繼承性和穩定性。「嘗」以絕對優勢繼續佔據主導詞位置。

「嘗」、「嚌」、「啐」、「味」四詞項詞項屬性分析見表 27。

表27　後期「品嘗」語義場詞項屬性分析表

詞項 屬性			嘗₁	味	嚌	啐
語義 屬性		類義徵	飲食動作			
	表義 徵	方　式	品味、感覺			
		主　體	人	人	人	人
		對　象	一切食物	一切食物	一切食物	酒醴類流食
		器　官	舌頭	舌頭	舌頭	舌頭
		目　的	品嘗辨別	品嘗辨別	品嘗辨別	品嘗辨別
組合 屬性	內部 組合	音　節	單音節	單音節	單音節	單音節
		結　構	單純詞	單純詞	單純詞	單純詞
	外部 組合	語法功能	作謂語	作謂語	作謂語	作謂語
		語法 關係 主語	＋－	＋	＋－	＋
		賓語	＋	＋	＋－	＋
		副詞不	＋			
使用屬性	頻率		33	12	8	29

　　總之，後期「品嘗」語義場成員共出現 82 例：「嘗₁」33 例，「嚌」8 例，「啐」29 例，「味」12 例。可見，「嘗₁」的使用頻率最高，所佔比例也最高（40.2%），爲上古後期該語義場的主導詞。

1.8.3　「品嘗」語義場各詞項的演變

1.8.3.1　詞項數量的變化

　　上古前期，「品嘗」語義場有 3 個成員：嘗₁、嚌、啐。

　　上古中期，「品嘗」語義場成員增加到 4 個：嘗₁、嚌、啐、味。其中「嘗₁」、「嚌」、「啐」是從前期繼承而來的，這體現了詞彙發展的累積律；「味」是上古後期新產生的。「味」的產生與「味」的詞義演變有關。上古中期時，「味」由本義「味道」引申出「品嘗辨別」的意思〔註42〕，這一義位的產生使「味」成爲「品嘗」語義場的一員。

　　上古後期，「品嘗」語義場的成員仍是中期的 4 個：嘗₁、味、嚌、啐。

〔註42〕詳參「2.2『味』」一節。

1.8.3.2 詞項屬性及其相互關係的演變

上古「品嘗」語義場的四個詞項中，「嘗」、「味」、「嚌」三詞項貫穿於上古三個時期，「啐」貫穿於上古中後期。以下我們將重點考察「嘗」、「嚌」、「啐」三詞項在上古三個時期的變化以及「味」在上古中期、上古後期的發展變化，並揭示其詞項屬性的變化引起的語義場內成員關係的變化。

「嚌」、「啐」貫穿於上古三個時期，其語義屬性、語法屬性變化均不大，均表示一種禮儀性動作，具有獨特語義價值，這是它們一直存在於「品嘗」語義場的原因。

「嘗」貫穿於上古三個時期，表示「品嘗辨別食物滋味」的意思。上古三個時期內「嘗」的變化表現為「嘗」義域的擴大，發展到上古後期，「嘗」的對象增加了「藥物」。其次，「嘗」的使用頻率發生了變化，三個時期的使用比率分別為 12.9%、30.5%、40.2%，可見，其使用頻率逐漸提高，在「品嘗」語義場中的主導詞地位日益得到鞏固。

「味」貫穿於上古中期、後期。「味」能成為「品嘗」語義場的新成員，一方面與「味」本身的詞義演變有密切關係。「味」由本義「味道」引申出「品嘗辨別」的意思是「味」加入「品嘗」語義場的直接原因。另一方面，也因為「語言社團中存在著『喜新厭舊』的心理強勢，追求語言表達上的新穎、新奇。」〔註43〕「味」的加入使語言表達更靈活。「味」的加入，使同處於「品嘗」語義場的「嘗」「嚌」「啐」地位發生變化。鑒於「嚌」「啐」主要表示一種禮儀性動作，此處僅探討「味」的加入引起的「嘗」的改變。

在上古中期和後期的使用頻率上，「味」的使用比率分別為 55.6%、14.6%，「味」的比例在減少。此外，從文獻測查結果來看，上古後期在表達「品嘗判別」意義時，往往用「嘗」來表示，「味」逐漸不被用來表示「品嘗」義。如《新語》、《新序》、《史記》、《呂氏春秋》、《漢書》中共出現「嘗」18 次，未出現「味」的「品嘗義」用例。可見，「味」有逐漸淡出「品嘗」語義場的趨勢。這一方面是「嘗」主導詞的優勢地位所導致的，另一方面也與「味」的詞義系統有關。解海江認為，一個多義詞也是一個最小子場，其中的幾個義位由一個或兩個以上的共性義素聯繫著，形成一個詞位內部的語義結構。語義結構中

〔註43〕見李雲雲《漢語下肢語義場的歷史演變》，載《綿陽師範學院學報》，2004（1）。

義位的地位是不平等的，有中心的、典型的義項和邊緣義項之分。〔註 44〕上古後期，「味」具有四個義位，其中「味道」義位占 74.7%，「菜肴」義位占 17.4%，「研究、體會」義位占 3.4%，「品嘗、辨別」義位僅占 4.5%。「品嘗辨別」義位在「味」詞義系統中的地位，以及「味道」義在「味」詞義系統中根深蒂固的影響，都是導致「味」比率下降、「嘗₁」主導詞地位得到鞏固的原因。

〔小結〕

綜上所述，上古「品嘗」語義場共有 4 個詞項：「嘗₁」、「味」、「嚌」、「啐」。「嚌」「啐」均是用於祭祀等正式場合的禮儀性動作。「嘗₁」則一直是該語義場的主導詞，尤其到上古後期，這種地位得到極大鞏固。「味」在上古中期曾一度活躍，但終因其自身詞義系統的原因使其逐漸失去成為「品嘗」語義場主導詞的機會。

上古「咀嚼」語義場成員詞頻統計見表 28。

表 28　上古「品嘗」語義場成員詞頻統計表

文　獻＼詞　項		嘗₁	嚌	啐	味
前期（93）	詩經	2			
	尚書		1		
	周禮	1			
	儀禮	9	43	37	
	總計	12	44	37	
	比例	12.9%	47.3%	39.8%	
中期（35）	郭店楚簡				1
	禮記	5	2	3	
	莊子				1
	老子				1
	荀子	1			1
	管子				10
	墨子	1			1
	韓非子				3

〔註44〕詳參解海江《漢語義位「吃」詞義擴展的認知研究》，煙臺師範學院學報（哲學社會科學版）2006（1）。

	呂氏春秋	3			
	楚辭				1
	穀梁傳	1			
	總計	11	2	3	19
	比例	30.5%	5.6%	8.3%	55.6%
後期（82）	馬王堆帛書				5
	春秋繁露	4			
	淮南子	7			2
	列子				3
	說苑	2			1
	新書	2			1
	新語	1			
	新序	2			
	史記	3	1	1	
	吳越春秋	7			
	漢書	5			
	武威醫簡		7	28	
	總計	33	8	29	12
	比例	40.2%	9.8%	35.4%	14.6%

1.9 「吮吸」語義場

1.9.1 「吮吸」語義場各詞項的共同語義特徵

上古「吮吸」語義場共有 5 個詞項：「吮」、「吸」、「欶 \ 嗽 \ 漱」、「嗽吮」、「吮嗽」。它們具有共同的語義屬性，都用來表示「飲食過程中用嘴含吸液體食物」的動作，所以構成了「吮吸」語義場。

【吮】

《說文・口部》：「吮，欶也。從口，允聲。」《釋名・釋飲食》：「吮，循也。不絕口，稍引滋汋，循咽而下也。」最早出現在上古中期，文獻用例如：

（1）吮玉液兮止渴，齧芝華兮療饑。（《楚辭・卷十七》）

——王逸《楚辭章句》：「玉液，瓊蕊之精氣。芝，神草也。渴啜玉精，饑食芝華，欲仙去也。」

【吸】

《說文・口部》：「吸，內息也。」段玉裁注：「內息，納其息也。」《正字通・口部》：「氣入爲吸。」「吸」本指氣體進入體內的動作，常用來表示「呼吸」及其引申義。後來詞義泛化，「吸」也可以用於將液體納入體內的動作，《廣雅・釋詁四》：「吸，飲也。」最早出現在上古中期，文獻用例如：

（2）吸飛泉之微液兮，懷琬琰之華英。（《楚辭・遠遊》）

【欶\嗽\漱】

欶，《說文・欠部》：「吮也。從欠，束聲。」段玉裁注：「《口部》曰：『吮，欶也。』二篆爲轉注。《通俗文》：『含吸曰欶。』」

嗽，《說文》無。《說文解字詁林》「吮」字條錄《說文解字校錄》曰：「《繫傳》欶作嗽，俗。」另錄《說文古本考》：「濤按，文選洞簫賦注、一切經音義十八、十九、二十、二十二引『吮，嗽也。』說文無嗽字，嗽即欶之別體。卷二十一正引作欶。」〔註45〕《玉篇》：「欶，所角切。字或作嗽。」《釋名・釋飲食》：「嗽」字畢沅疏證：「《說文》：『欶，吮也。從欠，束聲。』此加口傍，字俗。」綜合各家說法，「嗽」當爲「欶」的後起異體字。

欶又借用漱字。王念孫《讀書雜志・讀書雜志餘編下・文選》「漱飛泉之瀝液」條云：

「漱飛泉之瀝液兮，咀石菌之流英」，李善曰：「《說文》曰：『漱，蕩口也。所又切。』」引之曰：「李以漱爲蕩口，非也。此漱字當讀爲欶。《說文》：『欶，吮也。』《玉篇》：『所角切。字或作嗽。』《一切經音義（二）》引《三蒼》曰：『嗽，吮也。』又引《通俗文》曰：『含吸曰嗽。所角反。』《釋名》曰：『嗽，促也。用口急促也。』……張載注《魏都賦》引司馬相如《棃賦》曰：『刷嗽其漿』，其或作『漱』者，假借字耳。」〔註46〕

「嗽\漱」義爲「吮吸食物」。林銀生等（1993：30）指出：「欶與吮互訓，都是用口吸噏的意思。欶與嗽同。《釋名》解釋之所以把吸噏的動作起名

〔註45〕丁福保編纂《說文解字詁林》，北京：中華書局，1988年，2104頁。

〔註46〕文中著重號爲筆者所加。

爲『嗽』，是因爲用口嗽時必急促的緣故。今山東、蘇北方言中仍存用。」「欶」字除見於《說文》外，文獻中未見其用例，「嗽＼漱」用於「吮吸食物」義最早出現在《楚辭》中〔註47〕，文獻用例如：

> （3）吸湛露之浮涼兮，漱凝霜之雰雰。（《楚辭・九章・悲回風》）

【吮嗽】

「吮嗽」由表「吮吸」義的「吮」和「嗽」同義連用而來，表示「用嘴含吸」之意，最早出現在上古後期：

> （4）北飲兮飛泉，南採兮芝英。王逸《楚辭章句》云：「吮嗽天液之浮涼也，咀嚼靈草以延年也。」

【嗽吮】

「嗽吮」由表「吮吸」義的「嗽」和「吮」同義連用而來，也表示「用嘴含吸」之意，最早出現在上古後期：

> （5）四年，甘露下泉陵、零陵、洮陽、始安、泠道五縣，榆柏梅李，葉皆洽薄，咸委流漉，民嗽吮之，甘如飴蜜。（《論衡・驗符篇》）

1.9.2　「吮吸」語義場各詞項的差異

1.9.2.1　上古前期

在我們所測查的上古文獻中，「吮吸」語義場在上古前期未出現文獻用例。

1.9.2.2　上古中期

上古中期，「吮吸」語義場有 3 個成員：吮、欶＼嗽＼漱、吸。

「吮」在上古中期共出現 1 次，即例 1。王鳳陽（1993：749）指出：「《通俗文》『含吸曰欶』。『吮』也是吸，只不過方式不同，它是『含吸』，是用嘴含物吸取其中的液體物，多爲奶、血、膿之類，一般不用於水。」從例 1 來看，「吮」在句中充當謂語，主語隱含，但依文意能推知爲「人」，「吮」的對象爲液體「玉液」，即「瓊樹花蕊的汁液」。

〔註47〕《漢語大詞典》該義項的舉證偏晚。《漢語大詞典》所引例證爲：三國魏嵇康《五言古意》詩：「雙鸞匿景曜，戢翼太山崖。抗首嗽朝露，晞陽振羽儀。」

「欶\嗽\漱」在上古中期共出現 2 次，除了前引例 3，還有例 6。從例句來看，「漱」或者與「吸」並列連用（例 3），或者與「含」並列連用（例 6），均表示「含吸」之義。「漱」在句中充當謂語，主語隱含，但依文意能推知爲「人」，「漱」的對象爲「凝霜」、「正陽」。

（6）餐六氣而飲沆瀣兮，漱正陽而含朝霞。（《楚辭·遠遊》）

——王逸《楚辭章句》：「飡吞日精，食元符也。淩陽子明經言：『春食朝霞，朝霞者，日始出，赤黃氣。秋食淪陰，淪陰者，日沒以後，赤黃氣也。冬飲沆瀣，沆瀣者，北方夜半氣也。夏食正陽，正陽者，南方日中之氣是也，並天地玄黃之氣。是爲六合氣也。』」

「吸」在上古中期共出現 3 次，除了前引例 2，還有例 7、8。經過考察發現，「吸」的主體爲人，吮吸的對象爲「飛泉」「湛露」「沆瀣」等液體。「吸」在句中均充當謂語，主語隱含，其後出現賓語。

（7）吸湛露之浮涼兮，漱凝霜之雰雰。（《楚辭·九章·悲回風》）

（8）攀北極而一息兮，吸沆瀣以充虛。（《楚辭·惜誓》）

中期「吮吸」語義場詞項屬性分析情況見表 29。

表 29　中期「吮吸」語義場詞項屬性分析表

屬性 \ 詞項			吮	欶\嗽\漱	吸
語義屬性	類義徵		飲食動作		
	表義徵	方　式	含吸		
		主　體	人	人	人
		器　官	嘴	嘴	嘴
		對　象	玉液	凝霜、正陽	飛泉、湛露、沆瀣
		目　的	使食物入嘴	使食物入嘴	使食物入嘴
組合屬性	內部組合	音　節	單音節	單音詞	單音詞
		結　構	單純詞	單純詞	單純詞
	外部組合	語法功能	謂語	謂語	謂語
		語法關係 主語	－	－	－
		語法關係 賓語	＋	＋	＋
		語法關係 狀語	－	－	－
使用屬性	頻　率		1	2	3

從上表分析可知，在語義屬性上，三詞項的不同主要體現在對象上。「吸」「欶＼嗽＼漱」的對象可以是氣體，也可以是液體，而「吮」的對象均爲液體。需要指出的是，這幾個詞項的文獻用例均出現在《楚辭》中，這應該與《楚辭》題材的特徵有關。在使用頻率上，「吸」3 例，「欶＼嗽＼漱」2 例，「吮」1 例。相對而言，「吸」的使用頻率稍高。

1.9.2.3　上古後期

上古後期，「吮吸」語義場成員有 5 個：吮、吸、欶＼嗽＼漱、吮嗽、嗽吮。

「吸」在上古後期僅在《楚辭章句》中出現 1 次：

（9）《楚辭·卷一》：「朝飲木蘭之墜露兮，夕餐秋菊之落英」，王逸《楚辭章句》：「英，華也。言己旦飲香木之墜露，吸正陽之津液。暮食芳菊之落華，吞正陰之精蕊。勤以香潔自潤澤也。」

「欶＼嗽＼漱」在上古後期共出現 3 次，如：

（10）漱飛泉之瀝液兮，咀石菌之流英。（張衡《思玄賦》）

（11）故《論語撰考讖》曰：「水名盜泉，仲尼不漱。」（《水經注·卷二十五》）

（12）和熹鄧皇后嘗夢捫天體，蕩蕩正青，滑有若鐘乳，後仰嗽之。（《東觀漢記·和熹鄧皇后》）

「吮」在上古後期共出現 4 次：

（13）兔吮毫而懷子，及其子生，從口而出。案禹母吞薏苡，皋母嚥燕卵，與兔吮毫同實也。（《論衡·奇怪篇》）

（14）吸飛泉之微液兮，懷琬琰之華英。王逸《楚辭章句》：「含吮玄澤之肥潤也，咀嚼玉英以養神也。」（《楚辭章句·卷五》）

（15）故黃金棄於山，珠玉捐於淵，岩居穴處，衣皮毛，飲泉液，吮露英，虛無寥廓，與天地通靈也。（《白虎通義·卷一》）

「吮嗽」、嗽吮」在上古後期均只出現 1 次，見前引例 4、例 5。

上古後期「吮」「欶＼嗽＼漱」「吸」「吮嗽」「嗽吮」詞項屬性分析見表 30。

表30 後期「吮吸」語義場詞項屬性分析表

屬性＼詞項			吸	欶＼嗽＼漱	吮	吮嗽	嗽吮
語義屬性	類義徵		飲食動作				
	表義徵	方式	含吸				
		主體	人	人	人、動物	人	人
		器官	嘴唇	嘴唇	嘴唇	嘴唇	嘴唇
		對象	正陽之津液	泉、乳	毫、露英	天液之浮涼	甘露
		目的	使食物入嘴	使食物入嘴	使食物入嘴	使食物入嘴	使食物入嘴
組合屬性	內部組合	音節	單音詞	單音詞	單音詞	複音詞	複音詞
		結構	單純詞	單純詞	單純詞	並列結構	並列結構
	外部組合	語法功能	謂語	謂語	謂語	謂語	謂語
		語法關係 主語	＋－	＋	＋	＋	＋
		語法關係 賓語	＋	＋	＋	＋	＋
使用屬性	頻率		2	3	4	1	1

從上表可知，在語義屬性上，「吮」「吸」「欶＼嗽＼漱」「吮嗽」「嗽吮」五詞項構成「吮吸」語義場。而其在主體、對象上又存在區別。「吮」的主體可以是人，也可以是動物（兔），其餘四詞項主體均為人。在使用頻率上，後期「吮吸」語義場成員共出現 11 例：「吮」4 例，「欶＼嗽＼漱」3 例，「吸」2 例，「吮嗽」、「嗽吮」各 1 例。「吮」的使用頻率最高，且能與「嗽」組成並列結構，具有較強的構詞能力，體現出作為主導詞的活躍性。

1.9.3 「吮吸」語義場各詞項的演變

1.9.3.1 詞項數量的變化

上古前期，「吮吸」語義場未出現成員。

上古中期，該語義場開始出現成員，共有 3 個：吮、吸、欶＼嗽＼漱。

上古後期「吮吸」的成員數量增至 5 個：吮、吸、欶＼嗽＼漱、吮嗽、嗽吮。其中，「吮」「吸」「嗽＼漱」是從上古中期繼承而來的，體現出詞彙發展過程中的累積律。「嗽吮」「吮嗽」是後期新產生的，與複音詞出現的社會大趨勢

有關，也與句子的韻律特徵有關。從上述例 4、例 5 來看，例 4 中「吮嗽」與「咀嚼」相對應，例 5 中「民嗽吮之」該句中前後的四字格式「榆柏梅李」，「葉皆洽薄」，「威委流灑」，「民嗽吮之」，「甘如飴蜜」前後呼應，讀來朗朗上口。

1.9.3.2　詞項屬性及其相互關係的演變

鑒於上古前期未出現表示「吮吸」義的詞項，還不存在「吮吸」語義場，所以在下文中，我們將重點考察同時存在於上古中期、上古後期的「吮」、「吸」、「欶＼嗽＼漱」三詞項的演變，並考察其詞項屬性的變化引起的語義場內成員關係的變化。

「吮」最早出現於上古中期，表示「用嘴含吸食物使之進入體內」的動作，與上古後期相比，「吮」的變化主要表現在主體和使用頻率上：「吮」的主體由上古中期的「人」擴大到「人、動物」，義域進一步擴大；「吮」的使用頻率由上古中期的 16.7% 上陞為上古後期的 36.4%。此外，「吮」在這一時期的組詞能力可作旁證。「吮」除了能與「嗽」組成並列結構「吮嗽」「嗽吮」外，我們還發現了「嗒吮」的用例：

（16）文帝嘗病癰，鄧通常爲帝嗒吮之。（《史記‧佞倖傳‧鄧通》）

可見，上古後期，「吮」是「吮吸」語義場的主導詞。

「吸」「欶＼嗽＼漱」均最早出現於上古中期，到上古後期，其詞項屬性要素變化不大，變化主要表現在使用頻率上：「吸」由上古中期的 50% 下降爲上古後期的 18.1%，「嗽」由上古中期的 33.3% 下降到上古後期的 27.3%，它們在「吮吸」語義場中的地位均有所回落。

〔小結〕

綜上所述，上古「吮吸」語義場共有 5 個詞項：吮、吸、欶＼嗽＼漱、吮嗽、嗽吮。各詞項語義屬性差別不大，「吮」在該語義場中所佔比例較高，且能與「嗽」組成並列結構「吮嗽」「嗽吮」、「嗒嗽」等，在上古後期成爲「吮吸」語義場的主導詞。

此外，從結構來看，上古表達「吮吸」語義有兩種結構模式。一種是用單純詞「吮」「吸」「欶＼嗽＼漱」表示，另一種則是用複音詞「嗽吮」「吮嗽」表示。

上古「吮吸」語義場成員詞頻統計見表 31。

表31　上古「吮吸」語義場成員詞頻統計表

文　獻	詞　項	吮	吸	欶＼嗽＼漱	吮嗽	嗽吮
中期（6）	楚辭	1	3	2		
	總計	1	3	2		
	比例	16.7%	50%	33.3%		
後期（11）	史記		1			
	論衡	2				1
	東觀漢記			1		
	楚辭章句	1	1		1	
	張衡賦			1		
	白虎通義	1				
	水經注			1		
	總計	4	2	3	1	1
	比例	36.4%	18.1%	27.3%	9.1%	9.1%

1.10　「泛飲食」語義場

1.10.1　「泛飲食」語義場各詞項的共同語義特徵

　　「泛飲食」指對飲食的方式沒有明確要求或限制，凡能表達將各類食物送入體內的動詞屬於「泛飲食」語義場的成員。上古「泛飲食」語義場共有 7 個詞項：「食 $_2$」、「嘗 $_2$」、「飲食」、「食飲」、「饌」、「餔啜」、「飲啖」。它們具有共同的語義屬性，都用來表示泛義的「食用食物」，所以構成了「泛飲食」語義場。

【食 $_2$】

　　「食」的一般用法是與「飲」相對，表示「將食物經過咀嚼咽入食道」的動作。但當「食」用來表示「吃飯」，吃「酒」等液體物質，便成為一種「泛方式」飲食，成為「泛飲食」語義場的重要成員。文獻用例如下：

　　（1）子曰：「女奚不曰『其為人也，發憤忘食，樂以忘憂，不知老
　　　　　之將至』云爾？」（《論語·述而》）

（2）定國食酒至數石不亂，冬月治請讞，飲酒益精明。（《漢書·
　　雋疏於薛平彭傳》）

【嘗₂】

《說文·旨部》：「嘗，口味之也，從旨尚聲，市羊切。」「嘗」的本義是指「把食物放在口裏辨別滋味」，由此引申出「吃、食」義〔註48〕。最早出現在上古前期。值得注意的是，因爲「嘗」本義爲辨味，所以用作「吃、食」義的「嘗₂」經常指「少量地吃、慢慢地品」，如：

（3）肅肅鴇行，集于苞桑。王事靡盬，不能藝稻粱。父母何嘗？
　　悠悠蒼天，曷其有常？（《詩經·唐風·鴇羽》）

【饋】

「饋」是表示「吃喝」的上位義動詞。上古文獻中，我們僅在《論語》中發現 1 例：

（4）子夏問孝。子曰：「色難。有事，弟子服其勞；有酒食，先生
　　饋，曾是以爲孝乎？」（《論語·爲政》）

——何晏集解引馬融注云：「饋，飲食也。饋與饌同。」

【飲食】

「飲食」由「飲」「食」同義並列連用而來，最早出現在《周易》中：

（5）六二，鴻漸於盤，飲食衎衎，吉。（《周易·下經》）

【食飲】

與「飲食」類似，「食飲」由「食」「飲」同義並列連用而來，亦表示「飲食」的上位義，最早出現於《周禮》：

（6）攻國之人眾，行地遠，食飲饑，且涉山林之阻，是故兵欲短；
　　守國人之寡，食飲飽，行地不遠，且不涉山謂林之阻，是故
　　兵欲長。（《周禮·冬官考工記》）

〔註48〕至於「嘗」的「辨別滋味」義（記作「嘗1」），我們已在「品嘗」語義場中作具體
　　　考察和分析，詳參 1.8 節「品嘗語義場」。本節我們僅考察「嘗」的「吃、食」義
　　　（記作「嘗2」）。

【飲啖】

「飲啖」由「飲」「啖」同義並列連用而來，亦表示「飲食」的上位義，僅在《漢書》中出現 1 例：

（7）鼓吹歌舞，悉奏眾樂，發長安廚三太牢具祠閣室中，祠已，與從官飲啖。（《漢書·霍光金日磾傳》）

【餔啜】

「餔啜」由「餔」「啜」同義並列連用而來，表示「飲食」的上位義，文獻用例如：

（8）孟子謂樂正子曰：「子之從於子敖來，徒餔啜也。」（《孟子·離婁上》）

——朱熹集注：「餔，食也；啜，飲也。言其不擇所從，但求食耳。」

1.10.2 「泛飲食」語義場各詞項的差異

鑒於「泛飲食」語義場七詞項的詞項屬性各時期變化較小，而且「饌」僅在《論語》中出現 1 例，「飲啖」僅在《漢書》中出現 1 次，「餔啜」在上古中後期僅出現 3 例，「食飲」出現次數亦不高，本部分主要對「食₂」「嘗₂」「飲食」這 3 個主要成員的發展變化進行考察。其餘詞項僅舉例說明其語義屬性。

1.10.2.1 上古前期

上古前期，「泛飲食」語義場共有 4 個成員：食₂、嘗₂、飲食、食飲。

上古前期，「食₂」共出現 14 次，主體為人，表示泛義「吃食物」的意思，相當於現代漢語中「吃飯」之義，既包括吃米飯，也包括吃菜肴及其它飲料：

（9）初九，明夷，於飛垂其翼。君子於行，三日不食。有攸往，主人有言。（《周易·下經》）

上古前期，「嘗₂」共出現 3 次，文獻用例如：

（10）其於禽獸也，見其生不忍其死，聞其聲不嘗其肉，故遠庖廚，所以長恩且明有仁也。（《新書·保傅》）

（11）小人有母，皆嘗小人之食矣。（《春秋左傳·隱公元年》）

如前所述，「嘗₂」經常指「少量地吃、慢慢地品」，這與「嘗」本義為辨

味有關。「嘗₂」的主體爲人，對象爲一切可食之物，既包括固體食物「稻粱」，也包括液體食物「酒」、流體食物「羊鍘」等。「嘗₂」一般在句中作謂語，前有主語，後有賓語，其前能受狀語「遍」修飾。

上古前期，「飲食」僅出現 1 次，見前引例 5；「食飲」共出現 2 次，如前引例 6。「飲食」「食飲」均是由「食」組成的詞，與「食 2」具有相同的語義屬性，不同點體現在「飲食」「食飲」對「飲」「食」兩種行爲的突出並共同融合在一個詞內，而「食」則是更具語義綜合性的詞。

上古前期「食₂」「嘗₂」「飲食」「食飲」四詞項詞項屬性分析見表 32。

表 32　前期「泛飲食」語義場詞項屬性分析表

屬性 ＼ 詞項			食₂	嘗₂	飲食	食飲
語義屬性		類義徵	飲食動作			
	表義徵	方式	入嘴－咀嚼＼不咀嚼－咽下			
		器官	全部	全部	全部	全部
		對象	一切食物	一切食物	一切食物	一切食物
		目的	充饑	充饑	充饑	充饑
		主體	人、動物	人	人	人
組合屬性	內部組合	音節	單音詞	單音詞	複音詞	複音詞
		結構	單純詞	單純詞	並列結構	並列結構
	外部組合	語法功能	作謂語	作謂語	作謂語	作謂語
		語法關係 主語	＋	＋	＋	＋
		語法關係 賓語	－	＋	－	－
		語法關係 修飾詞	＋	＋		
使用屬性		頻率	14	12	1	2

總之，「嘗₂、食₂、飲食、食飲」四詞項共同構成上古前期「泛飲食」語義場，「食₂」在義域、組合屬性、使用屬性等方面均具有優勢，是上古前期「泛飲食」語義場的主導詞。

1.10.2.2　上古中期

上古中期，「泛飲食」語義場共有 6 個成員：食₂、嘗₂、饌、飲食、食飲、餔啜。

「食₂」在上古中期出現 187 例，在句中充當謂語，主語爲人，不帶賓語，

表示泛義「吃食」義，其前能受形容詞、副詞修飾，文獻用例如：

（12）方署，闕地，下冰而床焉。重繭衣裘，鮮食而寢。（《春秋左傳・襄公二十一年》）

（13）十二月癸丑，叔孫不食。乙卯，卒。（《春秋左傳・昭公四年》）

（14）孟獻伯相晉，堂下生藿藜，門外長荊棘，食不二味，坐不重席，晉無衣帛之妾，居不粟馬，出不從車。（《韓非子・外儲說左下》）

（15）師每食擊鐘。聞鐘聲，公曰：「夫子將食。」（《春秋左傳・哀公十四年》）

上古中期，表飲食上位義的「嘗₂」共出現 29 次。從用例來看，「嘗₂」的主體多為「人」，僅在《莊子》中發現 1 例主體為「鳥」；從用例來看，「嘗₂」的對象既包括日常飲食中的固體、液流體類食物：食、米、粒、羹、膳、肉、藥，也包括特殊的「嬰兒」、「人肉」等等，還包括「苦」、「甘」等用味道來借代的食物。總之，「嘗₂」的對象為一切可食之物，任何酸甜苦辣的食物都能成為嘗的對象，典型例句如例 19。「嘗₂」在句中均充當謂語，主語或隱或現，賓語亦或隱或現。此外，「嘗₂」能受否定副詞「不」「未」、能願動詞「敢」修飾、能組成所字結構、能使賓語前置，文獻用例見下：

（16）魂乎歸徠！恣所嘗只。（《楚辭・大招》）

（17）東海有鳥焉，其名曰意怠。其為鳥也，翂翂翐翐，而似無能；引援而飛，迫脅而棲；進不敢為前，退不敢為後；食不敢先嘗，必取其緒。（《莊子・外篇・山木》）

（18）易牙為君主味，君惟人肉未嘗，易牙烝其子首而進之。（《韓非子・難一》）

（19）聲不過五，五聲之變，不可勝聽也；色不過五，五色之變，不可勝觀也；味不過五，五味之變，不可勝嘗也；戰勢不過奇正，奇正之變，不可勝窮也。（《孫子・兵勢》）

（20）孔子窮於陳、蔡之間，七日不嘗食，藜羹不糝。宰予備矣，孔子絃歌於室，顏回擇菜於外。（《呂氏春秋・孝行覽・慎人》）

上古中期「飲食」共出現 36 次，「食飲」出現 4 次，均表示泛義「吃食」的意思，用例如：

（21）有娀氏有二佚女，爲之九成之臺，飲食必以鼓。（《呂氏春秋・季夏紀・音初》）

（22）與其居處之不安，食飲之不時，饑飽之不節，百姓之道疾病而死者，不可勝數。（《墨子・非攻中》）

「饌」在上古時期僅出現 1 例，如前所引例 4。「饌」主體爲人，對象爲「酒食」。從該例句來看，「饌」在句中充當謂語，主語、賓語皆出現，且賓語爲「酒食」，當是表示飲食的上位義動詞。值得注意的是，該例句的句法頗具特點，即話題先行，主謂在後。

上古中期「餔啜」僅在《孟子》中出現 2 例，如前所引例 8。主體爲人，在句中充當謂語，前可受狀語修飾，表示泛義「吃食」義。

食₂、嘗₂、飲食、食飲、饌、餔啜 6 詞項屬性分析見表 33。

表 33　中期「泛飲食」詞語義場詞項屬性分析表

屬性 ＼ 詞項			食	嘗₂	饌	飲食	食飲	餔啜
語義屬性	類義徵		飲食動作					
	表義徵	方式	入嘴－咀嚼＼不咀嚼－咽下					
		器官	全部	全部	全部	全部	全部	全部
		對象	任何食物	任何食物	酒食	任何食物	任何食物	任何食物
		目的	充饑	－	－	充饑	充饑	充饑
		主體	人	人、動物	人	人	人	人
組合屬性	內部組合	音節	單音節	單音詞	單音詞	複音詞	複音詞	複音詞
		結構	單純詞	單純詞	單純詞	並列結構	並列結構	並列結構
	外部組合	語法功能	作謂語	作謂語	作謂語	作謂語	作謂語	作謂語
		語法關係 主語	＋－	＋－	＋	－	＋	＋－
		賓語	＋－	＋－	＋	＋－	＋	＋－
		狀語	＋－	＋			＋	＋
使用屬性	頻率		187	26	1	36	5	2

綜上所述，「食」的義域最廣，使用頻率也最高（72.7%），「嘗₂」次之，兩者同爲上古中期「泛飲食」語義場的主導詞。由「食」組成的並列合成詞「飲食」「食飲」也成爲本場成員，體現出「食」語義和語法功能的活躍。

1.10.2.3 上古後期

上古後期，「泛飲食」語義場共有6個成員：「食₂」、「嘗₂」、「飲食」、「食飲」、「餔啜」、「飲啖」。

「食₂」在上古後期出現349次，表示泛義「吃食」的意思。「食₂」在句中充當謂語，前可受否定副詞、時間副詞等修飾，文獻用例如：

（23）吾君老矣，非驪姬，寢不安，食不甘。（《史記·晉世家》）

（24）耕事方急，一日不作，百日不食。（《史記·趙世家》）

（25）今吾憂之，夜而忘寐，饑而忘食。（《史記·趙世家》）

（26）漢王方食，曰：「子房前！客有爲我計橈楚權者。」（《史記·留侯世家》）

上古後期，「嘗₂」共出現26例，表示「人或動物食用食物」的動作。從用例來看，「嘗₂」的主體均爲「人」；對象包括日常飲食中的固體、液流體類食物。固體食物如：食、粒、肉、膽、百草之實、蒸魚、梨粟等，液流體食物如：羹、湯藥、粥、酒白等，泛義食物如「酒食」等，還包括「苦」等用味道來借代的食物。可見，「嘗₂」的對象爲一切可食之物，任何酸甜苦辣的食物都能成爲「嘗」的對象。「嘗₂」在句中均充當謂語，主語可以出現，也可以不出現；賓語均出現，其中包括代詞「之」充當賓語的情況。此外，「嘗₂」能受否定副詞「不」「未」、能願動詞「敢」修飾，能組成所字結構。文獻用例如：

（27）之旁郡國，爲人請求事，事可出，出之；不可者，各厭其意，然後乃敢嘗酒食。（《史記·游俠列傳》）

（28）音之數不過五，而五音之變，不可勝聽也；味之和不過五，而五味之化，不可勝嘗也；色之數不過五，而五色之變，不可勝觀也。（《淮南子·原道訓》）

（29）一杯酒白，蠅漬其中，匹夫弗嘗者，小也。（《淮南子·要略》）

「飲食」「食飲」在句中充當謂語，表示泛義吃飯的意思，主體為人，不帶對象，前可受名詞工具狀語、否定副詞等修飾，如：

（30）唐尊衣敝履空，以瓦器飲食，又以曆遺公卿，被虛僞名。（《漢書・王貢兩龔鮑傳》）

（31）若此而不得，則臣請挽屍車，而寄之於國門外宇溜之下，身不敢飲食，擁轅執輅，木幹鳥棲，袒肉暴骸，以望君愍之。（《晏子春秋・卷七》）

（32）今臣聞王居處不安，食飲不甘，思念報齊，身自削甲紮，曰有大數矣，妻自組甲絣，曰有大數矣，有之乎？（《戰國策・燕一》）

「飲啖」僅在《漢書》中出現 1 例，此外，我們還發現「飲啖」的使動用法，表示「給人吃飲食」，這也從一個側面證明了「飲啖」的上位詞性質。

（33）都護吏至其國，坐之鳥孫諸使下，王及貴人先飲食已，乃飲啖都護吏，故爲無所省以誇旁國。（《漢書・西域傳》）

上古後期「餔歠」出現 1 次（見下例），表示泛義「飲食」之義：

（34）涸漁父之餔歠兮，絜沐浴之振衣。（《漢書・揚雄傳上》）

上古後期「食$_2$」、「嘗$_2$」、「飲食」、「食飲」、「飲啖」、「餔歠」的詞項屬性分析見表 34。

表34　後期「泛飲食」語義場詞項屬性分析表

屬　　性		詞　項	食$_2$	嘗$_2$	飲食	食飲	餔歠	飲啖
語義屬性	表義徵	類義徵	飲食動作					
		方　式	入嘴－咀嚼＼不咀嚼－咽下					
		器　官	全部	全部	全部	全部	全部	全部
		對　象	－	一切食物	－	－	－	－
		目　的	充饑	－	充饑	充饑	充饑	充饑
		主　體	人	人	人	人	人	人
組合屬性	內部組合	音　節	單音節	單音節	複音節	複音節	複音節	複音節

結 構	單純詞	單純詞	並列結構	並列結構	並列結構	並列結構
語法功能	作謂語	作謂語	作謂語	作謂語	作謂語	作謂語
外部組合　語法關係　主　語	＋	＋	＋	＋	＋	＋
賓　語	－	＋	－	－	－	－
修飾詞	＋	＋	＋	＋	＋	－
使用屬性　頻率	349	30	96	8	1	1

1.10.3　「泛飲食」語義場各詞項的演變

1.10.3.1　詞項數量的變化

上古前期，「泛飲食」語義場共出現 4 個成員：食₂、嘗₂、飲食、食飲。

上古中期，「泛飲食」語義場成員增至 6 個：食₂、嘗₂、飲食、食飲、饌、餔啜。其中，「食₂、嘗₂、飲食、食飲」四詞項是從上古前期繼承而來的，「饌、餔啜」是本時期新產生的。

上古後期，「泛飲食」語義場的成員數量沒有變化，也是 6 個：食₂、嘗₂、飲食、食飲、餔啜、飲啖。但實際上成員之間出現了替換。上古中期的「饌」從本語義場消失了，「飲啖」則是本時期新產生的。

1.10.3.2　詞項屬性及其相互關係的演變

鑒於上古「泛飲食」語義場 7 個詞項中，「饌」僅存在於上古中期，「飲啖」上古後期才產生，在本小節中，我們將主要對貫穿上古三個時期的「食₂」「嘗₂」「飲食」「食飲」四詞項、貫穿上古中期及上古後期的「餔啜」演變情況進行考察，並對其詞項屬性的變化引起的語義場內成員關係的變化進行揭示與分析。

「食₂」貫穿上古前期、中期、後期三個時期。在上古三個時期中，「食₂」均表示「食用食物」的動作。上古三個時期內，「食₂」的語義屬性、語法屬性變化不大，但「食₂」的使用次數在逐漸提高，由上古前期的 14 次發展到上古中期的 187 次和上古後期的 349 次，且其在每個時期所佔的比例都是最高的（分別占各時期總數的 48.3%、72.7%、72%），「食₂」在上古「泛飲食」語義場中的主導詞地位相當穩固。

　　「嘗₂」貫穿上古前期、中期、後期三個時期，語義屬性均為「人食用食物」的動作，但在飲食主體與對象、語法功能、使用頻率上發生了一定變化。

　　（1）從飲食主體而言，上古前期為「人」，上古中期僅在《莊子》中出現 1 例「鳥」；上古後期又回歸到「人」。我們認為，之所以有這種回歸，是與「嘗」的本義分不開的。「嘗」本義指「品嘗辨別」，而這種「品嘗辨別」的能力只有「人」才具有，因此，當「嘗」由「品嘗辨別」義引申出「吃、食」義時，其主體已內定為「人」。《莊子》中出現「鳥」「嘗食」的行為，這應當與莊子在文中運用的擬人手法有關，這種用法是暫時的、臨時的，所以發展到上古後期，「嘗₂」的典型意義——「人食用食物」的動作——得以重新確立。另一方面，從「嘗₂」的對象來說，上古中後期比上古前期種類多。上古前期，「嘗₂」的對象為一切可食之物，既包括固體食物「稻粱」，也包括液體食物「酒」、流體食物「羊鉶」等。上古中期，「嘗₂」的對象既包括日常飲食中的固體、液流體類食物：食、米、粒、羹、膳、肉、藥，也包括特殊的「嬰兒」、「人肉」等等，還包括「苦」、「甘」等用味道來借代的食物。上古後期，「嘗₂」的飲食對象包括日常飲食中的固體、液流體類食物。固體食物如：食、粒、肉、膽、百草之實、蒸魚、梨粟等，液流體食物如：羹、湯藥、粥、酒白等，泛義食物如酒食等，還包括「苦」等用味道來借代的食物。可見，「嘗₂」的飲食對象逐漸擴大為一切可食之物。

　　（2）組合屬性方面，「嘗₂」的語法功能日益增強。上古前期，「嘗₂」前有主語，後有賓語，其前能受狀語「遍」修飾。上古中後期，「嘗₂」主語、賓語均或隱或現，能受否定副詞「不」「未」、能願動詞「敢」修飾、能組成所字結構、能使賓語前置。

　　（3）使用屬性方面，「嘗₂」在上古三個時期出現次數依次為 12 次、26 次、30 次，所佔比例分別為：41.4%、10.1%、6.2%。可見，「嘗₂」所佔的比例逐漸降低。究其原因，「食₂」的主導詞地位的影響、「嘗」詞義系統中「品嘗」、「曾經」等義位的制約作用都導致「嘗₂」所佔比例的下降（詳參 2.3 嘗個案研究）。

　　「飲食」在上古三個時期分別出現 1 次、36 次、96 次，各時期所佔比例分別為 3.4%、14.1%、19.8%，所佔比例有所上陞，這與「食」詞義系統的發達、

「食」強大的構詞能力有關。與此不同的是,「食飲」在上古時期分別出現 2 次、5 次、8 次,所佔比例分別爲 6.9%、1.9%、1.6%,可見,與「飲食」所佔比重逐漸上陞不同,「食飲」在「泛飲食」語義場中地位漸衰。在語義場內成員的競爭中,「食飲」有逐漸被淘汰出場的趨勢。「飲食」「食飲」,同樣都是以「飲」「食」作爲構詞語素產生的詞,一個被語義場逐漸吸納,一個被逐漸淘汰,背後的原因值得探討。

「餔啜」在上古中期到上古後期的發展過程中變化不大,使用頻率由中期的 0.8%下降到後期的 0.2%,有逐漸退出「泛飲食」語義場的趨勢,這與「食」主導詞地位有關,也與「飲食」逐漸被社會認同導致「餔啜」被排擠和淘汰有關。

〔小結〕

綜上所述,上古「泛飲食」語義場共有 7 個詞項:食₂、嘗₂、飲食、食飲、饌、餔啜、飲啖。「食₂」在該語義場中所佔比例一直較高,是主導詞。其次爲「飲食」、「嘗₂」,其餘 4 詞項出現次數較低:「饌」「飲啖」均僅出現 1 例,「餔啜」僅出現 3 例,「食飲」僅出現 15 例。

從結構來看,上古表達「泛飲食」語義共有兩種結構模式:一種是用單純詞「食」、「嘗₂」、「饌」表示;一種是用複音詞「飲食」「食飲」「飲啖」「餔啜」表示。

上古「泛飲食」語義場成員頻率統計見表 35。

表 35　上古「泛飲食」語義場成員詞頻統計表

文　獻 ＼ 詞　項		食₂	嘗₂	飲食	食飲	饌	餔啜	飲啖
前期（29）	甲骨文	1						
	周易	2		1				
	尚書	2						
	詩經	4	1					
	周禮	4			2			
	儀禮	1	11					
	總計	14	12	1	2			
	比例	48.3%	41.4%	3.4%	6.9%			

中期（257）	睡虎地秦簡	5				
	左傳	35	5	1		
	國語	11	2	1		
	孫子	1	1			
	論語	8	1		1	
	禮記		3			
	墨子	21	4	9	3	
	晏子春秋	6	1	7		
	列子	5				
	孟子	11		4		2
	莊子	7	1	1		
	荀子	7		4	1	
	呂氏春秋	14	4	4		
	韓非子	16	1	2		
	管子	31	1	3	1	
	公羊傳	3	1			
	穀梁傳	2				
	楚辭	4	3			
	總計	187	26	36	5	1	2
	比例	72.7%	10.1%	14.1%	1.9%	0.4%	0.8%
後期（485）	武威醫簡	4				
	馬王堆帛書	27				
	居延漢簡	4				
	新語		1			
	新書	10	2			
	淮南子	6	8	3		
	春秋繁露	31		5		
	史記	61	6	10	2	
	鹽鐵論	8				
	列女傳	9		1		
	新序	4		1		
	說苑	20	2	5		
	法言	1				
	吳越春秋	14	4	2		

漢書	80	5	29	3		1	1
論衡	31		36	1			
風俗通義	8	2	3				
戰國策	31		1	2			
總計	349	30	96	8		1	1
比例	72%	6.2%	19.8%	1.6%		0.2%	0.2%

2 「飲食類」動詞個案研究

個案研究以詞語爲考察單位、以義位爲分析對象，研究的目的有三：一是整理單個詞的詞義系統，即從本義出發繫聯引申義，說明引申機制和條件；二是比較各義位在各時期的使用情況，說明生死消長的原因和規律；三是結合語義場的描述，說明詞義變化對語義場的影響。本文選取 5 個「飲食類」單音節詞「飲」、「味」、「嘗」、「吞」、「食」作爲個案考察對象。

2.1 「飲」

「飲」最早出現在上古前期，以下我們主要考察上古前期到上古後期「飲」詞義演變的情況，歸納「飲」的詞義系統，並將其與上一章中「喝類」語義場的分析結合起來，考察「飲」詞義演變對語義場的影響。

通過分析「飲」在上古文獻中的使用情況，我們發現，「飲」共包含 5 個義位：①喝；②特指喝酒；③飲料；④統稱食物；⑤隱沒。

2.1.1 「飲」各時期義位情況

2.1.1.1 前期義位

上古前期，「飲」包括 3 個義位：①喝；②特指喝酒；③飲料。文獻用例如：

（1）〔喝〕〔註1〕上九，有孚於飲酒，無咎。（《周易·下經》）

（2）〔喝〕一獻而三酬，則一豆矣；食一豆肉，飲一豆酒，中人之食也。（《周禮·冬官考工記》）

（3）〔喝酒〕文王誥教小子有正有事：無彝酒。越庶國：飲惟祀，德將無醉。（《尚書·周書·酒誥》）

（4）〔喝酒〕坐祭，遂飲，卒爵，拜。尸答拜。獻祝及二佐食。洗，致爵於主人。（《儀禮·有司徹》）

（5）〔飲料〕凡王之饋，食用六穀，膳用六牲，飲用六清，羞用百有二十品，珍用八物，醬用百有二十甕。（《周禮·天官冢宰》）

（6）〔飲料〕食醫掌和王之六食，六飲、六膳、百羞、百醬、八珍之齊。（《周禮·天官冢宰》）

據我們統計，上古前期「飲」共出現 152 例：「喝」義 47 例，佔 30.9%；「喝酒」義 94 例，佔 61.8%；「飲料」義 11 例，佔 7.2%。可見，該時期內「喝」「喝酒」義使用頻率較多，佔據主導地位。（具體比例請參看本節後所附頻率表，下同）

2.1.1.2 中期義位

上古中期，「飲」的詞義得到了繼承與發展：一方面，「飲」在上古前期的「喝」「特指喝酒」、「飲料」三義位繼承到上古中期，且佔據「飲」詞義系統的主導地位。另一方面，「飲」的詞義繼續發展演變，產生了「統稱食物」「隱沒」之義。也就是說，上古中期「飲」包括 5 個義位：①喝；②特指喝酒；③飲料；④統稱食物；⑤隱沒。文獻用例如：

（7）〔喝〕子曰：「飯蔬食，飲水，曲肱而枕之，樂亦在其中矣。不義而富且貴，於我如浮雲。」（《論語·述而》）

（8）〔喝〕夫良藥苦於口，而智者勸而飲之，知其入而已已疾也。（《韓非子·外儲說左上》）

（9）〔喝酒〕夫少者侍長者飲，長者飲，亦自飲也。（《韓非子·外儲說左上》）

〔註1〕〔　〕內為該例句內相應飲食類動詞的義位。本章同。

（10）〔飲料〕臨戰，司馬子反渴而求飲，豎陽谷操黍酒而進之。
（《呂氏春秋‧慎大覽》）

（11）〔統稱食物〕戎王許諾，見其女樂而說之，設酒張飲，日以聽
樂，終幾不遷，牛馬半死。（《韓非子‧十過》）

（12）〔隱沒〕養由基射兕，中石，矢乃飲羽，誠乎兕也。（《呂氏春
秋‧季秋紀‧精通》）

據我們統計，上古中期「飲」共出現 385 例：「喝」義 318 例，佔 82.5%；
「喝酒」義 42 例，佔 10.9%；「飲料」義 23 例，佔 6%；「統稱食物」義 1 例，
佔 0.3%；「隱沒」義 1 例，佔 0.3%。可見，該時期內「飲」的本義「喝」使用
頻率最高，佔據「飲」詞義系統的主導地位。

2.1.1.3 後期義位

與上古中期一樣，「飲」在上古後期共包括 5 個義位：①喝；②特指喝酒；
③飲料；④統稱食物；⑤隱沒。文獻用例如：

（13）〔喝〕王獨不見夫蜻蛉乎？六足四翼，飛翔乎天地之間，俯啄
蚊虻而食之，仰承甘露而飲之，自以為無患，與人無爭也。（《戰
國策‧楚四》）

（14）〔喝〕臣願得勇敢之士五千人，不齎斗糧，饑食虜肉，渴飲其
血，可以橫行。（《漢書‧王莽傳》）

（15）〔喝酒〕齊王遣使求臣女弟，與其使者飲，故失期。（《戰國策‧
楚四》）

（16）〔喝酒〕三年之後，與大夫飲，酒酣，簡子泣。（《新序‧卷一》）

（17）〔飲料〕我北鄙之人也，自北徂南，將欲之楚，逢天之暑，我
思譚譚，願乞一飲，以伏我心。（《列女傳‧辯通傳》）

（18）〔統稱食物〕沛中空縣皆之邑西獻。高祖復留止，張飲三日。
（《史記‧高祖本紀》）

（19）〔統稱食物〕父母聞之，清宮除道，張樂設飲，郊迎三十里；
妻側目而視，傾耳而聽；嫂蛇行匍伏，四拜自跪謝。（《戰國
策‧秦一》）

（20）〔隱沒〕所臧活豪士以百數，其餘庸人不可勝言。然終不伐其
能，飲其德，諸所嘗施，唯恐見之。（《漢書・游俠傳》）

（21）〔隱沒〕昔者，楚熊渠子夜行，見寢石以爲伏虎，關弓射之，
滅矢飲羽，下視，知石也。（《新序・卷四》）

據我們統計，上古後期「飲」共出現 888 例。其中，「喝」義 724 例，佔
81.6%；「喝酒」義 136 例，佔 15.4%；「飲料」義 11 例，佔 1.2%；「統稱食物」
義 12 例，佔 1.3%；「隱沒」義 5 例，佔 0.5%。可見，與上古中期一樣，「飲」
的本義「喝」使用頻率最高，佔據「飲」詞義系統的主導地位。

2.1.2 「飲」的詞義系統

綜上所述，「飲」在上古時期共包含 5 個義位：①喝；②特指喝酒；③飲料；
④統稱食物；⑤隱沒。這 5 個義位構成上古時期「飲」的詞義系統。現將五義
位之間的詞義演變關係闡述如下。

《說文・歙部》：「歙，歠也。從欠，畣聲。」趙誠《甲骨文簡明詞典——
—卜辭分類讀本》云：「 [甲骨文] 歙。即後代的飲字。⋯⋯從 [符號]，象人伸長脖子，
從 [符號] 象人之口，[符號] 象舌頭伸於口外，[符號] 爲盛酒之器。合在一起，象人就著
酒壇飲酒。」[註2] 林銀生等（1993：17）云：「飲本寫作歙，隸書寫作飲，
今『飲』行用而『歙』已廢。」《玉篇・欠部》：「歙，古文飲。」「進食（液
流體食物）」是「飲」的本義。從上古中期開始，該義位一直是「飲」詞義系
統中的主要義位，上古時期共出現 1089 次，佔「飲」在該時期總用例（1425
例）的 76.4%。

上古時期，不管是正式的祭祀活動、戰爭凱旋後的慶功，還是好友相聚
都離不開酒。在幾千年的歷史長河中，中華民族造就了博大精深的酒文化。
十三經中的《儀禮》還專設《鄉飲酒禮》講述飲酒的禮儀，足見酒在中國的
獨特地位和意義。酒在人們生活的重要地位，使「飲」引申爲特指義「喝酒」
成爲可能。實際上，在現代漢語中，「飲」的詞義系統仍包括「喝酒」義位，
不過多半在詞或短語中作爲語素存在，如「痛飲」、「開懷暢飲」等。該義位
自出現起就一直在「飲」的詞義系統中佔據重要地位，上古時期共出現 272

〔註2〕趙誠《甲骨文簡明詞典——卜辭分類讀本》，北京：中華書局，1988 年，369 頁。

次，佔「飲」在該時期總用例（1425 例）的 19.1%。

　　「飲」的「飲料」義位是通過「飲」的本義「喝」名物引申而來：「將液流體食物送入體內」的動作稱爲「飲」，那麼「飲」也可以名物引申指「液流體食物」。這符合詞義動靜引申的規律。該義位上古中期才出現，共出現 45 次，佔「飲」在該時期總用例（1425 例）的 3.2%。

　　與「飲料」義的引申原理一樣，「飲」的「統稱食物」義也是由「飲」的本義「喝」名物引申而來。該義位上古中期才出現，共出現 13 次，佔「飲」在該時期總用例（1425 例）的 0.9%。

　　上古中期開始，「飲」開始出現「隱沒」義用例，如「飲羽」、「飲其德」，分別表示「箭頭射入石頭裏」、「隱沒某人的道德，使其不被彰顯」，這是由「飲」的本義「喝」相似引申而來。「飲」表示「將液流體食物送入體內」的動作，「液流體食物」被送入體內後，退出人們的視線，故當「飲」的主體爲「石頭」、或某件事，對象爲「箭頭」、「道德」時，「飲」便引申出了「隱沒」義。

　　「飲」的詞義系統見圖二。

圖二　「飲」的詞義系統圖

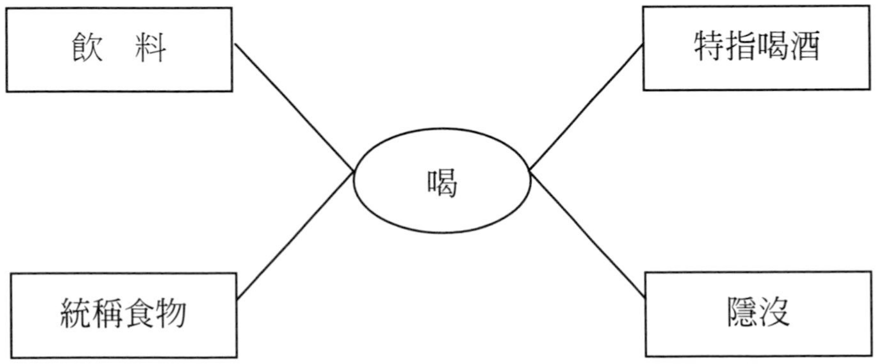

2.1.3　「飲」義位的演變及其對語義場的影響

　　前文已述，「飲」的義位數在上古時期發生了變化。上古前期，「飲」包括 3 個義位：①喝；②特指喝酒；③飲料。發展到上古中期、後期，「飲」包括 5 個義位：①喝；②特指喝酒；③飲料；④統稱食物；⑤隱沒。其中，前 3 個義位從前期繼承而來，體現了詞彙發展的累積律；「統稱食物」、「隱沒」義位是上

古中期新產生的，並一直沿用到上古後期。該義位的產生符合詞義發展的規律（詳見上文），也是爲了滿足當時人們新的表義需求。那麼，上述 3 個義位在上古三個時期內是怎樣變化的？這種變化又對「喝類」語義場產生了怎樣的影響？下面我們將對這兩個問題進行探討。〔註3〕

「飲」之「喝」義位貫穿於上古三個時期，指「人或動物將液流體食物送入體內」的動作。從「喝類」語義場的描述和分析可知，在這三個時期內，「飲」在語義屬性上的變化主要表現在飲食對象的泛化、語法功能的增強以及使用頻率上。

（1）從飲食對象來看，上古前期「飲」的對象多爲酒、水類液體。上古中期以後，飲食對象的種類呈多樣化發展趨勢，除了一般意義的液流體如酒、水之外，還出現了沆瀣、露、藥、石泉、水漿、醴酒、血、湯、黃泉等液流體食物，此外，還出現了一例「螭」（見例 22）。上古後期，飲食的對象還包括羹、粥類流食以及「溲」類特殊物品，還發現一例「酒食」（見例 23）。正如王鳳陽（1993：749）所指出的，「『飲』的對象不限於水，凡水狀物幾乎都可以用『飲』。」可見，上古中期，「飲」侵入了「吃類」動詞的義域，上古中後期「飲」則侵入了「啜」的義域。

（2）語法功能方面，上古前期，「飲」語法功能相對單一，一般在句中充當謂語，前可受否定副詞修飾。上古中期，「喝」還可受方式狀語修飾，後可接處所（或「於＋處所」），還可以接後置工具狀語（或「於＋後置工具狀語」）。上古後期，「飲」語法功能的增強主要體現在出現了接數量補語「數日」「石餘」的「飲」。（具體例句請參看 1.3「喝類」語義場中相關部分的論述）

（3）使用頻率上，義位「喝」在上古三個時期的文獻用例分別爲：47 次、318 次、724 次，其在各時期「飲」詞義系統中所佔的比率分別爲：30.9%：82.5%：81.6%。

〔註3〕 需要說明的是，「飲」的 5 個義項使「飲」成爲三個語義場的成員：「飲」的「喝」義位、「喝酒」義位使其成爲「喝類」語義場的成員；而「飲料」「統稱食物」義位則使其成爲「食物」語義場的成員；「飲」的「隱沒」義位使其成爲「隱沒」語義場的成員。「飲」詞義系統中各義位的演變對這三個語義場都將產生重要影響。但鑒於本書是對上古時期「飲食類」動詞詞義的研究，故暫未將「飲」詞義演變對「食物」語義場、「隱沒」語義場的影響列入考察範圍。本章其它個案的研究原則均同此理，不再贅述。

可見，從「飲」所支配的對象、語法功能和使用頻率來看，義位「喝」在上古「飲」的詞義系統中佔據了絕對優勢，這種優勢是「飲」在上古「喝類」語義場中佔據主導詞的根本原因。同時，「喝」義位的優勢也是「飲」能夠引申出其它非「喝」類義位的動力。

（22）季孫曰：「請飲彘也。以魯國之密邇仇讎，臣是以不獲從君，
　　　克免於大行，又謂重也肥。」（《春秋左傳・哀公二十五年》）

（23）太后令其官屬黑貂，至漢家正臘日，獨與其左右相對飲酒食。
　　　（《漢書・元后傳》）

「飲」之「喝酒」特指義位，一直沿用於上古三個時期。上古前期在上古三個時期的文獻用例分別為：94 次、42 次、136 次，其在各時期「飲」詞義系統中所佔的比率分別為：61.9%、10.9%、15.4%。

「飲」之「飲料」義位由「喝」義引申而來，一直存在於上古三個時期。該義位在上古三個時期的文獻用例分別為：11 例、23 例、11 例，其在各時期「飲」詞義系統中所佔的比率分別為：7.2%、6%、1.2%。說明「飲」侵入了「飲料」語義場。

「飲」之「統稱食物」由「喝」義引申而來，產生於上古中期。上古中期出現 1 次，佔上古中期「飲」文獻用例總數的 0.3%；上古後期共出現 12 次，佔上古後期文獻用例總數的 1.3%。這體現出「飲」詞義系統處在擴張中。

「飲」之「隱沒」亦由「喝」義引申而來，產生於上古中期。上古中期出現 1 次，佔上古中期「飲」文獻用例總數的 0.3%；上古後期共出現 5 次，佔上古後期「飲」文獻用例總數的 0.5%。雖然「飲」之「隱沒」義位由於書面語色彩濃厚，僅出現在「飲羽」「飲德」等少數搭配中，使用數量也不算多，但仍體現出「飲」詞義系統處在擴張中。

總之，上古前期，「飲」包括「喝」「喝酒」「飲料」三個義位，「飲」之義位「喝」使其進入「喝類」語義場。在上古三個時期中，義位「喝」在使用數量、語法功能方面一直保持著「飲」詞義系統中的優勢地位，這是「飲」一直是「喝類」語義場主導詞地位的直接原因。此外，從「飲」詞義系統的演變來看，「飲」的詞義系統由上古前期的三個義位，發展到上古中期、後期的五個義位，說明「飲」的詞義系統處在不斷擴充中，而這些新義位的產生，都是由「飲」

之本義「喝」引申而來，這既從一個側面印證了「喝」義位在「飲」詞義系統中的中心與支配地位，又體現出「飲」在上古時期漢語詞彙系統中常用詞地位的穩固性，無疑也是「飲」能在「喝類」語義場佔據首席地位的原因。

上古「飲」各義位文獻用例統計見表 36。

表 36　上古「飲」各義位文獻用例統計表

文　獻	義　位	喝	特指喝酒	飲料	統稱食物	隱沒
前期（152）	甲骨文	2				
	金文	9				
	周易	2				
	尚書		4			
	詩經	18	4			
	周禮	13	1	11		
	儀禮	3	85			
	總計	47	94	11		
	比例	30.9%	61.9%	7.2%		
中期（385）	睡虎地秦簡	16				
	左傳	40		7		
	國語	6	3	1		
	孫子	1				
	論語	2	1	1		
	禮記	93	8	7		
	墨子	9				
	晏子春秋	27	6			
	孟子	9		1		
	莊子	19	1			
	荀子	6	1			
	呂氏春秋	15	7	1		1
	韓非子	41	12	2	1	
	管子	19	3			
	公羊傳	7		1		
	穀梁傳	1				
	楚辭	6		2		
	總計	318	42	23	1	1
	比例	82.5%	10.9%	6%	0.3%	0.3%

後期（888）	馬王堆帛書	127				
	銀雀山漢簡	7				
	居延漢簡	38				
	武威醫簡	37				
	敦煌漢簡	5				
	新語	1		1		
	新書	5	1			
	淮南子	45	2	2		
	春秋繁露	3				
	史記	107	65	3	6	
	鹽鐵論	11		1		
	列女傳	13	4	1	1	
	新序	12	6	1		1
	說苑	34	4			
	法言	2				
	吳越春秋	8				
	漢書	110	46	1	3	1
	論衡	90	4	1	1	3
	東觀漢記					
	風俗通義	8	3			
	三禮注疏					
	楚辭章句					
	傷寒論					
	金匱要略論注					
	列子					
	戰國策	20	1		1	
	新論					
	素問	41				
	漢枚乘賦					
	焦氏易林					
	總計	724	136	11	12	5
	比例	81.6%	15.4%	1.2%	1.3%	0.5%

2.2　「味」

「味」最早出現在上古前期，以下我們主要考察上古前期到上古後期「味」詞義演變的情況，歸納「味」的詞義系統，並將其與上一章中「品味」語義場的分析結合起來，考察「味」詞義演變對語義場的影響。

通過分析「味」在上古文獻中的使用情況，我們發現，「味」共包含 4 個義位：①味道；②菜肴；③品嘗、辨別；④體味、研究。

2.2.1　「味」各時期義位情況

2.2.1.1　前期義位

上古前期，「味」僅有 1 個義位：①味道。文獻用例如：

（1）〔味道〕以五味、五穀、五藥，養其病；以五氣、五聲、五色，眡其死生。（《周禮・天官冢宰》）

（2）〔味道〕辨體名肉物，辨百品味之物。（《周禮・天官冢宰》）

總之，上古前期「味」共出現 3 例，全用作「味道」義。

2.2.1.2　中期義位

上古中期，「味」包括 4 個義位：①味道；②菜肴；③品嘗、辨別；④體味、研究。其中義位「味道」是從上古前期繼承而來的，義位②③④是上古中期新產生的。文獻用例如：

（3）〔味道〕子在齊聞《韶》，三月不知肉味，曰：「不圖爲樂之至於斯也！」（《論語・述而篇》）

（4）〔味道〕嬰聞之，橘生淮南則爲橘；生於淮北則爲枳，葉徒相似，其實味不同，所以然者何？水土異也。（《晏子春秋・卷六》）

（5）〔菜肴〕昔闔廬食不二味，居不重席，室不崇壇，器不彤鏤，宮室不觀，舟車不飾，衣服財用，擇不取費。（《春秋左傳・哀公元年》）

（6）〔菜肴〕大饗其王事與？三牲魚臘，四海九州之美味也，籩豆之薦，四時之和氣也。（《禮記・禮器》）

（7）〔品嘗、辨別〕大國累百器，小國累十器，前方丈，目不能遍視，手不能遍操，口不能遍味。（《墨子・辭過》）

（8）〔品嘗、辨別〕繡衣、黻裳者不茹葷，非口不能味也，服使然也。（《荀子・哀公》）

（9）〔體味〕功之難立也，其必由訕訕邪！國之殘亡，亦猶此也。故訕訕之中，不可不味也。中主以之止善，賢主以之訕訕也立功。（《呂氏春秋・先識覽・悔過》）

（10）〔體味〕吳信讒而弗味兮，子胥死而後憂。（《楚辭・思美人》）

據我們統計，上古中期「味」共出現 217 例：「味道」義 180 例，佔 83%；「菜肴」義 15 例，佔 6.9%；「品嘗、辨別」義 19 例，佔 9.2%；「體味、研究」義 2 例，佔 0.9%。可見，該時期內「味」的「味道」義使用頻率較多，佔據主導地位。（具體比例請參看文後所附頻率表，下同）

2.2.1.3　後期義位

與上古中期一樣，上古後期「味」亦包括 4 個義位：①味道；②菜肴；③品嘗、辨別；④體味、研究。文獻用例如：

（11）〔味道〕嘗一臠肉，知一鑊之味；懸羽與炭，而知燥濕之氣；以小明大。（《淮南子・說山訓》）

（12）〔味道〕五穀之於人也，食之皆飽。稻粱之味，甘而多腴。（《論衡・藝增篇》）

（13）〔菜肴〕國有饑者，食不重味；民有寒者，而冬不被裘。（《淮南子・主術訓》）

（14）〔菜肴〕雖有天下之至味，弗嚼，弗知其旨也；雖有聖人之至道，弗論，不知其義也。（《春秋繁露・仁義法》）

（15）〔品嘗、辨別〕及至建律曆，別五色，異清濁，味甘苦，則樸散而為器矣。（《淮南子・本經訓》）

（16）〔品嘗、辨別〕故使人味食，然後食者，其得味也多；若使人味言，然後聞言者，其得言也少。（《新書・修正語上》）

（17）〔體味〕慎修所志，守爾天符，委命共己，味道之腴，神之聽

之，名其舍諸！（《漢書‧敘傳》）

（18）〔體味〕口無擇言，筆無擇文。文必麗以好，言必辯以巧。言
　　　瞭於耳，則事味於心；文察於目，則篇留於手。（《論衡‧自
　　　紀篇》）

　　據我們統計，上古後期「味」共出現 265 例：「味道」義 198 例，佔 74.7%；
「菜肴」義 46 例，佔 17.4%；「品嘗、辨別」義 12 例，佔 4.5%；「體味、研究」
義 9 例，佔 3.4%。可見，該時期內「味」的「味道」義仍是使用頻率最高的義
位，佔據「味」詞義系統的主導地位。

2.2.2　「味」的詞義系統

　　綜上所述，「味」在上古時期共包含 4 個義位：①味道；②菜肴；③品嘗、
辨別；④體味、研究。這 4 個義位構成上古時期「味」的詞義系統。現將四義
位之間的詞義演變關係闡述如下。

　　《說文‧口部》：「味，滋味也。」可見，「味」的本義是「滋味」。該義位
在上古時期共出現 381 例，佔「味」文獻用例總數（485 例）的 78.5%。

　　上古中期，「味」的「味道」義借代引申出「菜肴」義。該義位的「味」在
上古時期共出現 61 次，佔「味」文獻用例總數的 12.6%。

　　舌頭品嘗食物後得到的感覺叫「味」，舌頭嘗食物的動作也叫做「味」，
「味」由「味道」義引申出「品嘗、辨別」義。這符合詞義動靜引申的規律。
「品嘗、辨別」義的「味」在上古時期共出現 32 次，佔「味」文獻用例總數
的 6.6%。

　　當「味」用於對某人的言論或其它具有深意的事物進行「品嘗、辨別」時，
「味」的詞義進一步泛化，並由此引申出「體味、研究」義。該義位最早出現
在上古中期，共出現 11 次，佔「味」在該時期總用例的 2.3%。「品嘗、辨別」
義與「體味、研究」義之間的關係從下面這個例句可以清楚地看出來：

（19）故使人味食，然後食者，其得味也多；若使人味言，然後聞
　　　言者，其得言也少。（《新書‧修正語上》）

「味」的詞義系統如圖三所示。

圖三　「味」的詞義系統圖

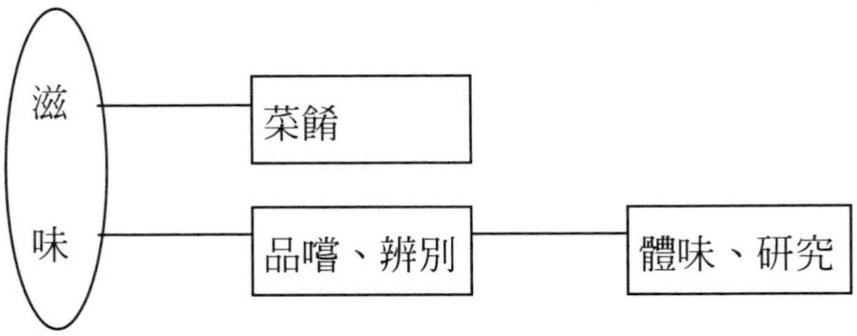

2.2.3　「味」義位的演變及其對語義場的影響

考察發現，「味」的義位數在上古時期發生了變化。上古前期，「味」僅包括 1 個義位：味道。發展到上古中期、後期，「味」包括 4 個義位：①味道；②菜肴；③品嘗、辨別；④體味、研究。其中，義位①是從前期繼承而來的，體現了詞彙發展的累積律；義位②③④是上古中期新產生的，並一直沿用到上古後期。

那麼，上述 4 個義位在上古三個時期內各是怎樣變化的？這種變化又對「品味」語義場產生了怎樣的影響？下面我們將對此進行探討。

「滋味」義是「味」的本義，一直貫穿於上古三個時期，使用頻率分別爲 3 例、180 例、198 例，相應比率分別爲 100%、83%、74.7%。語料分析過程中我們發現，表「味道」的「味」還能和「滋」組成並列結構「滋味」〔註4〕。可見，「味」的構詞能力在逐步提高，表示「味道」義是「味」最主要的功能，且一直在「味」的詞義系統中佔據主要位置。這一點直接影響到「味」的「品嘗、辨別」義比率的下降。下文我們再具體闡述。同時，「味」的比率由上古前期的 100% 下降到中期的 83%、後期的 74.7%，說明「味」的詞義在不斷擴張，各義位共同構成「味」的詞義系統。

「味」之「菜肴」義位貫穿於上古中期和後期。該義位在兩時期內的使用頻率分別爲 15 例、46 例，在「味」的詞義系統中所佔的比率分別爲：6.9%、17.4%，比重略有上陞。

〔註4〕 在上古語料中，我們共發現 26 例「滋味」，如《呂氏春秋·離俗覽·適威》：「蠻夷反舌殊俗異習之國，其衣服冠帶、宮室居處、舟車器械、聲色滋味皆異，其爲欲使一也。」又如《論衡·別通篇》：「夫海大於百川也，人皆知之，通者明於不通，莫之能別也。潤下作鹹，水之滋味也。」

　　「味」的「品嘗、辨別」義由「味道」義引申而來，貫穿於上古中期、後期。從「品味」語義場的描述和分析可知，在這兩個時期內，「味」的變化主要表現在使用頻率上。該義位在上古中後時期的文獻用例分別為 19、12，在「味」詞義系統中所佔的比率分別為 9.2%、4.5%。據此我們得到如下兩個認識：一方面，「品嘗、辨別」義位從上古中期開始進入「味」的詞義系統，該義位的存在使「味」從上古中期開始成為「品味」語義場的成員，這從上一章中「品味」語義場的描寫也可以看出來。另一方面，義位「品嘗、辨別」在「味」詞義系統中所佔的比率較低，且有繼續降低的趨勢，這與「味道」義位在「味」詞義系統中的主導地位有關。由於表意明晰性要求，當「味」主要用來表示「味道」義和「菜肴」義時（上古後期兩義位分別佔 74.7%、17.4%），其「品嘗、辨別」義就可能萎縮，而「嘗」之「品嘗」義的根深蒂固更加劇了「味」之「品嘗、辨別」義的萎縮。

　　「味」之「體味、研究」義位貫穿於上古中期、後期兩個時期。在使用頻率上，表「體味、研究」義之「味」在上古中、後期的文獻用例分別為 2 例、9 例，在各時期所佔比率分別為 0.9%、3.4%。可見，該義位在「味」的詞義系統中所佔比率偏低，但仍處在緩慢增長中。

　　總之，上古前期，「味」只有「味道」這個義位。發展到上古中期，又引申出「菜肴」「品嘗、辨別」「體味、研究」3 個義位，且一直沿用到上古後期。與本文研究直接相關的是其「品嘗、辨別」義位。在上古兩個時期中，表「品嘗、辨別」義的「味」一直保持著「味」詞義系統中的一席地位，這是「味」成為「品味」語義場成員的直接原因。另一方面，由於「味」主要用來表示「味道」義和「菜肴」義，「味」的「品嘗、辨別」義逐漸萎縮，導致「味」在「品味」語義場中的地位越來越低。（具體參看上一章中「品味」語義場）

　　上古「味」各義位文獻用例統計見表 37。

表 37　上古「味」各義位文獻用例統計表

文　　獻 ＼ 義　位		味道	菜肴	品嘗、辨別	研究、體會
前期（3）	周禮	3			
	總計	3			
	比例	100%			

中期（216）	郭店楚簡	3		1	
	睡虎地秦簡		1		
	春秋左傳	12	1		
	呂氏春秋	41	4		1
	晏子春秋	8	2		
	禮記	31	3		
	國語	11			
	論語	1			
	莊子	10		1	
	孟子	7			
	老子	3		1	
	荀子	13	3	1	
	管子	28		10	
	墨子	4		1	
	韓非子	6	2	3	
	楚辭	1		1	1
	穀梁傳	1	1		
	總計	180	15	19	2
	比例	83%	6.9%	9.2%	0.9%
後期（265）	馬王堆帛書	14	3	5	
	銀雀山漢簡		1		
	春秋繁露	14	2		1
	史記	18	8		1
	論衡	28	2		1
	說苑	12	7	1	1
	新書	9	1	1	1
	鹽鐵論	5	1		
	列子	9	2	3	
	淮南子	54	2	2	2
	新論	1			
	吳越春秋	13	3		
	漢書	19	6		2
	武威醫簡				
	總計	198	46	12	9
	比例	74.7%	17.4%	4.5%	3.4%

2.3 「嘗」

「嘗」最早出現在上古前期，以下我們主要考察上古前期到上古後期「嘗」詞義演變的情況，歸納「嘗」的詞義系統，並將其與上一章中「吃類」語義場、「品嘗」語義場的分析結合起來，考察「嘗」詞義演變對語義場的影響。

通過分析「嘗」在上古文獻中的使用情況，我們發現，「嘗」共包含 6 個義位：①品嘗；②秋祭名；③吃；④試探；⑤經歷；⑥曾經。

2.3.1 「嘗」各時期義位情況

2.3.1.1 前期義位

上古前期，「嘗」包括 4 個義位：①品嘗；②秋祭名；③吃；⑥曾經。文獻用例如：

(1)〔品嘗〕饁彼南畝，田畯至喜。攘其左右，嘗其旨否。(《詩經·小雅·甫田》)

——鄭玄箋云：「成王親爲嘗其饋之美否，示親之也。」孔穎達疏云：「又親爲嘗其饋之美否，示親而愛之。」

(2)〔秋祭名〕濟濟蹌蹌，絜爾牛羊，以往烝嘗。或剝或亨，或肆或將。(《詩經·小雅·楚茨》)

(3)〔吃〕肅肅鴇行，集于苞桑。王事靡盬，不能藝稻梁。父母何嘗？悠悠蒼天，曷其有常？(《詩經·唐風·鴇羽》)

(4)〔曾經〕若嘗爲臣者，則禮辭其摯，曰：「某也辭，不得命，不敢固辭。」(《儀禮·士相見禮》)

據我們統計，上古前期「嘗」共出現 36 例：「品嘗」義 12 例，佔 33.3%；「秋祭名」義 9 例，佔 25%；「吃」義 12 例，佔 33.3%；「曾經」義 3 例，佔 8.4%。可見，該時期內「嘗」的「品嘗」義、「吃」義使用頻率較高，佔據主導地位。(具體比例請參看本節後所附頻率表，下同)

2.3.1.2 中期義位

上古中期，「嘗」包括 6 個義位：①品嘗；②秋祭名；③吃；④試探；⑤經歷；⑥曾經。其中義位①②③⑥是從上古前期繼承而來的，義位④⑤是上古中

期新產生的。文獻用例如：

（5）〔品嘗〕嘗饌善，則世子亦能食；嘗饌寡，世子亦不能飽。（《禮記・文王世子》）

（6）〔秋祭名〕烝烝者何？冬祭也。春曰祠，夏曰礿，秋曰嘗，冬曰烝。（《春秋公羊傳・桓公八年》）

（7）〔吃〕小人有母，皆嘗小人之食矣。（《春秋左傳・隱公元年》）

（8）〔試探〕諸侯方睦於晉，臣請嘗之。若可，君而繼之。不可，收師而退，可以無害，君亦無辱。（《春秋左傳・襄公十八年》）

——杜預注：「嘗，試其難易也。」

（9）〔經歷〕險阻艱難，備嘗之矣；民之情偽，盡知之矣。（《春秋左傳・僖公二十八年》）

（10）〔曾經〕桓公嘗有存亡繼絕之功，故君子爲之諱也。（《春秋穀梁傳・僖公十七年》）

（11）〔曾經〕不治而昌不亂而亡者，自古至今未嘗有也。（《管子・禁藏》）

據我們統計，上古中期「嘗」共出現 520 例：「品嘗」義 11 例，佔 2.1%；「秋祭名」義 75 例，佔 14.4%；「吃」義 28 例，佔 5.4%；「試探」義 35 例，佔 6.7%；「經歷」義 1 例，佔 0.2%；「曾經」義 370 例，佔 71.2%。可見，該時期內「嘗」的「曾經」義使用頻率較高，佔據主導地位。

2.3.1.3　後期義位

與上古中期一樣，上古後期「嘗」的詞義包括 6 個義位：①品嘗；②秋祭名；③吃；④試探；⑤經歷；⑥曾經。文獻用例如：

（12）〔品嘗〕時多疾病毒傷之害，於是神農乃始教民播種五穀，相土地宜燥濕肥墝高下，嘗百草之滋味，水泉之甘苦，令民知所辟就。（《淮南子・脩務訓》）

（13）〔秋祭名〕聖王布德施惠，非求其報於百姓也；郊望禘嘗，非求福於鬼神也。（《淮南子・人間訓》）

（14）〔吃〕其於禽獸也，見其生不忍其死，聞其聲不嘗其肉，故遠

庖廚，所以長恩且明有仁也。(《新書・保傅》)

（15）〔試探〕乃使五千人令張黶、陳澤先嘗趙軍，至皆沒。(《史記・張耳陳餘列傳》)

（16）〔試探〕孫子合（答）曰：「以輕卒〔正〕嘗之，賤而勇者將之，期於北，毋期於得，爲之微陳（陣）以觸其廁（側）。是胃（謂）大得。」(《銀雀山漢墓竹簡（壹）・孫臏兵法》)

（17）〔經歷〕尚曰：「父繫三年，中心忉怛，食不甘味，嘗苦饑渴，晝夜感思，憂父不活，惟父獲免，何敢貪印綬哉？」(《吳越春秋・王僚使公子光傳》)

（18）〔曾經〕秦繆公嘗出，而亡其駿馬，自往求之，見人已殺其馬，方共食其肉。(《說苑・卷六》)

（19）〔曾經〕夫子曰：「顏氏之子其庶幾乎？見幾又（有）不善，未嘗弗知；知之，未嘗復行之。」(《馬王堆帛書・要》)

據我們統計，上古後期「嘗」共出現 1036 例：「品嘗」義 33 例，佔 3.2%；「秋祭名」義 32 例，佔 3.1%；「吃」義 26 例，佔 2.5%；「試探」義 40 例，佔 3.8%；「經歷」義 3 例，佔 0.3%；「曾經」義 902 例，佔 87.1%。可見，該時期內「嘗」的「曾經」義使用頻率較多，佔據主導地位。

2.3.2　「嘗」的詞義系統

綜上所述，「嘗」在上古時期共包含 6 個義位：①品嘗；②秋祭名；③吃；④試探；⑤經歷；⑥曾經。這 6 個義位構成上古時期「嘗」的詞義系統。現將六義位之間的詞義演變關係闡述如下。

《說文・旨部》：「嘗，口味之也，從旨，尚聲。」「口味之」，即把食物放在口裏辨別滋味。這是「嘗」的本義。該義位在上古時期共出現 56 次，佔「嘗」文獻用例總數（1592 例）的 3.5%。

因爲「品嘗辨別食物味道」的直接目的是爲了吃到最美味的食物，所以「嘗」由「辨別滋味」義引申出「吃」義。且如王鳳陽（1993：750）所說：「正因爲『嘗』是爲辨味，所以總是少量地吃、慢慢地品。」該義位的「嘗」在上古時期共出現 66 次，佔「嘗」文獻用例總數（1592 例）的 4.1%。

古代社會，每到秋天穀物成熟之時天子都會以新收穫的五穀祭祀祖先，然後再嘗食新穀。由於這種祭祀活動在上古時期非常十分重要，所以「嘗」由「品嘗辨別義」引申爲祭祀名稱，且指秋天祭祀。《爾雅・釋天》：「秋祭曰嘗。」漢董仲舒《春秋繁露・四祭》：「四祭者，因四時之所生孰而祭其先祖父母也。故春曰祠，夏曰礿，秋曰嘗，多曰蒸……嘗者，以七月嘗黍稷也。」「秋祭名」的「嘗」上古時期共出現 120 次，佔「嘗」文獻用例總數（1592 例）的 7.3%。

《說文・旨部》：「嘗，口味之也，從旨，尙聲。」段玉裁注：「引申凡經過者爲嘗，未經過爲未嘗。」就是說，要想知道某種食物的滋味，必須事先品嘗食物，只有品嘗過食物之後才會知道食物的滋味。這就使「嘗」具有「已然」的語義特徵，這是「嘗」由「品嘗」義引申成表「過去」的副詞「曾經」的原因。義位「曾經」在上古時期共出現 1275 次，佔「嘗」文獻用例總數（1592 例）的 80.1%。

王鳳陽（1993：750）：「正因爲『嘗』是用口品味，所以常引申爲自身的經歷和體驗。」「嘗」的「經歷」義正是由此引申而來。該義位的「嘗」上古時期共出現 4 次，佔「嘗」文獻用例總數（1592 例）的 0.3%。

「嘗」的目的是通過辨別滋味來決定下一步的行動，所以「嘗」是一種試探性的活動，「嘗」由此引申出「嘗試、試探」之義。該義位最早出現在上古中期，共出現 75 次，佔「嘗」在該時期總用例（1592 例）的 4.7%。

「嘗」的詞義系統見圖四。

圖四　「嘗」的詞義系統圖

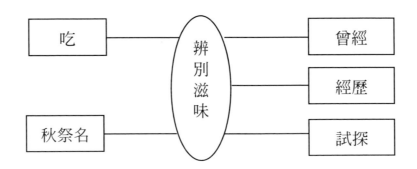

2.3.3 「嘗」義位的演變及其對語義場的影響

上文已述，「嘗」的義位數在上古時期發生了變化。上古前期，「嘗」包括4個義位：①品嘗；②秋祭名；③吃；⑥曾經。發展到上古中期、後期，「嘗」包括6個義位：①品嘗；②秋祭名；③吃；④試探；⑤經歷；⑥曾經。其中，義位①②③⑥是從前期繼承而來的，體現了詞彙發展的累積律；義位④⑤是上古中期新產生的，並一直沿用到上古後期。

那麼，上述6個義位在上古三個時期內各是怎樣變化的？這種變化又對「吃類」語義場、「品嘗」語義場產生了怎樣的影響？下面我們將對此進行探討。

「嘗」之「品嘗辨別」義位貫穿於上古三個時期。從「品嘗」語義場的描述和分析可知，在這三個時期內，「嘗」在語義屬性上的變化主要表現在「嘗」所支配對象的泛化、語法功能的增強以及使用頻率上。從「嘗」的品嘗對象而言，上古前期，「嘗」的對象為可食之物，如「酒」、「羊鍘（用羊肉做的粥）」等；到上古中期，「嘗」的對象增加了「藥」；到上古後期，「嘗」後還出現了用於抽象的「道」的比喻用法。語法功能方面，「嘗」在上古時期均充當句子的謂語，主語或隱或現，賓語均出現。發展到上古後期，「嘗」還能受否定副詞「不」修飾。在使用頻率上，義位「品嘗」在上古三個時期的文獻用例分別為：12例、11例、33例，在「嘗」詞義系統中所佔的比率分別為：33.3%、2.1%、3.2%。可見，從「嘗」所支配的對象、語法功能和使用頻率來看，義位「品嘗辨別」在上古「嘗」的詞義系統中一直佔據一定比例，這是「嘗」在上古「品嘗」語義場中佔據主導詞地位的根本原因。同時，對於表「品嘗辨別」義的「嘗」而言，其支配對象的泛化能力以及在語法功能的增強體現出「嘗」用法的活躍，這也是「嘗」能引申出其它義位的動力。

「嘗」之「秋祭名」義位貫穿於上古三個時期。在一定程度上，「嘗」之「秋祭名」義位具有術語的性質，其語義屬性、語法屬性均無明顯變化，僅在使用頻率上出現變化：義位「秋祭名」在上古三個時期的文獻用例分別為：9例、75例、32例，在「嘗」詞義系統中所佔的比率分別為：25%、14.4%、3.1%。可見，「秋祭名」義位在「嘗」詞義系統中所佔比重逐漸減少。

「嘗」之「吃」義位貫穿於上古三個時期。從「吃類」語義場的描述和分析可知，在這三個時期內，「嘗」的變化主要表現在語法功能和使用頻率上。雖然表「吃」義之「嘗」在句中均充當謂語，但「嘗」在上古中期語法功能單一，

前有主語，後有賓語，不受其它詞類修飾。但從上古中期開始，表「吃」義的「嘗」語法功能增多，具體表現在：能受否定副詞「不」「未」、能願動詞「敢」修飾，還能組成所字結構，且能構成賓語前置句式。發展到上古後期，還出現了以代詞「之」充當賓語的情況。在使用頻率上，義位「吃」之「嘗」在上古三個時期的文獻用例分別爲：12例、28例、26例，在「嘗」詞義系統中所佔的比率分別爲：33.3%、5.4%、2.5%。說明「嘗」從上古前期開始侵入「吃類」語義場且在該語義場內一直佔有一席之地。

「嘗」之「經歷」義位產生於上古中期，一直沿用到上古後期，在這兩個時期的文獻用例分別爲1例、3例，在「嘗」詞義系統中所佔的比率分別爲：0.2%、0.3%。這說明「嘗」從上古中期開始侵入「經歷」語義場，但僅是「經歷」語義場的邊緣成員。這應該與「嘗」詞義系統中「品嘗辨別」義、「吃」義、「曾經」義3義位的強勢地位有關（上古中期三者分別佔「嘗」文獻用例總數的2.1%、5.4%、71.2%；上古後期三者分別佔「嘗」文獻用例總數的3.2%、2.5%、87.1%）。

「嘗」之「試探」義位亦產生於上古中期，一直沿用到上古後期。在使用頻率上，義位「試探」在上古兩個時期的文獻用例分別爲：35例、40例，在「嘗」詞義系統中所佔的比率分別爲：6.7%、3.8%。我們發現，上古時期表「試探」義的「嘗」共出現75例，其中有58例是以「嘗試」的組合形式出現的（用例如下），這體現出「嘗」較強的構詞能力。

（20）王曰：「吾惛，不能進於是矣。願夫子輔吾志，明以教我。我雖不敏，請嘗試之。」（《孟子・梁惠王上》）

（21）吾以爲不然。嘗試問之矣：「若夫神農、堯、舜、禹、湯，可謂聖人乎？」（《淮南子・脩務訓》）

「嘗」之「曾經」義位貫穿於上古三個時期。表「曾經」義位的「嘗」文獻用例最多，三個時期分別爲：3例、370例、902例，分別佔「嘗」文獻用例總數的8.4%，71.2%，87.1%。所佔比例逐漸增多，且佔據「嘗」詞義系統的絕對主導地位。「嘗」從實詞義「品嘗辨別」引申出虛詞義「曾經」，體現出「嘗」詞義的強大滲透力。

綜上，上古前期，「嘗」包括「品嘗」「秋祭名」「吃」「曾經」4個義位，

發展到上古中期，又引申出「試探」、「經歷」兩個義位，與本文研究直接相關的是其「品嘗」義位和「吃」義位。在上古三個時期中，表「品嘗」義的「嘗」和表「吃」義的「嘗」一直保持著「嘗」詞義系統中的一席地位，這是「嘗」一直是「品嘗」語義場、「吃類」語義場主要成員的直接原因。另一方面，從「嘗」詞義系統的演變來看，「嘗」的詞義系統由上古前期的 3 個義位，發展到上古中期、後期的 6 個義位，尤其是副詞義位「曾經」的強勢地位，說明「嘗」的詞義系統的擴充是成功的，而這些新義位的產生，都是由「嘗」之本義「品嘗」引申而來，這既從一個側面印證了「品嘗」義位在「嘗」詞義系統中的中心與支配地位，又體現出「嘗」在上古時期漢語詞彙系統中常用詞地位的穩固性，而「嘗」在漢語詞彙系統中的穩固性與常用性是「嘗」成為「品嘗」語義場、「吃類」語義場成員的有力保障。

上古「嘗」各義位文獻用例統計見表 38。

表 38　上古「嘗」各義位文獻用例統計表

文　獻 ＼ 義　位		品嘗	秋祭名	吃	試探	經歷	曾經
前期（36）	詩經	2	6	1			
	周禮	1	3				1
	儀禮	9		11			2
	總計	12	9	12			3
	比例	33.3%	25%	33.3%			8.4%
中期（520）	睡虎地秦簡						5
	郭店楚簡						3
	上博簡						1
	左傳		6	5	5	1	19
	國語		5	2			10
	孫子			1			
	論語		1	1			8
	禮記	5	41	3	3		8
	墨子	1		4	1		46
	晏子春秋			1		2	18
	孟子					1	21

	莊子			1	11		66
	荀子	1	2	3			34
	呂氏春秋	3	7	4	3		52
	韓非子			1	4		41
	管子			1	2		24
	穀梁傳	1	7				8
	公羊傳		6	1			3
	楚辭			3			2
	總計	11	75	28	35	1	369
	比例	2.1%	14.4%	5.4%	6.7%	0.2%	71.2%
後期(1036)	馬王堆帛書				14	2	12
	銀雀山漢簡				3		4
	居延漢簡						3
	敦煌漢簡						1
	新語	1		1			
	新書	2		2	1		19
	淮南子	7	8	5	4		46
	春秋繁露	4	4		4		13
	史記	3	9	6	6		305
	列女傳						14
	新序	2			2		23
	說苑	2	2	3	2		73
	法言						4
	吳越春秋	7		2		1	17
	漢書	5	8	5	2		321
	論衡				2		37
	風俗通義		1	2			11
	總計	33	32	26	40	3	903
	比例	3.2%	3.1%	2.5%	3.8%	0.3%	87.1%

2.4 「吞」

　　在古漢語中，「吞」是個多義詞。「吞」最早出現在上古中期，以下我們主要考察上古中期到上古後期「吞」詞義演變的情況，並將其與上一章中「吞咽」

語義場的分析結合起來，考察「吞」詞義演變對語義場的影響。

　　通過分析「吞」在上古文獻中的使用情況，我們發現，「吞」共包含 3 個義位：①將食物送入體內的動作，即咽下；②消滅、吞併；③容納。

2.4.1　「吞」各時期義位情況

2.4.1.1　中期義位

　　上古前期，未發現吞字用例。

　　上古中期，「吞」包括 2 個義位：①將食物送入體內的動作，即咽下；②消滅、吞併。文獻用例如：

> （1）〔咽下〕夫函車之獸，介而離山，則不免於網罟之患；吞舟之魚，碭而失水，則蟻能苦之。故鳥獸不厭高，魚鱉不厭深。（《莊子・雜篇・庚桑楚》）

> （2）〔咽下〕其妻曰：「狀貌無似吾夫者，其音何類吾夫之甚也？」又吞炭以變其音。（《呂氏春秋・恃君覽》）

> （3）〔咽下〕雄虺九首，往來倏忽，吞人以益其心些。（《楚辭・招魂》）

> （4）〔吞併、消滅〕楚欲吞宋、鄭而畏齊，曰思人眾兵強能害己者，必齊也。（《管子・霸形》）

　　據我們統計，上古中期「吞」共出現 10 例：「咽下」義 7 例，佔 70%；「消滅、吞併」義 3 例，佔 30%。可見，該時期內「吞」的本義「咽下」義使用頻率較多，佔據主導地位。（具體比例請參看本節後所附頻率表，下同）

2.4.1.2　後期義位

　　上古後期，「吞」的詞義得到了繼承與發展：一方面，「吞」在上古前期的「咽下」「消滅、吞併」兩義位在上古後期繼續存在，且佔據「吞」詞義系統的主導地位。另一方面，「吞」的詞義繼續發展演變，產生了「包括、容納」之義。故，上古後期「吞」包括 3 個義位：①咽下；②消滅、吞併；③包括；容納。文獻用例如：

> （5）〔咽下〕良久，徐曰：「恬罪固當死矣。起臨洮屬之遼東，城

塹萬餘里，此其中不能無絕地脈哉？此乃恬之罪也。」乃吞藥自殺。(《史記・蒙恬列傳》)

(6)〔咽下〕楚惠王食寒菹而得蛭，因遂吞之，腹有疾而不能食。(《新書・春秋》)

(7)〔咽下〕交拱之木，無把之枝；尋常之溝，無吞舟之魚。(《淮南子・繆稱訓》)

(8)〔吞併、消滅〕夫秦，虎狼之國也，有吞天下之心。(《史記・蘇秦列傳》)

(9)〔吞併、消滅〕其後，強吞弱，大兼小，並爲六國。(《鹽鐵論・輕重》)

(10)〔吞併、消滅〕秦以熊羆之力，虎狼之心，蠶食諸侯，併吞海內，而不篤禮義，故天殃已加矣。(《漢書・賈鄒枚路傳》)

(11)〔包括〕且齊東陼巨海，南有琅邪，觀乎成山，射乎之罘，浮勃澥，遊孟諸，邪與肅慎爲鄰，右以湯谷爲界。秋田乎青丘，傍偟乎海外，吞若雲夢者八九，其於胸中曾不蒂芥。(《史記・司馬相如列傳》)

據我們統計，上古後期，「吞」共出現 143 例：「咽下」義 85 例，佔 59.4%；「消滅、吞併」義 56 例，佔 39.2%；「包括、容納」義 2 例，佔 1.4%。可見，「消滅、吞併」、「包括、容納」義使用頻率較高，「包括、容納」義使用頻率較低。

2.4.2 「吞」的詞義系統

綜上所述，「吞」在上古時期共包含 3 個義位：①咽下；②消滅、吞併；③包括；容納。這 3 個義位構成上古時期「吞」的詞義系統。現將三義位之間的詞義演變關係闡述如下。

《說文・口部》：「吞，咽也。從口，天聲。」這是「吞」的本義，多指不通過咀嚼，將食物作爲一個整體送入體內的動作。該義位一直是「吞」詞義系統中的主要義位，上古時期共出現 92 次，佔「吞」在該時期總用例（153 次）的 60.1%。

　　認知語言學認為，一個詞的不同義位不是沒有聯繫的任意組合，而是構成一個關聯的語義範疇，這反映了人們認識事物的方式。根據認知語言學的「人類中心說」，人們認識事物總是以人自己身體爲認知的基本參照點，進而認識周圍的事物，再進一步引申到其它抽象的概念。也就是說，人們在認識事物的時候，總是從人自身較熟知的具體事物來認識與之相似的抽象事物。

　　「吞」本爲人、動物等有生命的生物的飲食動作，指不嚼或不細嚼，將食物整個或成塊地咽下去。其吞咽主體與吞咽客體之間往往存在以大吞小、以強吞弱的關係，而客體被主體咽下之後成爲主體身體的一部分。文獻中出現的「人－炭」、「人－珠」、「魚－舟」、「虺－人」、「靈蛇－象」等都體現出這樣一種關係。所以，「吞」被用來比喻兼併別國領土。非生物之間的強勢主體與弱勢客體之間的「兼併、吞併」行爲，與飲食主體吞食飲食對象的行爲具有共同特徵——大吞小或者強吞弱，這是「吞」由本義「咽下」引申出「消滅、吞併」義的認知動因。該義位自出現起就一直在「吞」的詞義系統中佔據重要地位，上古時期共出現 59 次，佔「吞」在該時期總用例的 38.6%。

　　如前所述，飲食對象被「吞」之後就成爲主體身體的一部分，也就是說，飲食主體體內包含了飲食對象。主體與客體之間的這種包含與被包含關係，是「吞」由本義「咽下」引申出「包含、容納」義的認知動因。該義位上古後期才出現，共出現 2 次，佔「吞」在該時期總用例的 1.3%。王鳳陽（1993：752～753）亦指出：「正因爲『吞』常用於大物、整物，所以物間的包容，領土的兼併等一般用『吞』來比喻。」

　　「吞」的詞義系統見圖五。

<h2 align="center">圖五　「吞」的詞義系統圖</h2>

2.4.3　「吞」義位的演變及其對語義場的影響

　　據上文，「吞」各時期的義位數發生了變化。上古中期，「吞」包括 2 個義位：①咽下；②消滅、吞併。到上古後期，「吞」包括 3 個義位：①咽下；②消

滅、吞併；③包括、容納。前 2 個義位是從中期繼承而來的，體現了詞彙發展的累積律；「包括、容納」義位是上古後期新產生的，該義位的產生符合詞義發展的規律（詳見上文）。

那麼，上述 3 個義位在上古三個時期內是怎樣變化的？這種變化又對「吞咽」語義場產生了怎樣的影響？下面我們將對這兩個問題進行探討。

表「咽下」義的「吞」貫穿於上古中期與上古後期，從上一章中對「吞咽」語義場的描述和分析可知，在這兩個時期內，「吞」在語義屬性、語法屬性上無實質性變化，均表示「借助咽喉，主體將外物作爲食物送入體內」的動作。在吞咽主體（人和動物）、吞咽對象（對象廣泛，包括食物、被當成食物吞咽的非食物）、吞咽器官、目的、方式等方面都表現出一致性。「吞」在上古後期的變化主要體現在使用頻率上。義位「咽下」在上古中期、後期文獻用例分別爲：7 次、85 次，在「吞」詞義系統中所佔的比率分別爲：70%、59.4%。雖然「吞」的文獻用例比率有所下降，但均佔據了「吞」詞義系統的一半以上。可見，在上古「吞咽」語義場中，「吞」佔據了絕對優勢，牢固樹立了「吞咽」語義場主導詞的地位。

「吞」之「吞併、消滅」義位最早出現於上古中期。義位「吞併、消滅」在上古中期、後期的文獻用例分別爲：3 次、56 次，其在各時期「吞」詞義系統中所佔的比率分別爲 30%、39.2%。可見「吞」之「吞併、消滅」義一直較爲活躍。義位「吞併、消滅」的演變主要體現在「吞」的構詞能力上。與上古中期單音詞「吞」相比，「吞」在上古後期出現了新的組合形式：「吞」經常與同表「吞併」「消滅」義的「並」、「兼」、「滅」組成並列式複音結構「併吞」「兼吞」「吞滅」，顯示出上古後期「吞」構詞組合能力大大增強。文獻用例如：

（12）昔秦皇帝任戰勝之威，蠶食天下，併吞戰國，海內爲一，功齊三代。（《史記·平津侯主父列》）

（13）昔者豫讓，中行文子之臣。智伯伐中行氏，併吞其地。（《淮南子·主術訓》）

（14）秦王趙政兼吞天下而亡，智伯侵地而滅，商鞅支解，李斯車裂。（《淮南子·人間訓》）

（15）至於秦始皇，兼吞戰國，遂毀先王之法，滅禮誼之官，專任

刑罰，躬操文墨，晝斷獄，夜理書，自程決事日，縣石之一。
（《漢書‧刑法志》）

（16）周室既衰，禮樂征伐自諸侯出，轉相吞滅，數百年間，列國
耗盡。（《漢書‧地理志上》）

（17）屈原者，名平，楚之同姓大夫。有博通之知、清潔之行，懷
王用之。秦欲吞滅諸侯，併兼天下。（《新序‧卷七》）

「吞」在上古後期文獻用例的增多以及構詞能力的增強，鞏固並完善了
「吞」的詞義系統，也使「吞」在「吞咽」語義場中的主導詞地位進一步完
全確立。

「吞」之「包括、容納」義位是「吞」在上古後期新產生的，說明「吞」
侵入了「包括、容納」語義場。

綜上，上古中期，「吞」包括「咽下」、「吞併、消滅」兩個義位，開始進入
「吞咽」語義場。到上古後期，這兩個義位用例明顯增多，構詞組合能力大爲
增強，還引申出「包括、容納」義，開始侵入「包括、容納」語義場。「吞」日
漸完善且穩定的詞義系統，使其成爲漢語詞彙系統中不可或缺的一員，「吞」在
「吞咽」語義場中的主導詞地位最終得到鞏固和確立。

上古「吞」各義位文獻用例統計見表 39。

表 39　上古「吞」各義位文獻用例統計表

文　獻	義　位	咽下	吞併、消滅	包括、包含
中期（10）	上博簡	1		
	莊子	1		
	呂氏春秋	2		
	韓非子	1		
	楚辭	2	1	
	管子		2	
	總計	7	3	
	比例	70%	30%	
後期（143）	居延漢簡	1		
	武威醫簡	1		

淮南子	5	3	
新書	3	2	
春秋繁露	1		
史記	8	14	1
鹽鐵論	2	6	
列女傳	2		
新序	2	1	
說苑	6	2	
漢書	5	14	1
論衡	29	1	
列子	2		
戰國策	2	8	
潛夫論	4	1	
楚辭章句	5	1	
傷寒論	3		
金匱要略	3		
法言		1	
風俗通義		1	
新語		1	
總計	85	56	2
比例	59.4%	39.2%	1.4%

2.5 「食」

「食」在上古前期的甲骨文時代就已經出現，其後整個上古時期詞義發展異常活躍。文獻測查顯示，上古文獻中「食」的義位多達 11 個：①食物；②糧食；③吃；④吃飯；⑤特指日蝕、月蝕；⑥背棄；⑦享受俸祿租稅；⑧耕種；⑨飯菜；⑩靠著吃飯；⑪吞併。上古飲食類動詞中，「食」的義位是最多的，這也體現出它在飲食類動詞中的重要性。

2.5.1 「食」各時期義位情況

2.5.1.1 前期義位

雖然上古前期的文獻目前所見有限，但「食」字的大多數義位都已出現，包括 8 個義位：①食物；②糧食；③吃；④吃飯；⑤特指日蝕、月蝕；⑥背棄；

⑦享受俸祿租稅；⑧耕種。文獻用例如：

（1）〔食物〕多用旨食。（般殷鼎）

（2）〔糧食〕桑之落矣，其黃而隕。自我徂爾，三歲食貧。（《詩經·衛風·氓》）

——鄭玄箋：「女家乏穀食已三歲貧矣。」

（3）〔吃〕豈其食魚，必河之魴？豈其取妻，必齊之姜？（《詩經·國風·陳風》）

（4）〔吃飯〕……於方既食，戌迺伐，漅……（《甲骨文合集》28000）

（5）〔享受俸祿、租稅〕如彼溯風，亦孔之僾。民有肅心，荓云不逮。好是稼穡，力民代食。稼穡維寶，代食維好？（《詩經·大雅·蕩之什》）

（6）〔背棄〕爾無不信，朕不食言。（《書·湯誓》）

——王引之《經義述聞》：「食言者，言而不信，則為自食其言，食者消滅之義。」

（7）〔耕種〕經牧其田野，辨其可食者，週知其數而任之，以徵財徵。（《周禮·地官司徒》）

（8）〔月蝕〕癸未卜，爭貞：翌甲申易日？之夕月有食。甲陰，不雨。（《甲骨文合集》11483 正）

據我們統計，上古前期文獻中「食」用例共 152 例，其中表示「吃飯」和「吃」的用例就有 115 例，佔總數的 75.6%，遠遠高於其它義位。各義位出現的數量及比例詳見下文的統計表。

2.5.1.2 中期義位

上古中期，「食」的各義位已基本出現，共有 10 個義位，即：①食物；②糧食；③吃；④吃飯；⑤特指日蝕、月蝕；⑥背棄；⑦享受俸祿租稅；⑧耕種；⑨飯菜；⑩靠著吃飯。其中義位⑨⑩是這個時期新產生的。〔註5〕文獻用例如：

〔註 5〕按，從引申序列來看，義位⑩產生在義位⑦之前，此處說義位⑩新產生，僅是根據文獻用例所見，實際上上古前期已出現義位⑩。

（9）〔吃飯〕丙寅、丙申、丁酉、丁卯、甲戌、甲辰、乙亥、乙巳、戊午、己丑、己未，莫（暮）食以行有三喜。（《睡虎地秦墓竹簡》）

（10）〔吃〕出因其資，入用其寵，饑食其粟，三施而無報，是以來也。（《春秋左傳·僖公十五年》）

（11）〔飯菜〕初，穆子去叔孫氏，及庚宗，遇婦人，使私爲食而宿焉。（《春秋左傳·昭公四年》）

（12）〔食物〕伯叔父母遠近兄弟皆寒而不得衣，饑而不得食。（《管子·輕重丁》）

（13）〔糧食〕故國有餘藏，民有餘食。夫敍鈞者，所以多寡也；權衡者，所以視重輕也；（《管子·禁藏》）

（14）〔靠著吃飯〕使賢者食於能，鬥士食於功。賢者食於能，則上尊而民從；鬥士食於功，則卒輕患而傲敵。上尊而民從，卒輕患而傲敵。（《管子·法法》）

（15）〔享受俸祿、租稅〕嬰聞古之事君者，稱身而食，德厚而受祿，德薄則辭祿。（《晏子春秋·卷六》）

（16）〔背棄〕是食言多矣，能無肥乎？（《左傳·哀公二十五年》）

（17）〔耕種〕凡田野萬家之眾，可食之地，方五十里，可以爲足矣。（《管子·八觀》）

（18）〔日蝕〕三年春王二月，己巳，日有食之。（《春秋左傳·隱公三年》）

本時期，「食」字各義位共有用例 993 例。與上古前期一樣，「吃飯」、「吃」仍是主體，佔總數的百分之 64.4%，仍是「食」語義系統的主體；其它如「泛指食物」、「糧食」等名詞性義位所佔比例也有很大的提高，反映了本時期「食」詞義系統的變化。

2.5.1.3 後期義位

上古後期，「食」的義位數量與中期相比變化不大，只是增加了一個「吞併」義位。各義位在上古後期文獻中的用例舉例如下：

（19）〔吃飯〕先莫（暮）毋食，旦飲藥。（《馬王堆漢墓帛書（肆）。五十二病方等》）

（20）〔吃〕夫胡貉之地，積陰之處也，木皮三寸，冰厚六尺，食肉而飲酪，其人密理，鳥獸毳毛，其性能寒。（《漢書・爰盎晁錯傳》）

（21）〔飯菜〕是時，太官方上晝食，上乃卻食，為之涕泣，哀慟左右。（《漢書・蕭望之傳》）

（22）〔食物〕夫衣與食俱輔人體，食輔其內，衣衛其外。（《論衡・譏日篇》）

（23）〔糧食〕粟米，人之上食也，奈何其以養鳥也？（《新書・春秋》）

（24）〔吞併〕楚為無道，虐殺忠良，侵食諸侯，困辱二君，寡人欲舉兵伐楚，願二君有謀。（《吳越春秋・闔閭內傳》）

（25）〔靠著吃飯〕卜式言曰：「縣官當食租衣稅而已，今弘羊令吏坐市列，販物求利。亨弘羊，天乃雨。」（《漢書・食貨志下》）

（26）〔耕種〕隨水右壤，此皆廣川大水，山林溪谷，不食之地也，王雖有之，不為得地。（《史記・春申君列傳》）

（27）〔享受俸祿，租稅〕見賢不隱，食祿不專，此公叔之所以為文，魏成子所以為賢也。（《鹽鐵論・刺權》）

（28）〔背棄〕使之以時而敬順之，忠而愛之，布令信而不食言。（《說苑・卷七》）

（29）〔日蝕〕甲戌晦，日有食之。（《漢書・高帝紀上》）

據我們統計，上古後期「食」字在文獻中的用例共 2246 例。其中「吃飯」佔總數的 14.1%，「吃」佔 49.6%，雖然仍保持主體地位，但相對前期和中期，已經下降了不少。而「泛指食物」、「糧食」、「拿東西給人（動物）吃」等義位所佔比重繼續增加。

2.5.1 「食」的詞義系統

如前所述，「食」在上古時期共有「食物」、「吃」等 11 個義位，這些義位

共同構成了「食」的一個小詞義系統。搞清楚這個詞義系統，我們才能對作爲飲食動詞的「食」有更加清楚的認識。

「食」的諸多不同義位反映的是詞義引申的過程，要釐清「食」的詞義系統，首先就要弄明白「食」的本義，因爲抓住本義就抓住了一個詞諸多詞義的綱。「食」字，甲骨文作🔯。關於這個字形的說解，有兩種不同的說法，一是說「從亼（象倒口形）從皀（簋的初文），會以口進食之意。」﹝註6﹞則「食」字的本義是「進食」，爲動詞；另一說是「象簋上有蓋之形，乃日用饗飧之具，以盛食物，故引申爲凡食之稱」﹝註7﹞，則本義是食物，爲名詞。後一種說法目前爲大多數人認同。《古文字詁林》引李孝定《金文詁林讀後記卷五》：「食作🔯，上從 ，戴家祥氏以爲象器蓋，似較倒口說爲長，簋盛黍稷大者徑或盈尺，必以匕扱之，不得以口就食也。」﹝註8﹞陳年福在考察甲骨文中「食」的詞義引申情況時，亦將其引申軌跡總結爲：飯食→吃；飯食→月蝕。﹝註9﹞我們贊同後一種觀點，即認爲「食」的本義是「食物」。

在確定「食」的本義後，我們看上古「食」的諸多義位跟「食物」的關係是怎樣的。我們首先看「食」最早的文獻用例，即甲骨文中的用法。甲骨文中的「食」大多是用作「大食」、「小食」等時間名詞，「食」是作爲語素；除去這個用法，甲骨文中「食」的義位主要有三：①吃飯；②吃；③特指日蝕、月蝕。限於甲骨文語料本身的局限性，我們沒有發現「食」有「食物」這一義位，但這並不能否定當時「食物」義位的存在。

由於「飯食」、「糧食」在食物中的重要地位，「食」由泛指「食物」引申出表專指的「糧食」「飯食」義。而上古中期出現的「耕種」義位，其間反映的引申規律是傳統訓詁學上所謂「因果」引申，有「耕種」之因，才有「食物」之果。

關於義位「吃」與義位「食物」的關係。《甲骨文字詁林》：「凡可食者謂

﹝註6﹞ 參季旭昇《說文新證》第 433 頁，臺北藝文印書館 2008 年版，林義光《文源》於金文「食」字亦作此解。

﹝註7﹞ 徐中舒主編《甲骨文字典》第 570 頁，四川辭書出版社 1989 年版。

﹝註8﹞ 詳參《古文字詁林》編纂委員會編《古文字詁林》第五冊 315 頁，上海：上海教育出版社，2003〜2004 年。

﹝註9﹞ 詳參陳年福《甲骨文詞義論稿》，上海：上海古籍出版社，2007 年，176 頁。

之食，引伸爲飲食之義。」〔註10〕《甲骨文簡明辭典》：「象食物在器中，上有蓋之形，會可食者之意。引申爲飲食之義，再引申爲日、月被食而虧損之義。」〔註11〕可見兩家觀點都認爲名詞「食物」義引申爲動詞「飲食」義。這是符合引申規律的。傳統訓詁學上有所謂「動靜引申」的規律，也就是表動作的詞和動作的對象、工具等往往存在互用的關係，像「梳頭」與「梳子」即是「梳」（動作）跟「梳子」（工具）存在引申關係。義位「食物」與義位「吃」反映的也是對象與動作的引申。

由「吃」義引申出「吃飯」義，這屬於專泛引申。吃飯是最基本的飲食活動，所以「食」能專指「吃飯」。這種引申情況跟「飲」由「喝」義引申爲「喝酒」的特指義具有共通性。（詳參 2.1「飲」個案研究部分）

根據認知語言學的「人類中心說」，人們認識事物總是以人自己身體爲認知的基本參照點，進而認識周圍的事物，再進一步引申到其它抽象的概念。也就是說，人們在認識事物的時候，總是從人自身較熟知的具體事物來認識與之相似的較抽象事物。飲食與人的日常生活密切相關，這種飲食活動對人們認知客觀世界其它活動產生了重要影響。當其它活動與飲食活動具有某個相似點時，「食」便被運用到其它非飲食行爲上，並由此引申出相關義位。在這種引申過程中，隱喻發揮了重要作用。

隱喻是源域到目標域的投射，而本義和隱喻義之間語義特徵的相似性是源域向目標域投射的基礎。張雲秋認爲「吃」的本義包含了兩個語義特徵：（1）吃者（主體）得到食物等；（2）食物等（客體）被咽進主體的胃裏而不見了。而「吃」的隱喻義也包含兩個語義特徵：一是行爲主體得到客體（包括主觀上願意和主觀上不願意的）；二是動作客體的消失（物質意義上的和心理意義上的）〔註12〕。從飲食主體得到食物這個語義特徵來說，「食」可以引申出「靠著吃飯」「享受俸祿、租稅」義；而從飲食對象被飲食主體咽入體內消失這一語義特徵來說，「食」又具有引申爲「吞併」、「背棄」、「日蝕、月蝕」義的隱喻基礎。此外，我國古代就有天狗吃月的說法，古人在還不清楚月食這種自然現象本質的

〔註10〕于省吾主編《甲骨文字詁林》第 2759 頁姚孝遂按語，北京：中華書局，1996 年版。

〔註11〕趙誠《甲骨文簡明辭典——卜辭分類讀本》第 190 頁，北京：中華書局，1988 年版。

〔註12〕張雲秋《現代漢語受事賓語句研究》227～228 頁。上海：學林出版社，2004 年。

情況下，用「月亮被吃」來指稱這種現象可以說比較生動、確切，也符合當時的認知水平。

上古時期「食」的詞義系統見圖六。

圖六　上古「食」詞義系統圖

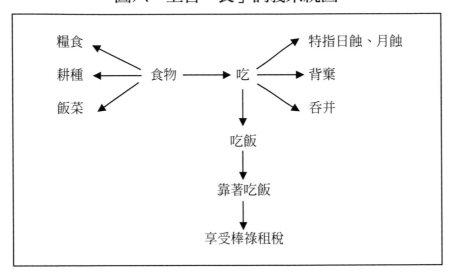

2.5.3　「食」義位的演變及其對語義場的影響

綜上可知，「食」的義位數量在上古時期發生了變化。上古前期，「食」包括 8 個義位：①食物；②糧食；③吃；④吃飯；⑤特指日蝕、月蝕；⑥背棄；⑦享受俸祿租稅；⑧耕種。發展到上古中期，「食」包括 10 個義位，除了上古前期的 8 個義位，還增加了如下 2 個義位：⑨飯菜；⑩靠著吃飯。到上古後期，「食」包括 11 個義位，除了中期的 10 個義位，還增加了義位「吞併」。

上述 11 個義位在上古三時期內均發生了或顯或隱的變化，本部分我們重點對與「吃類」語義場相關的「吃」義位、與「泛飲食」語義場相關的「吃飯」義位的演變進行闡述，並關注它們之間的互相影響和制約。其它義位的演變將作簡要闡述。

「食」之義位「吃」貫穿上古三個時期，表示「人或動物服食固體食物」的動作，其變化主要體現在：（1）「食」的義域不斷擴大，具體體現在飲食對象的豐富上。「食」的對象包括一切固體食物，甚至還包括羹粥類流食、酒水類以及藥物類食物，「食」義域逐漸擴大，已經侵入到「啜」「服」「服食」的義域。（2）「食」的語法功能日漸完備。如「食」可以帶賓語，作為及物動詞；可以有使動用法；上古後期還能用於被動句等等。（3）「食」的文獻使用頻率也逐漸

提高，它在上古三個時期的使用次數分別爲：101 次、459 次、1113 次，在各時期內所佔的比例分別爲 66.4%、46.2%、49.6%。「食」「吃飯」義位在語義、語法、語用三個屬性上表現出的特點使「食」成爲「飲食類」動詞中十分重要的一員，這既是它成爲上古「吃類」語義場主導詞的原因，也是它作爲語義場主導詞的全面體現。從「食」詞義系統的發展來說，「吃」詞項屬性的發達也是其它義位得以引申的動力。

「食」之義位「吃飯」亦貫穿於上古三個時期，表示「人食用食物」的意思。雖然其語義、語法屬性變化不大，但它一直在「泛飲食」語義場中保持最高的使用頻率，由上古前期的 14 次發展到上古中期的 181 次和上古後期的 316 次，分別佔所三個時期文獻用例總數的 9.2%、18.2%、14.1%，這是「食」成爲該語義場主導詞的根本原因。此外，我們在文獻測查中還發現了很多以「食」爲中心詞，以其它飲食類動詞爲飲食方式的定中式短語結構，如啄食、吞食、嚼食等，這是「食」成爲飲食類動詞上位詞的一個旁證。

「食」詞義系統中，各義位在各時期的文獻使用比例分別是：「吞併」義：0.1%、0.2%；「飯菜」義：1%、0.6%；「泛指食物」義：7.9%、20.4%、22.4%；「糧食」義 4.3%、5.4%、5.2%；「靠著吃飯」義：2.4%、1.4%；「享受俸祿、租稅」義：1.5%、6%；「食言」義：0.6%、1.5%、0.2%；「耕種」義：0.6%、0.3%、0.4%；「日蝕、月蝕」義：4.3%、0.3%、0.2%。除了「泛指食物」義所佔比例較大外，其餘義位在上古「食」的詞義系統中所佔比例均較小。這些義位的存在與發展，體現了「食」詞義引申的廣度和深度，是「食」在上古飲食類動詞中佔據主導詞的原因，也是「食」作爲上位詞的體現。

上古「食」各義位文獻用例統計如下頁表 40 所示。

表40　上古「食」各義位文獻用例統計表

文　獻	義　位	吃飯	吃	吞併	飯菜	泛指食物	糧食	靠著吃飯	享受俸祿租稅	背棄	耕種	日蝕月蝕
前期（152）	甲骨文	1	4									7
	金文					2						
	周易	2	6			2						
	尚書	2	1			5			1	1		

時期	文獻										
	詩經	4	24			1		1			
	周禮	4	22		3	6		6		1	
	儀禮	1	44		1						
	總計	14	101		13	7		8	1	1	7
	比例（%）	9.2	66.4		8.6	4.6		5.3	0.6	0.6	4.6
中期 （993）	郭店楚簡		1		2						
	睡虎地秦簡	5	33			8					
	上博簡		11		3						2
	左傳	35	39	4	12	2	1	3	7		1
	國語	11	19		11	2		1	3		
	孫子		1			3					
	論語	8	15	1	12			1			
	墨子	21	36	1	31	19					
	晏子春秋	6	22	1	23	3		1			
	孟子	11	30	1	27			2			
	莊子	7	34				1	2			
	荀子	7	23		3						
	呂氏春秋	14	62		16	2		3			
	韓非子	16	41		24		1	2			
	管子	31	67	1	55	18	22		4	2	
	公羊傳	3	12	1	1				2		
	穀梁傳	2	6	1	2	1					
	楚辭	4	7		1						
	總計	181	459	11	223	58	25	15	16	2	3
	比例（%）	18.2	46.2	1.1	22.4	5.8	2.5	1.5	1.6	0.2	0.3
後期 （2246）	馬王堆帛書	27	111		2						
	銀雀山漢簡		22		4	9					
	居延漢簡	4	13		11	13					
	武威醫簡	4	6		1						
	敦煌漢簡		8								
	新語		4		3	1					
	新書	10	23		19	1	1				

淮南子	6	95			13	4				
春秋繁露	2	31			2	1	1			
史記	61	102		3	109	24	4	48	1	1
鹽鐵論	8	33			24	1	4	9		5
列女傳	9	17			8	2	3	1	1	
新序	4	33		2	12	1	4	1		1
說苑	20	68			36		1	3		
法言	1	5			2					
吳越春秋	14	18			9					
漢書	80	139		3	130	46	7	56	3	1
論衡	31	289	4	5	55	11	3	9		4
風俗通義	8	11		1	6			6		
列子	5	31			15					
戰國策	12	31			19	2	2	1		1
新書	10	23			19	1	1			
總計	316	1113	4	14	499	116	32	134	5	8	5
比例（%）	14.1	49.6	0.2	0.6	22.2	5.2	1.4	5.9	0.2	0.4	0.2

3 上古「飲食類」動詞的演變

　　詞彙的系統性已成爲學界共識，如何描寫與證實詞彙語義的系統性正逐漸成爲研究的焦點。通過局部系統的描寫逐步展現詞彙系統的全貌，這是學術界共同的任務和目標。語義場理論因其在考察詞義系統方面具有較強的操作性而被學者頻頻運用，但語義場理論構場主觀性缺陷也不容忽視。認知語義學從詞義與認知、詞義與概念的關係出發，提出概念場理論，認爲概念場下覆蓋著詞彙場，可以從某一概念場出發，探討覆蓋在概念場內的詞彙的語義系統情況，這給語義系統的確定與局部描寫提供了新的思路。基於此，本文主張將語義場理論和概念場理論相結合，從概念場入手構建詞彙場，進而分析詞彙場各詞彙成員的語義關係，最終達到描寫語義場的目的。這是本文研究思路的基本思路。

　　在上述研究理論與方法的指導下，本文從認知概念出發，將上古漢語（東漢以前）中具備「使用口部器官處理食物」這一基本義值的飲食類動詞作爲研究對象，從訓詁實際語料出發，運用理論訓詁學、現代語義學和認知語義學的相關理論，系統考察了上古時期所有飲食類動詞。根據飲食類動詞義徵分析表，本文繫聯出 10 個飲食語義場，分別是：「泛飲食」語義場、「吃類」語義場、「喝類」語義場、「啃咬」語義場、「咀嚼」語義場、「含銜」語義場、「品嘗」語義場、「吞咽」語義場、「吮吸」語義場和「抿舔」語義場。研究過程中，對各語義場內所有成員及其分佈進行了分期共時描寫，亦對各成員的歷時演變情況進行了描寫與分析。此外，結合語義場的描寫，我們還對上古時期常見飲食類動

詞「食」「飲」「嘗」「吞」「味」五個動詞進行了個案研究，嘗試描寫並揭示成員與語義場之間互相影響互相制約的關係，探討飲食類動詞詞義演變的原因和規律。

研究結果發現，上古飲食類動詞形成一個相對獨立的語義系統，在這個語義系統裏，各語義子場之間具有相對清晰的層次關係，具體見表 1 所示。飲食類動詞詞義系統圖的背後，隱藏著飲食類動詞詞義系統諸方面的變化。下面從語義場的演變、語義場內詞項的演變以及飲食類動詞詞義的演變三個方面分別闡述。

3.1　語義場的演變

如前所述，通過繫聯歸納，本文將飲食類動詞分爲 10 個子語義場。實際上，這 10 個語義場並不是一開始就都存在於上古每個時期。研究發現，上古前期只有 5 個語義場，即「泛飲食」語義場、「吃類」語義場、「喝類」語義場、「啃咬」語義場和「品嘗」語義場。上古中期，新產生了 5 個飲食子場並一直沿用到上古後期。這 5 個新產生的語義子場是：「含銜」語義場、「吮吸」語義場、「吞咽」語義場、「咀嚼」語義場、「抿舔」語義場。

上古前期之所以只出現 5 個基本飲食語義場，這應該與人們對基本飲食動作「吃」、「喝」、「咬」、「嘗」等的日常需求與詞彙表達有很大聯繫。而發展到上古中期，隨著人們表義需求的日益精密化和對飲食動作認識的深化，漢語詞彙系統中新產生了表達「含銜」「吞咽」「吮吸」「咀嚼」「抿舔」義的飲食類動詞。這類動詞的新生，是上古中後期飲食子場增多的直接原因。以「吞」的出現爲例，雖然「食」的飲食動作中已經包含「吞」這一環節，但在表達「不咀嚼、整個地咽下」的動作時，非「吞」莫屬，語言表達上的這種需求直接導致了「吞」、「咽」的產生，並由此形成「吞咽」語義場。（詳參本文 1.6「吞咽」語義場一節）

3.2　詞項的演變

上一小節所論均屬語義場總體數量的變化，其實，各語義場內部的詞項也處在不斷變化之中。我們的研究結果顯示，上古「飲食」語義場中的詞項演變

主要體現在兩個方面：一是詞項數量的演變；二是詞項結構的演變。

　　縱觀我們所考察的 10 個語義場，在上古不同時期其成員總數逐漸增多：前期成員凡 13 個，中期成員凡 37 個，後期成員凡 43 個。此外，在上古不同時期內，每個語義場內成員數也呈現逐漸增多的趨勢。如「吃類」語義場，前期只有 3 個成員；中期增至 7 個；發展到後期，成員增至 8 個。又如「吮吸」語義場，前期沒有成員；中期增至 3 個；發展到後期，成員增至 5 個。可見，不管從語義場內總成員數來說，還是從每個語義子場內的成員數來說，都呈現遞增的趨勢。這種現象的背後體現的是詞彙系統內複雜的語義關係，詳見下文分析。

　　此外，在上古飲食類動詞 10 個語義場中，飲食類動詞中的雙音節詞共 11 個：飲食、食飲、餔啜、飲啖、啖食、服食、嗫喋、咀嚼、嚼咀、吮嗽、嗽吮，從結構上來說，它們全爲並列式複音結構。不同時期雙音節的比重也發生了變化：前期單音節詞項 11 個（佔 84.6%），雙音節詞項 2 個（佔 15.4%）；後期單音節詞項 32 個（佔 74.4%），雙音節詞項 11 個（佔 25.6%）。可見，雙音節詞在語義場內所佔比例逐漸增多。從上古飲食類動詞各個時期雙音節詞的數量來看，雙音節詞數量也在增多。上古前期只有 2 個雙音節詞：飲食、食飲；上古中期增至 4 個：飲食、食飲、餔啜、飲啖；上古後期增至 11 個：飲食、食飲、餔啜、飲啖、啖食、服食、嗫喋、咀嚼、嚼咀、吮嗽、嗽吮。雙音節詞項數量的增多與雙音節構詞表義的清晰明確有關，也與句子特定的韻律表達特點有關，同時也驗證了漢語從單音節向雙音節發展的總趨勢。此外，從結構來看，「飲食」語義場成員以單純詞爲主，複合結構處在萌芽和發展階段，還無法與之抗衡，也就驗證了「上古漢語是以單音詞爲主」〔註1〕的結論。

　　詞項的演變體現在兩個方面：一是舊詞項的消亡；二是新詞項的產生。以下分別論述這兩類變化並著重闡釋變化背後的原因。

3.2.1　舊詞項的消亡

　　從上古時期飲食類動詞語義場成員演變情況來看，消亡的詞項主要有：饌、喰、噎、噬、唼₁等。這些詞項的消亡主要有以下三個方面的原因：

〔註1〕王力《漢語史稿》，北京：中華書局，1980 年，第 341 頁。

第一，在漢語雙音化的影響下，單音節詞項被其後產生的雙音節詞項所替代。隨著社會的發展，交際的需求越來越紛繁複雜，需要表示的事物越多，有限的單音節形式必然會造成語言中大量同音詞的出現，給人們的交際帶來許多不便和困難，漢語詞的雙音化就是在這種情況下發展起來的。如「啃咬」語義場中，表「鳥吃食」義的「啄₁」僅見於上古中期，到後期「啄₁」消亡，被雙音節詞項「啄喋」取代。

第二，通過對上古看視概念域詞語的研究，尹戴忠得出結論說：「在自然界中存在優勝劣汰的規則，在語義場中同樣如此。那些未得到人們普遍認可、普遍使用的詞項出現頻率少，存在價值低，則會退出原來所屬的語義場。」〔註2〕通過對飲食類動詞詞義系統的研究，我們也發現了這類現象。如上古中期「喝類」語義場的詞項「嚌」，「吃類」語義場的詞項「㗱」，「泛飲食」語義場的詞項「饌」，都是僅存在一個時期就消亡的詞項，這些詞項在上古文獻中出現頻率非常低，均只出現 1 次。我們認為，這類詞的消失固然與其使用頻率低而被淘汰有關，同時，更本質的原因，也許是它們由綜合性強的詞演變成了其它詞項。我們發現，這類詞大多是綜合性很強的詞，如「嚌」表示「大口、快速地喝」，「㗱」指「一口吞食」之意，它們都很有可能被分解成了更具分析性的詞。另一方面，它們所在語義場中主導詞的強勢地位也是導致這些邊緣成員退出語義場的原因。上述三個詞項分別屬於上古「泛飲食」語義場、「吃類」語義場、「喝類」語義場中的成員，這三個語義場的主導詞分別是「食₂」「食₁」「飲」，它們在語義場內所佔比例依次是 72.7%、89.9%、91.1%（分別為三詞項在上古時期相應語義場內文獻用例總數的比率），如此強勢的主導詞優勢，無疑具備將邊緣成員排擠出局的能力。

第三，成員本身詞義系統的變化也會導致詞項在某語義場消亡。我們以「噬」為例予以說明。《說文・口部》：「噬，啗也。」《方言》卷十二：「噬，食也。」「噬」本義為「吃」，在《周易》中有文獻用例，如：《周易・噬嗑・六三》：「噬臘肉，遇毒；小吝，無咎。」後來，「噬」引申泛化為「咬」義，且多用於狗、虎類兇猛動物咬人的動作，不再用來表示「用口部器官處理食物」的意思，因此詞項「噬」從飲食類子場「吃類」語義場中退出了。

〔註2〕詳參尹戴忠《上古看視概念域詞語研究》，北京師範大學博士學位論文，2008 年。

3.2.2　新詞項的產生

所謂新詞項，是指相對於上古前期的飲食類動詞而言，第一次出現在飲食類語義場中的詞項。從上古時期飲食類動詞語義場成員演變情況來看，新產生的詞項主要有：服、齩、味、啗＼啗、茹、歠、餔啜、飲啗、啗食、服食、咀嚼、嚼咀、吮嗽、嗽吮等等。新詞項的產生主要有兩個方面的原因：一是詞義內部的原因，二是詞義外部的原因。以下分別說明。

3.2.2.1　詞義內部的原因

第一，與詞項消失的原因相類，成員本身詞義系統的變化也會導致該詞項進入某新語義場。以「味」為例，上古前期「品嘗」語義場只有「嘗₁、嚌、啐」三個詞項，「味」本義為「味道」，上古中期引申出「品嘗辨別」義，「味」也因此成為「品嘗」語義場的新詞項。

第二，受漢語雙音化影響。漢語雙音化趨勢一方面使某些詞項消失（如前所述複音詞「唼₁喋」取代單音詞「唼₁」），另一方面，漢語雙音節化也產生大量雙音節詞並使它們進入相應語義場、成為相應語義場的新詞項。「餔啜、飲啗、啗食、服食、咀嚼、吮嗽」在上古中後期分別加入「泛飲食」語義場、「吃類」語義場、「喝類」語義場、「咀嚼」語義場、「吮吸」語義場就是最好的證明。

3.2.2.2　詞義外部的原因

第一，雙音節詞成詞之初詞形的不確定性產生新詞項。「咀嚼」「吮嗽」分別是「咀嚼」語義場、「吮吸」語義場上古後期新產生的雙音節詞，因為這兩個詞處在產生的初期，詞形還不是很固定，所以我們在上古後期發現了新的詞形「嚼咀」、「嗽吮」。

第二，詞項從方言用語進入通語語義場，成為新詞項。我國自古就是個地域遼闊的多民族國家，特別是上古中期（在中國歷史上為春秋後期至戰國末期），諸侯各霸一方，各自獨立。但為了各國利益，諸侯國之間的往來也很頻繁，如相互弔唁、訂立盟約、互通消息、征討他國等等。不同民族間的相互接觸，促成了通語對方言詞的吸收或方言詞之間的相互影響，從而產生了新詞項。如，「吃類」語義場中期成員「茹」本是吳越之間的方言詞，進入通語後成為「吃類」語義場的新詞項。

　　第三，人們在表義上的新需求促使新詞項的產生。如上古「喝類」語義場中，前期只有「飲、啜、酳」三個詞項，主要用來表示「喝水」、「喝粥」、「稍微喝點酒漱口安食」的意思。上古中期，雖然已經出現了「飲藥」的搭配，但人們在心理上仍認為「服食藥物」應該單獨運用一個飲食類動詞，這樣才能顯出對象「藥物」的特殊性，在這種心理的驅動下，「服」成為專表「喝藥」義的動詞。與此相似，「歃」專用來表示「祭祀或盟約時歃血」的動作，這與人們重視盟約不無關係。

　　我們將上述上古飲食類動詞語義場及其成員情況列表總結如下：

表41　上古飲食類動詞語義場及其成員分佈〔註3〕

時期 成員 語義場	上古前期（13）		上古中期（38）		上古後期（44）	
	單音詞（11）	複音結構（2）	單音詞（34）	複音結構（4）	單音詞（33）	複音結構（11）
「泛飲食」語義場（7）	食$_2$、嘗$_2$	飲食、食飲	食$_2$、嘗$_2$、食饌	飲食、食飲、餔啜、飲啗	食$_2$、嘗$_2$	飲食、食飲、餔啜、飲啗
「吃類」語義場（9）	食$_1$、餐、飯		食$_1$、餐、飯、餔、㗱、啗\啖、茹		食$_1$、餐、飯、餔、啖\啗、茹、噍	啗食
「喝類」語義場（9）	飲、啜、酳		飲、啜、酳、歃、服、嚥		飲、啜、酳、歃\啐$_2$\嚌$_2$、服	服食
「嚙咬」語義場（7）	啄、噬		啄、齧、齕、噆$_1$		啄\嚙、齧\囓\齦、齕、齩	啖$_1$喋
「品嘗」語義場（4）	嘗$_1$、嚌、啐		嘗$_1$、嚌、啐、味		嘗$_1$、嚌、啐、味	
「咀嚼」語義場（4）			噍、咀		噍\嚼、咀	咀噍\咀嚼、噍咀
「含銜」語義場（3）			含、銜\嗛		含、銜\嗛、嚌	
「吞咽」語義場（2）			吞、咽		吞、咽\嚥	

〔註3〕表內（）內數字均為相應語義場詞項的數目。

「吮吸」語義場（5）		吮、吸、欶\嗽\漱	吮、吸、欶\嗽\漱	吮嗽、嗽吮
「抿舐」語義場（1）		舐\餂\咶	舐\餂\狧	

3.3 「飲食類」動詞詞義的演變

　　本文第二章曾對上古漢語中常見的飲食類動詞「食、飲、吞、嘗、味」進行了個案研究，對每個動詞在上古時期詞義引申的情況及其詞義系統進行了描寫和分析。在考察這批動詞詞義演變的過程中我們發現，這些動詞的義位有的消亡了，有的新增了，那些新增的義位與動詞原有義位之間，存在各種各樣的引申關係。「詞義演變研究的新趨勢是，從原子觀推進到整體觀，從個體、孤立、分散的研究推進到系統研究。」〔註4〕考察過程中我們還發現了一些僅研究單個詞的詞義演變無法發現的現象和規律，如同場同模式以及隱喻在人類身體動作詞義演變中的獨特作用等等。以下我們從舊義位的消亡、新義位的產生來闡述飲食類動詞義位演變的原因，並對飲食類動詞詞義演變的特點作簡要歸納。

　　需要說明的是，在下文的闡述中，我們並不局限於上述五個飲食類動詞，而是結合上古時期所有的飲食類動詞；也不局限於飲食類動詞在上古時期的詞義系統，必要時將結合漢代以後的詞義演變來說明問題。

3.3.1 舊義位的消亡

3.3.1.1 漢語詞彙雙音化導致義位的消亡

　　上古漢語以單音詞爲主，隨著社會的發展以及漢語自身的發展，單音節詞大多由單義詞演變爲多義詞，這就難免造成表義和理解上的困難。爲了使表義更明確、單一，漢語雙音詞的出現成爲必然趨勢。雙音詞的出現無疑會給單音節詞的意義系統產生影響。如，「唼」是上古中期「啃咬」語義場的成員，表示「鳥類吃食」義，發展到上古後期，「唼」的「鳥類吃食」義消失，「唼」退出「啃咬」語義場；同時，上古後期「啃咬」語義場出現了以「唼」作爲語素之一的新成員「唼喋」。我們認爲，正是在漢語雙音化趨勢的影響下，後期的雙音節詞「唼喋」取代了「唼」的「鳥類吃食」義，「唼」也因此退出「啃咬」語義

〔註4〕張志毅、張慶雲《詞彙語義學》232頁。北京：商務印書館，2005年。

場。〔註5〕

3.3.1.2　低頻義位導致義位消亡

漢語的詞義系統總在不斷地運動發展，處於一種動態的平衡狀態。猶如大浪淘沙，「語詞總是不斷淘汰不實用不規範的，同時又增加新的有生命力的。」〔註6〕個詞的詞義系統亦如此，那些使用頻率低、不常用的義位往往容易被淘汰。如「饌」中期新生的動詞「吃」義，僅在《論語》中出現 1 例，占上古中期「泛飲食」語義場的 0.4%，這種超低的使用頻率，加上「饌」詞義系統主要表示名詞「食物」或動詞「安排飲食」義，導致「饌」的義位「吃」到上古後期就消失了。同理，與「饌」情形相類的還有「啜」（僅在《禮記》中出現 1 次）。

3.3.2　新義位的產生

從詞義發展變化的方式、途徑來說，產生新義位最主要的方式無疑是引申。「南唐徐鍇首次提出詞義引申的問題，從字形所提供的本義出發，來研究引申的方向、層次和結果」〔註7〕。訓詁學中對引申義研究最有成績者，在清代首推段玉裁，在《說文解字注》中他純熟地運用引申來說解詞義。王寧先生《訓詁學原理》一書設專章探討了詞義引申的問題，她的觀點可以作為對引申理論問題的一個總結：詞義從一點出發，沿著本義的特點所決定的方向，按照各民族的習慣，不斷產生相關的新義或派生同源的新詞，從而構成有系統的義列，這就是詞義引申的基本表現。引申是詞義運動的基本形式，它展示詞義運動的內部規律，決定多義詞的各義項和同源詞意義相通的關係。她將引申類型分為理性的引申和狀所的引申，其中理性的引申又包括同向和異向兩種，同向的包括時空的引申、因果的引申、動靜的引申，反向的如施受的引申、反正的引申；狀所的引申又包括同狀的引申、同所的引申和通感的

〔註5〕 需要說明的是，漢語雙音化趨勢並不都會導致你存我亡的結果，也有單音詞雖然出現了以其為語素的雙音詞，但兩者依然共存的現象，如「咀」「嚼」以及由其產生的雙音節詞「咀嚼」就是如此。此處這樣表述僅出於說明義位消亡原因的需要，並不是對漢語雙音化趨勢整體情況的分析。

〔註6〕 李運富《古漢語詞彙學說略》，《衡陽師專學報》，1988 年第 4 期。

〔註7〕 陸宗達、王寧《訓詁方法論》，中國社會科學出版社，1983 年，第 24～25 頁。

引申。並且認爲一個詞的引申系列，並不單純只包括一種類型，往往是多種情況的錯綜表現。〔註8〕縱觀上古飲食類動詞詞義的演變，亦體現了上述引申規律，具體分述如下。

3.3.2.1　動靜引申

傳統訓詁學上有所謂「動靜引申」的規律，也就是表動作的詞和動作的對象、工具等往往存在互用的關係，像「梳頭」與「梳子」即是「梳」（動作）跟「梳子」（工具）存在引申關係。義位「食物」與義位「吃」反映的就是對象與動作的引申。此外，「味」由「味道」引申出「品嘗味道」的動作義等都體現了動靜引申的規律。

3.3.2.2　虛實引申

「虛實引申」的現象在本文考察的飲食類動詞中不多見。「嘗」由「品嘗」引申爲副詞「曾經」義體現了虛實引申的規律。《說文·旨部》：「嘗，口味之也，從旨，尚聲。」要想知道某種食物的滋味，必須事先品嘗它、事先經歷品嘗食物的過程。所以「嘗」具有「已然」的語義特徵，這是「嘗」能由「品嘗」義引申爲表「過去」的副詞「曾經」的原因。正如段玉裁所言：「引申凡經過者爲嘗，未經過爲未嘗。」

3.3.2.3　專泛引申

「專泛引申」指本義由於專指或泛指而產生引申義。詞義專指，意味著詞義的內涵增加，外延縮小。如，「食」的「食物」義引申出專指義「糧食」；「飲」的「喝」義引申出專指義「喝酒」，「食」的「吃」義引申出專指義「吃飯」等等。此外，「嘗」的本義是「辨別、滋味」，目的是通過「嘗試味道」來決定下一步的行動（好吃就多吃，不好吃就少吃；有毒就不吃，沒毒就吃，等等），所以「嘗」是一種試探性的活動，後來，任何事情的「嘗試、試探」都可以用「嘗」，「嘗」由此泛化引申出「嘗試、試探」之義。與詞義專指不同，詞義泛指則意味著詞義的內涵減少，外延擴大。如：「飯」的「吃飯」義泛化引申出「吃」義等等。

〔註8〕詳參王寧《訓詁學原理》，北京：中國國際廣播出版社，1996年，第54～59頁。

3.3.3　飲食類動詞詞義演變的特點

3.3.3.1　同場同模式的演變規律

同場同模式，「就是同一義場的義位，其演變模式通常是相同的。」〔註9〕比如植物義位及其果實義位之間、顏色義位和道德方面的意識評價義位等具有相同的演變模式。這些詞義演變新趨勢，往往具有類型學上的意義，值得深入研究。同類型的詞義發展具有同一模式，其中為多位學者關注的是從感覺動詞義場到思維動詞義場有演變關係。

通過對上古飲食類動詞詞義演變的分析發現，在飲食語義場內，其場內成員的詞義引申也表現出「同場同模式」的規律。以下我們舉例說明。

比如，飲食動作往往能與被飲食的對象——食物相互引申。如：「食」的名詞「食物」義引申出動詞「食用」義；動詞「飲」引申出名詞「飲料」義；名詞「飯」引申出動詞「吃」義；動詞「飲食」引申出名詞「食物」義等等。

此外，還出現了飲食類動詞由指稱飲食動作引申為指稱非飲食動作的現象。比如，「吞」、「食」都可以由「飲食」義引申出「吞併」義，下例就是最好的例證：

> （1）昔秦皇帝任戰勝之威，蠶食天下，併吞戰國，海內為一，功齊三代。（《史記·平津侯主父列》）

上述現象是我們通過對特定語義範疇內的飲食類動詞進行詞義演變研究後發現的，體現了「同場同模式」的詞義演變規律。

3.3.3.2　飲食類動詞詞義演變中的隱喻

束定芳指出：「隱喻不僅僅是一種語言現象，它更重要的是一種人類的認知現象。它是人類將其某一領域的經驗用來說明或理解另一類領域的經驗的一種認知活動。」〔註10〕當代學者已認識到，語言符號的多義性和創造性得益於隱喻在概念上的形成和使用，人們在生活中時時刻刻都在使用隱喻。根據「人類中心說」，「一切都是從人自身出發，引申到外界事物，再引申到空間、時間、性質等等。」〔註11〕可見，人類由近及遠、由實體到非實體、由簡單到

〔註9〕張志毅、張慶雲《詞彙語義學》北京：商務印書館，2005年，233頁。

〔註10〕束定芳《現代語義學》，上海：上海外語教育出版社，2000年，28頁。

〔註11〕沈家煊《「語法化」研究綜觀》，載《外語教學與研究》，1994（4）。

複雜、由具體到抽象的認知規律，決定著人體及其器官在人類認知過程中的重要的基礎作用。飲食類動詞作為人體器官的體驗性動作，在人類認知未知世界過程中具有非同小可的意義。

研究發現，隱喻在飲食類動詞詞義演變過程中發揮了關鍵作用。「嘗、吞、食」等是我們共同的進食方式、普遍的生存經驗。每一個飲食動作都可以用來認知世界。《說文·旨部》：「嘗，口味之也，從旨，尚聲。」段玉裁注：「引申凡經過者為嘗，未經過為未嘗。」要想知道某種食物的滋味，必須親自品嘗它、經歷品嘗食物的過程。可見，「嘗」是一種親身實踐的行為，由此引申出表達「經歷」或「體驗」的意思。

張雲秋認為「吃」的本義包含了兩個語義特徵：（1）吃者（主體）得到食物等；2）食物等（客體）被咽進主體的胃裏而不見了。而「吃」的隱喻義也包含兩個語義特徵：一是行為主體得到客體（包括主觀上願意和主觀上不願意的）；二是動作客體的消失（物質意義上的和心理意義上的）。〔註 12〕本義和隱喻義之間語義特徵的相似性是源域向目標域投射的基礎。從飲食對象被飲食主體咽入體內消失這一語義特徵來說，「食」具有引申為「吞併」義的隱喻基礎。

此外，飲食類動詞「吞咽食物」這一行為具有主觀上對食物的吸入和控制，這一特點使飲食類動詞可以映像到對感情的控制。也就是說，飲食類動詞可以從飲食行為域投射到個人感覺域。如「忍氣吞聲」、「飲恨」、「飲恨吞聲」、「含辛茹苦」「茹痛」、「茹冤」等等。「味」由「品嘗、辨別」引申出「體味、研究」義也屬此類。

本文對飲食類動詞語義場、詞項、義位演變過程中體現的規律性問題進行了總結，實際上飲食類動詞演變的原因和規律遠不止這麼多，也更複雜多樣，相信通過更多飲食類動詞的分析，特別是對整個漢語史飲食類動詞的研究，我們能有更全面更深刻的認識，這也是本選題今後研究的目標之一。

〔註12〕張雲秋《現代漢語受事賓語句研究》上海：學林出版社，2004 年，227～228 頁。

參考文獻

工具書類

1. 陳初生編纂，曾憲通審校，金文常用字字典〔Z〕，西安：陝西人民出版社，1987。

2. 高亨，古字通假會典〔Z〕，濟南：齊魯書社，1989。

3. 丁福保編纂，説文解字詁林〔Z〕，北京：中華書局，1988。

4. 《古代漢語詞典》編寫組，古代漢語詞典〔Z〕，北京：商務印書館，1998。

5. 古文字詁林編纂委員會，古文字詁林〔Z〕，上海：上海教育出版社，2003～2004。

6. 漢語大詞典編纂委員會編，漢語大詞典〔Z〕，上海：上海辭書出版社，1986～1994。

7. 漢語大字典編纂委員會，漢語大字典〔Z〕，四川辭書出版社、湖北辭書出版社，1986－1990。

8. 何琳儀，戰國古文字典──戰國文字聲系〔Z〕，北京：中華書局，1998。

9. 梁東漢主編，新編説文解字〔Z〕，太原：山西教育出版社，2006。

10. 林杏光等，簡明漢語義類詞典〔M〕，北京：商務印書館，1987。

11. 王鳳陽，古辭辨〔M〕，長春：吉林文史出版社，1993。

12. 王寧審定，林銀生、李義琳、張慶錦編著，中國上古烹食字典〔M〕，北京：中國商業出版社，1993。

13. 姚孝遂、肖丁，殷墟甲骨刻辭類纂〔Z〕，北京：中華書局，1989。

14. 張亞初，殷周金文集成引得〔Z〕，北京：中華書局，2001。

15. 趙誠，甲骨文簡明詞典──卜辭分類讀本〔Z〕，北京：中華書局，1988。

16. 中國社會科學院語言研究所詞典編輯室，現代漢語詞典〔Z〕，北京：商務印書館，1996。

17. 宗福邦等，故訓彙纂〔Z〕，北京：商務印書館，2003。

著作類

1. Aristotle 著、方書春譯，範疇篇〔M〕，北京：商務印書館，2003。

2. 曹煒，現代漢語詞義學〔M〕，上海：學林出版社，2001。

3. 陳年福，甲骨文動詞詞彙研究〔M〕，成都：巴蜀書社，2001。

4. 陳年福，甲骨文詞義論稿〔M〕，上海：上海古籍出版社，2007。

5. 池昌海，《史記》同義詞研究〔M〕，上海：上海古籍出版社，2002。

6. 董秀芳，詞彙化：漢語雙音詞的衍生和發展〔M〕，成都：四川民族出版社，2002。

7. 董爲光，漢語詞義發展的基本類型〔M〕，武漢：華中科技大學出版社，2004。

8. 馮蒸，說文同義詞研究〔M〕，北京：首都師範大學出版社，1995。

9. 符淮青，現代漢語詞彙〔M〕，北京：北京大學出版社，1985。

10. 符淮青，詞義的分析和描寫〔M〕，北京：語文出版社，1996。

11. 符淮青，詞典學詞彙學語義學文集〔M〕，北京：商務印書館，2004。

12. 高守綱，古代漢語詞義通論〔M〕，北京：語文出版社，1994。

13. 高小方、蔣來娣編著，漢語史語料學〔M〕，北京：高等教育出版社，2005。

14. 葛本儀，現代漢語詞彙學〔M〕，濟南：山東人民出版社，2001。

15. 葛本儀主編，漢語詞彙學〔M〕，濟南：山東大學出版社，2003。

16. 葛本儀，漢語詞彙研究〔M〕，北京：外語教學與研究出版社，2006。

17. 郭錫良，漢語史論集（增訂本）〔M〕，北京：商務印書館，2005。

18. 〔漢〕許慎，說文解字〔Z〕，北京：中華書局，1963。

19. 何九盈、蔣紹愚，古漢語詞彙講話〔M〕，北京：北京出版社，1980。

20. 何九盈，中國古代語言學史〔M〕，廣州：廣東教育出版社，2005。

21. 洪誠，中國歷代語言文字學文選〔M〕，南京：江蘇古籍出版社，2000。

22. 洪成玉，古漢語詞義分析〔M〕，天津：天津人民出版社，1985。

23. 洪成玉、張桂珍，古漢語同義詞辨析〔M〕，杭州：浙江教育出版社，1987。

24. 黃建華，詞典論〔M〕，上海：上海辭書出版社，1987。

25. 黃金貴，古代文化詞義集類辨考〔M〕，上海：上海教育出版社，1995。

26. 黃金貴，古代文化詞語考論〔M〕，杭州：浙江大學出版社，2001。

27. 黃易青，上古漢語同源詞意義系統研究〔M〕，北京：商務印書館，2007。

28. 賈彥德，漢語語義學〔M〕，北京：北京大學出版社，1999。

29. 蔣紹愚，蔣紹愚自選集〔M〕，鄭州：大象出版社，1994。

30. 蔣紹愚，漢語詞彙語法史論文集〔M〕，北京：商務印書館，2000。

31. 蔣紹愚，古漢語詞彙綱要〔M〕，北京：商務印書館，2005。

32. 李如龍、蘇新春，詞彙學理論與實踐〔M〕，北京：商務印書館，2001。

33. 李宗江，漢語常用詞演變研究〔M〕，上海：漢語大詞典出版社，1999。

34. 林乃燊，中國古代飲食文化〔M〕，北京：商務印書館，1997。

35. 劉叔新，語義學和詞彙學問題新探〔M〕，天津：天津人民出版社，1993。

36. 劉叔新，漢語描寫詞彙學（重排本）〔M〕，北京：商務印書館，2005。

37. 劉叔新，詞彙研究〔M〕，北京：外語教學與研究出版社，2006。

38. 陸宗達，訓詁簡論〔M〕，北京：北京出版社，1980。

39. 陸宗達、王寧，訓詁方法論〔M〕，北京：中國社會科學出版社，1983。

40. 陸宗達、王寧，訓詁與訓詁學〔M〕，太原：山西教育出版社，1994。

41. 梅家駒、竺一鳴、高蘊琦、殷鴻翔編著，同義詞詞林〔M〕，上海：上海辭書出版社，1983。

42. 潘允中，漢語詞彙史概要〔M〕，上海：上海古籍出版社，1989。

43. 駢宇騫、段書安編著，二十世紀出土簡帛綜述〔M〕，北京：文物出版社，2006。

44. 〔清〕段玉裁，說文解字注〔Z〕，上海：上海古籍出版社，1988。

45. 〔清〕郝懿行，爾雅義疏〔Z〕，上海：上海古籍出版社，1983。

46. 〔清〕錢繹，方言箋疏〔Z〕，北京：中華書局，1991。

47. 〔日〕中山時子主編，中國飲食文化〔M〕，北京：中國社會科學出版社，1992、

48. 〔瑞士〕索緒爾著、高名凱譯，岑麒祥、葉蜚聲校注，普通語言學教程〔M〕，北京：商務印書館，1980。

49. 史存直，漢語詞彙史綱要〔M〕，上海：華東師範大學出版社，1989。

50. 束定芳，現代語義學〔M〕，上海：上海外語教育出版社，2000。

51. 宋鎮豪，夏商社會生活史〔M〕，北京：中國社會科學出版社，1994年。

52. 宋鎮豪，中國飲食史：第二編〔M〕，北京：華夏出版社，1999。

53. 宋永培，古漢語詞義系統研究〔M〕，呼和浩特：內蒙古教育出版社，2000。

54. 宋永培，《說文》與上古漢語詞義研究〔M〕，成都：巴蜀書社，2001。

55. 蘇寶榮，詞義研究與辭書釋義〔M〕，北京：商務印書館，2000。

56. 蘇寶榮、宋永培，古漢語詞義簡論〔M〕，石家莊：河北教育出版社，1987。

57. 蘇新春，當代中國詞彙學〔M〕，廣州：廣東教育出版社，1995。

58. 蘇新春，漢語詞義學〔M〕，廣州：廣東教育出版社，1992。

59. 孫常敘，漢語詞彙〔M〕，長春：吉林人民出版社，1956。

60. 孫雍長，訓詁原理〔M〕，北京：語文出版社，1997。

61. 太田辰夫著，蔣紹愚、徐昌華譯，中國語歷史文法〔M〕，北京：北京大學出版社，2003。

62. 譚代龍，義淨譯經身體運動概念場詞彙系統及其演變研究〔M〕，北京：語文出版社，2008。

63. 汪維輝，東漢－隋常用詞演變研究〔M〕，南京：南京大學出版社，2000。

64. 王東海，古代法律詞彙語義系統研究〔M〕，北京：中國社會科學出版社，2007。

65. 王軍，漢語詞義系統研究〔M〕，濟南：山東人民出版社，2005。

66. 王力，漢語史稿〔M〕，北京：中華書局，1980。

67. 王寧，訓詁學原理〔M〕，北京：中國國際廣播出版社，1996。

68. 王仁湘，中國史前飲食史〔M〕，青島：青島出版社，1997。

69. 伍謙光，語義學導論〔M〕，長沙：湖南教育出版社，1988。

70. 向熹，簡明漢語史〔M〕，北京：高等教育出版社，1993。

71. 徐國慶，現代漢語詞彙系統論〔M〕，北京：北京大學出版社，1999。

72. 徐朝華，上古漢語詞彙史〔M〕，北京：商務印書館，2003。

73. 徐正考，《論衡》同義詞研究〔M〕，中國社會科學出版社，2004。

74. 〔英〕利奇著，李瑞華等譯，何兆熊等校訂，語義學〔M〕，上海：上海外語教育出版社，1987。

75. 張聯榮，古漢語詞義論〔M〕，北京：北京大學出版社，2000。

76. 張敏，認知語言學與漢語名詞短語〔M〕，北京：中國社會科學出版社，1998。

77. 張雲秋，現代漢語受事賓語句研究〔M〕，上海：學林出版社，2004。

78. 張一建，古漢語同義詞辨析〔M〕，福州：福建人民出版社，1987。

79. 張永言，詞彙學簡論〔M〕，武昌：華中工學院出版社，1982。

80. 張永言，語文學論集〔M〕，北京：語文出版社，1992。

81. 張光直，中國青銅時代〔M〕，北京：生活·讀書·新知三聯書店出版社，1983。

82. 張志毅、張慶雲，詞彙語義學（修訂本）〔M〕，北京：商務印書館，2005。

83. 章宜華，語義學與詞典釋義〔M〕，上海：上海辭書出版社，2002。

84. 趙克勤，古代漢語詞彙學〔M〕，北京：商務印書館，2005。

85. 趙豔芳，認知語言學概論〔M〕，上海：上海外語教育出版社，2001。

86. 周薦，漢語詞彙研究史綱〔M〕，北京：語文出版社，1995。

87. 周祖謨，漢語詞彙講話〔M〕，北京：人民教育出版社，1959。

88. 朱星，漢語詞義簡析〔M〕，武漢：湖北人民出版社，1981。

89. 〔法〕A·J·格雷馬斯著，吳泓緲譯，結構語義學方法研究〔M〕，北京：生活·讀書·新知三聯書店，1999。

90. 張斌序、陳昌來著，現代漢語動詞的句法語義屬性研究〔M〕，上海：學林出版社，2002。

91. 張家驊、彭玉海、孫淑芳、李紅儒，俄羅斯當代語義學〔M〕，北京：商務印書館，2003。

學位論文類

1. 陳月鳳，閩南語五官詞彙研究〔D〕，臺灣高雄師範大學碩士學位論文，1995。

2. 崔宰榮，漢語「吃喝」語義場的歷史演變〔D〕，北京大學碩士學位論文，1997。

3. 杜誠忠，現代漢語飲食類動詞研究——以「吃、喝、含、吞、咬、餵」爲例〔D〕，南京師範大學碩士論文，2006。

4. 杜翔，支謙譯經動作語義場及其演變研究〔D〕，北京大學博士學位論文，2002。

5. 馮海霞，語義類別釋義模式研究——基於《現代漢語詞典》與《簡明牛津英語詞典》的比較〔D〕，南開大學博士學位論文，2008。

6. 李朝虹，《説文解字》互訓詞研究〔D〕，浙江大學博士學位論文，2007。

7. 李紅印，現代漢語顏色詞詞彙——語義系統研究〔D〕，北京大學博士學位論文，2001。

8. 李金蘭，現代漢語身體動詞的認知研究〔D〕，華東師範大學博士學位論文，2006。

9. 劉新春，睡覺類動詞的歷史演變研究〔D〕，河南大學碩士學位論文，2003。

10. 呂傳峰，漢語六組涉口基本詞演變研究〔D〕，南京大學博士論文，2006。

11. 呂東蘭，從《史記》、《金瓶梅》等看漢語「觀看」語義場的歷史演變〔D〕，北京大學碩士學位論文，1995。

12. 梅晶，上古「時間詞語」語義研究〔D〕，北京師範大學博士學位論文，2008。

13. 邵丹，漢語情緒心理動詞語義場的歷史演變研究〔D〕，北京大學博士學位論文，2006。

14. 王楓，「言説」類動詞語義場的歷史演變〔D〕，北京大學碩士學位論文，2004。

15. 謝曉明，相關動詞帶賓語的多角度考察——「吃」「喝」帶賓語個案研究〔D〕，湖南師範大學博士學位論文，2002。

16. 徐小波，動詞詞義的非自足性研究〔D〕，魯東大學碩士學位論文，2006。

17. 楊鳳仙，上古「言説類動詞」詞義研究〔D〕，北京師範大學博士學位論文，2006。

18. 楊榮賢，漢語六組關涉肢體的基本動詞發展史研究〔D〕，南京大學博士學位論文，2006。

19. 尹戴忠，上古「看視」概念域詞語研究〔D〕，北京師範大學博士學位論文，2008。

20. 于屏方，動作義位釋義的框架模式研究〔D〕，廣東外語外貿大學博士學位論文，2006。

21. 周粟，周代飲食文化研究〔D〕，吉林大學博士學位論文，2007。

期刊論文類

1. 薄鳴，談詞義和概念的關係問題〔J〕，中國語文，1961（8）。

2. 岑麒祥，論詞義的性質及其與概念的關係〔J〕，中國語文，1961（5）。

3. 董爲光，漢語「吃~」類説法文化探源〔J〕，語言研究，1995（2）。

4. 符淮青，詞義單位的劃分〔J〕，漢語學習，1998（4）。

5. 符淮青，漢語表示「紅」的顏色詞群分析（上）〔J〕，語文研究，1988（3）。

6. 符淮青，漢語表示「紅」的顏色詞群分析（下）〔J〕，語文研究，1989（1）。

7. 符淮青，「詞義成分——模式」分析（表動作行爲的詞）〔J〕，漢語學習，1996（5）。

8. 符准青，詞義和詞的分佈〔J〕，漢語學習，1999（1）。

9. 高慶賜，漢語單音詞義系統簡論〔J〕，華中師院學報，1978（1）。

10. 郭錫良，1985 年的古漢語研究〔J〕，中國語文天地，1986（3）。

11. 何九盈，20 世紀的漢語訓詁學〔A〕，劉堅主編，20 世紀的中國語言學〔C〕，北京：北京大學出版社，1998。

12. 何九盈，二十世紀的中國訓詁學〔A〕，語言叢稿〔C〕，北京：商務印書館，2006。

13. 黃金貴、沈錫榮，古漢語同義詞辨析（一）〔J〕，邵興師專學報，1987（1）。

14. 黃景欣，試論詞彙學中的幾個問題〔J〕，中國語文，1961（3）。

15. 江藍生，相關語詞的類同引申〔A〕，江藍生，近代漢語探源〔C〕，北京：商務印書館，2000。

16. 蔣紹愚，關於古漢語詞義的一些問題〔A〕，語言學論叢：第 7 輯〔C〕，北京：商務印書館，1981。

17. 蔣紹愚，詞義的發展和變化〔J〕，語文研究，1985（2）。

18. 蔣紹愚，關於漢語詞彙系統及其發展變化的幾點想法〔J〕，中國語文，1989（1）。

19. 蔣紹愚，古漢語詞典的編纂和古漢語詞彙的研究〔J〕，湖北大學學報（哲學社會科學版），1989（5）。

20. 蔣紹愚，近代漢語研究概述〔J〕，古漢語研究，1990（2）。

21. 蔣紹愚，白居易詩中與「口」有關的動詞〔J〕，語言研究，1993（2）。

22. 蔣紹愚，論詞的「相因生義」〔A〕，蔣紹愚自選集〔C〕，鄭州：大象出版社，1994。

23. 蔣紹愚，兩次分類——再談詞彙系統及其變化〔J〕，中國語文，1999（5）。

24. 蔣紹愚，漢語詞義和詞彙系統的歷史演變初探——以「投」爲例〔J〕，北京大學學報，2006（4）。

25. 蔣紹愚，「打擊義」動詞的詞義分析〔J〕，中國語文，2007（5）。

26. 靳桂雲，中國史前居民的食物結構〔J〕，中原文物，1995（4）。

27. 李潤生，二十世紀五十年代以來漢語詞彙系統研究述評〔J〕，勵耘學刊（語言卷），2006（2）。

28. 李煒，《史記》飲食動詞分析〔J〕，古漢語研究，1994（2）。

29. 李運富，漢語詞彙研究中的幾個問題〔J〕，湖湘論壇，1989（3）。

30. 李運富，古漢語詞彙學與訓詁學關係談〔J〕，袁曉園主編，中國語言學發展方向，北京：光明日報出版社，1989。

31. 李運富，古漢語詞彙學說略〔J〕，衡陽師專學報，1988（4）。

32. 李佐豐，《左傳》的「語」「言」和「謂」「曰」「云」〔A〕，語言學論叢：十六輯〔C〕，北京：商務印書館，1991。

33. 李佐豐，試談漢語歷史詞義的系統分析法〔A〕，語言學論叢：第 28 輯〔C〕，北京：商務印書館，2003。

34. 林乃燊，從甲骨文看我國飲食文化的源流〔J〕，中國烹任，1983（12）。

35. 劉復，釋「吃」〔J〕，國語周刊，1931（16）。

36. 劉叔新，論詞彙體系問題〔J〕，中國語文，1964（3）。

37. 盧小寧，從漢字「吃」看漢語詞語的信息特徵〔J〕，北京郵電大學學報（社會科學版），2001（1）。

38. 陸宗達、王寧，古漢語詞義研究〔J〕，辭書研究，1981（2）。

39. 陸尊梧，語義場淺談〔J〕，中國社會科學院研究生學院學報，1981（5）。

40. 呂傳峰，現代方言中「喝類詞」的演變層次〔J〕，語言科學，2005（8）。

41. 邱慶山，現代漢語詞彙體系研究綜述〔J〕，安慶師範學院學報，2008（10）。

42. 馬真，先秦複音詞初探〔A〕，北京大學中國傳統文化研究中心編，北京大學百年國學文萃·語言文獻卷〔C〕，北京：北京大學出版社，1998。

43. 饒尚寬，關於古漢語詞義研究的幾點反思〔J〕，新疆師範大學學報（哲社版），1988（3）。

44. 沈家煊，「語法化」研究綜觀〔J〕，外語教學與研究，1994（4）。

45. 石安石，關於詞義與概念〔J〕，中國語文，1961年，8月號。

46. 束定芳，認知語義學的基本原理、研究目標與方法（之一）〔J〕，山東外語教學，2005（5）。

47. 孫良明，漫談漢語詞彙的現代化研究繼承古代訓詁學材料問題〔A〕，詞彙學新研究——首屆全國現代漢語詞彙學術討論會選集〔C〕，北京：語文出版社，1995。

48. 孫雍長，古漢語的詞義滲透〔J〕，中國語文，1985（3）。

49. 索振羽，索緒爾的語言共時描寫理論〔J〕，語文研究，1994（1）。

50. 唐鈺明，金文複音詞簡論——兼論漢語復音化的起源〔A〕，著名中年語言學家自選集·唐鈺明卷〔C〕，合肥：安徽教育出版社，2002。

51. 陶紅印，從「吃」看動詞論元結構的動態特徵〔J〕，語言研究，2000（3）。

52. 童致和，香和臭的詞義演變及氣味詞的詞義系統的發展〔J〕，杭州大學學報，1983（2）。

53. 汪維輝，漢語「言說類動詞」的歷時演變與共時分佈〔J〕，中國語文，2003（4）。

54. 王建喜，「陸地水」語義場的演變及其同義語素的疊置〔J〕，語文研究，2003（1）。

55. 王建喜，先秦至魏晉南北朝腿部語義場的演變〔J〕，周口師範學院學報，2006（6）。

56. 王力，漢語詞彙史〔A〕，王力文集：第11卷〔C〕，濟南：山東教育出版社，1990。

57. 王力，新訓詁學〔A〕，王力文集：第19卷〔C〕，濟南：山東教育出版社，1990。

58. 王力，詞義的發展和變化〔A〕，王力文集：第19卷〔C〕，濟南：山東教育出版社，1990。

59. 王寧，漢語詞彙語義學在訓詁學基礎上的重建與完善〔J〕，寧夏大學學報，2004（4）。

60. 王寧，古漢語詞義系統研究·序〔Z〕，內蒙古教育出版社，2000。

61. 王寧，試論訓詁學在當代的發展及其舊質的終結〔J〕，中國社會科學，1988（2）。

62. 王寧，漢語詞源的探求與闡釋〔J〕，中國社會科學，1995（2）。

63. 王寧、黃易青，詞源意義與詞彙意義的論析〔J〕，北京師範大學學報，2002（4）。

64. 王寧，現代漢語雙音合成詞的構詞理據與古今漢語的溝通〔A〕，慶祝中國社會科學院語言研究所建所 45 週年學術論文集〔C〕，北京：商務印書館，1997。

65. 王寧，單語詞典釋義的性質與訓詁釋義方式的繼承〔J〕，中國語文，2002（4）。

66. 王仁湘，從考古發現看中國古代的飲食文化傳統〔J〕，湖北經濟學院學報，2004（2）。

67. 王雪英，漢英「吃」的動作的概念隱喻比較〔J〕，東華大學學報，2007（3）。

68. 王寅，漢語「動名構造」與英語「VN 構造」的對比——一項基於語料庫「吃／eat 構造」的對比研究〔J〕，外語教學，2007（2）。

69. 王占華，「吃食堂」的認知考察〔J〕，語言教學與研究，2000（2）。

70. 吳寶安，西漢「頭」的語義場研究——兼論身體詞頻繁更替的相關問題〔J〕，語言研究，2006（4）。

71. 吳寶安、黃樹先，先秦「皮」的語義場研究〔J〕，古漢語研究，2006（2）。

72. 解海江、張志毅，漢語面部語義場的演變〔J〕，古漢語研究，1993（4）。

73. 解海江、李如龍，漢語義位「吃」普方古比較研究〔J〕，語言科學，2004（3）。

74. 解海江，漢語義位「吃」詞義擴展的認知研究〔J〕，煙臺師範學院學報（哲學社會科學版），2006（1）。

75. 謝曉明、左雙菊，飲食義動詞「吃」帶賓情況的歷史考察〔J〕，古漢語研究，2007（4）。

76. 熊金星、謝曉明，「吃」「喝」帶賓現象的文化表徵〔J〕，湖南湘潭師範學院學報，（社會科學版），2006（4）。

77. 邢公畹，詞彙學與詞典學問題研究·序言〔Z〕，天津：天津人民出版社，1984。

78. 許嘉璐，論同步引申〔J〕，中國語文，1987（1）。

79. 易敏，在對譯與比較中觀察漢語詞義系統〔J〕，北京師範大學學報，2000（2）。

80. 趙振鐸，論上古兩漢漢語〔J〕，古漢語研究，1994（3）。

81. 詹衛東，確立語義範疇的原則及語義範疇的相對性〔J〕，世界漢語教學，2001（2）。

82. 張博，詞的相應分化與義分同族詞系列〔J〕，古漢語研究，1995（4）。

83. 張博，組合同化：詞義衍生的一種途徑〔J〕，中國語文，1999（2）。

84. 蘇寶榮、宋永培，論漢語詞義的系統性及說解詞義的方法〔J〕，河北師範大學學報，1985（2）。

85. 張燚，語義場——現代語義學的歌德巴赫猜想〔J〕，新疆師範大學學報（哲學社會科學版），2002（1）。

86. 章宜華、黃建華，當代詞典釋義研究的新趨勢——意義理論在詞典釋義中的應用研究〔A〕，中國辭書學會學術委員會編，中國辭書論集·1999〔C〕，上海：上海辭書出版社，2000。

87. 張永言、汪維輝，關於漢語詞彙史研究的一點思考〔J〕，中國語文，1995（6）。

88. 張慶雲、張志毅，義位的系統性〔A〕，詞彙學新研究〔C〕，北京：語文出版社，1995。

89. 鄭述譜，從「概念」一詞的釋義說起——兼論詞義、概念及其關係〔J〕，外語學刊，2001（1）。

90. 周國光，概念體系與詞彙體系〔J〕，安徽師大學報（哲學社會科學版），1986（1）。

91. 周紹珩，歐美語義學的某些理論與研究方法〔J〕，語言學動態，1978（4）。

92. 朱林清，關於詞義和概念的幾個問題〔J〕，中國語文，1962（6）。

93. 周薦，近20年來漢語詞彙研究概況〔J〕，理論與現代化·學科理論與建設，1997（12）。

94. 邳友昌，論現代俄語中語義自足性與不足性〔J〕，外語學刊，1999（1）。

95. 于屏方，基於抽象語義參數的詞典類型與釋義模式相關度分析〔A〕，語言學論叢〔C〕，北京：商務印書館，2007。

96. 于屏方，動詞義位中內化的概念角色在詞典釋義中的體現〔J〕，辭書研究，2005（3）。

97. 張紹麒，于屏方，非自足性特徵制約下動詞的詞典釋義〔J〕，辭書研究，2009（1）。

98. 鄒玉華，語義場研究述評〔J〕，湘潭大學社會科學學報，1987（1）。

99. 鄒智勇，典型理論的語義範疇觀〔J〕，四川外語學院學報，2000（1）。